愛呦文創

殿下讓我還他清譽

卷三

三千大夢敘平生 著
蓮花落 繪

目錄

【第一章】

恕老僕直言，您的話本看得沒比王爺強到哪裡去

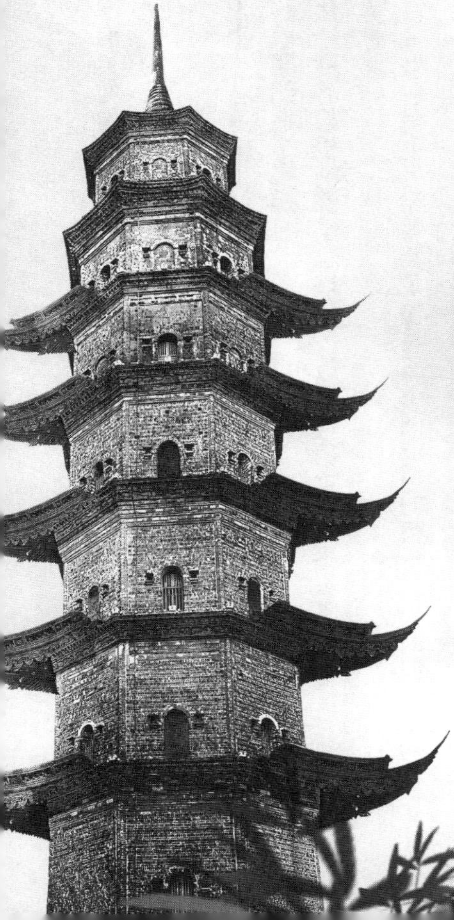

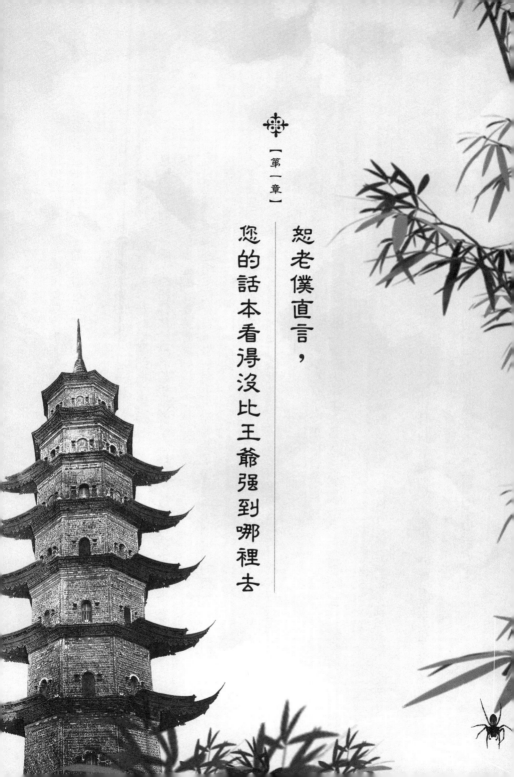

馬車停在府外，琰王殿下匆匆下車，匆匆進了府門。

玄鐵衛少有見到王爺這般行色匆忙的時候，有些納悶，要警惕防備時，雲小侯爺已自車廂裡跳了下來。

沒穿外衫，左腕纏著條微皺的衣帶，右手攥了個散著炒豆香氣的紙包。

身法乾淨俐落，追著王爺，一路撬開門進了書房。

玄鐵衛彼此對視一眼，紛紛釋然，蹲著牆根悄聲談論幾句，各自忙活手上的事去了。

「我說酥瓊葉，的確是為了捉弄你。」

蕭朔被雲琅在書房裡堵了個結實，坐在榻上，靠著裝了整整三十個插銷的窗子，「但你手中的東西，也確實吃不出雷聲。」

蕭小王爺自己吩咐的將插銷鎖嚴，推不開窗戶，咬了咬牙，「你不要……欺人太甚。」

「我欺人太甚？」雲琅氣樂了，他屈膝抵著榻沿，嚴嚴實實攔著蕭朔，把人按在榻上不准跑，「我不過給你買點零嘴，你就要把我綁上！」

兩人一個硬要塞、一個硬不肯吃，在車裡打了一小仗。

車廂再寬敞，終歸不夠輾轉騰挪。雲琅仗著身法靈巧占了些便宜，正要趁機還手，馬車便好巧不巧地停在了府門前。

當著玄鐵衛不好胡鬧，雲琅有心給琰王殿下留些威嚴。一不留神，手上一鬆，就叫蕭朔一路匆匆避進了書房。

「不行，讓我綁回來。」雲琅又氣又笑，扯著蕭朔不准動，「還想把門插上！王爺當真好威風……」

蕭朔要擋，視線落在雲琅掙亂的領口，眼底微凝了下，抬起的手慢慢放下來。

雲琅眼疾手快，趁機拿著衣帶將蕭小王爺攢著雙臂，五花大綁了個結實。

他綁人綁得熟練，向來順當得不必細想一氣呵成。手上就要打結，掃了一眼蕭朔，頓了下，探頭望了望，「就讓我綁啊……真這麼不威風？」

蕭朔垂眸，低聲道：「我原本便沒什麼威風。」

「誰說的？我看你小時候就帶勁得很。」雲琅鬆了手，他向來看不慣蕭朔這個樣子，有心哄蕭小王爺高興高興，「你記不記得？有次我翻牆出府，難得叫侍衛司給堵了，叫他們圍著不讓走。」

王府後面就是汴梁夜市最近的一條街，翻牆抬抬腿就能到。要走正門，就要走官道過金梁橋、繞朱雀大街，過了小御街再經東榆林巷。

雲琅一向懶得好好走路，更沒耐性繞這般遠，向來有多近抄多近的路。

往常都是殿前司巡街淨道，對雲小侯爺夜遊汴梁從來視之不見。有時候碰巧趕上了，還會拉雲琅一同回陳橋，分些自家手作的米酒煎茶，就著夜宵一同吃喝。

那日不知道怎麼回事，雲琅從書房順手拿了兩錠銀子，前腳落了地，後腳就被侍衛司圍了個結結實實。

「我和侍衛司的人不熟，那些人還真當我是飛賊，非要擰我去見官。」雲琅還記得清楚，「我沒和兵痞打過交道，不知道原來還能這般胡攪蠻纏，被他們困了一陣，多虧你來解了圍。」

蕭小王爺素來沒什麼架子，每日只埋頭讀書，若不是他拉著，平日裡連府門也不常出，從來也不在汴梁百姓避之不及的那張紈絝衙內單子上。

偏偏那天的蕭朔，連雲琅從也沒見識過。

端王府世子帶了府兵，神色冷沉不怒自威，將雲琅牢牢護下，厲聲斥退了糾纏不休的侍衛司。

那時的侍衛司都指揮使還是鎮遠侯的人，硬著頭皮狡賴，死摳著朝中的律法規程，要帶雲琅去見官說清楚。

蕭朔充耳不聞，叫玄鐵衛將人轟出王府十丈遠，近一個扔一個，將雲少將軍強搶回了王府。

「當真好生威風。」雲琅笑了笑，「也是運氣好，我那時正要領兵，出了這種事平白晦氣。若非你湊巧出來……」

「不是湊巧。」蕭朔靜了片刻，從他手裡接了炒豆子，擱在一旁，「我急著趕出去，是因為知道了件事，正急著找你。」

雲琅好奇，「這世上還有事，竟能比小王爺背書還要緊？」

「……」蕭朔平了平氣，「你走後，我查看錢匣，才發覺裡面的銀子不對。將府上下人緊急查了一遍，果然混進了外人，暗中與侍衛司傳信對付你。」

雲琅才知道，愣了愣，沒立時說話。

此事蕭朔原本沒法同他說得出口，此時說了，靜等著雲琅反應，卻等了半晌也沒等來，「你如今知道了，便沒什麼想問的？」

「有啊！」雲琅莫名，「往你們家府上插探子對付我？他們怎麼想的？」

蕭朔微怔，「什麼？」

「我是常往府裡跑，可也不是天天日日都在，尤其後來……」雲琅沒多說，頓了下，「總歸往端王府插探子已是不易，這般大費周章，就為了在牆下堵我一回？他們就不怕我不回府嗎？」

「不然如何？」蕭朔蹙眉，「你根本不去鎮遠侯府，要他們往先皇后的宮裡派個宮女，夜裡穿著紗衣給你跳舞看嗎？」

雲琅：「……」

「我都沒用過宮女，宮女在姑祖母那兒，我住偏殿，伺候我的都是嬤嬤。」雲琅不大自在，乾咳一聲，「你別老提這個。」

蕭朔難得提起一次往事，看著每日肖想跳舞小姑娘的雲少將軍，不與他計較。

「我也是後來才知道的。」蕭朔道：「他們要設法對付你，又尋不到機會，只能設法將人安插在王府上。你從我那裡拿的兩錠銀子，叫他們特意暗中偷換過。」

雲琅出宮隨心所欲，忘帶銀子是常有的事，常從蕭朔那兒順手借了救急。蕭朔平日裡沒什麼花銷，索性單給他備了個小錢匣，雲琅何時要用，只管自己從裡頭拿。誰也不知道，這錢匣裡頭的銀子什麼時候竟被人換成了王府內庫受賞的、還沒來得及熔煉的官銀。

「無論官員民間，都不可私自流通官銀，是砍頭的大罪。」蕭朔道：「侍衛司特意在牆下堵你，便是要將此事坐實，贓你一個盜竊王府庫銀的罪名。」

「還是不對。」雲琅皺了皺眉，「要栽贓我，不如不在牆下埋伏，乾脆讓我把官銀花出去。直接砍腦袋，豈不更方便利索？」

兩人各管一攤，蕭朔並不著急，抬手將雲琅自身上挪下來，在榻上放好，給他慢慢解釋：「你若是招惹了掉腦袋的罪名，先帝定然要動雷霆之怒，命大理寺與開封尹徹查到底，還你清白。鬧到最後，反而是他們半分討不了好。」

「不如折衷，叫你受個不輕不重的罪名。」蕭朔仔細分析道：「先帝先后定然都知道是怎麼回事，最多訓你一兩句不小心，不會多留意。他們卻能利用此事，在適當時候引發，來汙你名聲、阻你前程。」

「好費力氣。」雲琅啞然，「我又沒去擋誰的路。這般一通折騰，平白對付我幹什麼。」

蕭朔起身倒茶，聞言抬眸，視線落在雲琅身上。

雲琅抬手，在蕭朔眼前好奇晃了兩下，「小王爺？」

「少將軍。」蕭朔倒了一盞參茶細細吹過，擱在他手裡，「你才是當真不知道，自己當年究竟有多威風。」

雲琅尤其愛聽這個，當時便不睏了，高高興興坐起來，「多威風？」

蕭朔：「……」

「快說說。」雲琅興致勃勃，「我當初怎麼威風了？你看著也覺得厲害嗎？你那時候……」

蕭朔按按額頭，「雲琅。」

雲琅扯著他袖子，循聲抬頭，作好了勢準備凝神細聽。

「你少年英傑，一身載譽功成名遂，按理早該聽過讚譽無數。」蕭朔實在想不通，「為何從沒見你謙虛謹慎些，誇你兩句，就能把尾巴翹到腦袋頂上？」

雲琅張了張嘴，不服氣，「我幾時……」

「時時。」蕭朔抬手，覆在他頭頂，「翹到這兒了。」

雲琅被他平白揉了腦袋，有點要抬嘴角，卻又忽然聽見了蕭朔的話，一陣氣結。

雲琅捧著參茶坐了一陣，不大高興，挪到牆角去生悶氣，「不誇就不誇，我也不覺得你少時威風了。」

蕭朔蹙了下眉，看著雲小侯爺真心實意的悶悶不樂，走過去，「雲琅。」

雲琅小口小口喝茶，背對著他轉了半個圈。

蕭朔立了一陣，過去在新裝的珍寶架上找了找，從一尊廣口花瓶裡摸出個木頭削的精緻雲雀，半蹲下來放在他面前。

雲琅瞄著蕭朔蹲在榻邊擺弄，眼睜睜看著木頭小鳥隨著機關轉動撲棱翅膀張嘴，眼睛幾乎黏上，牢牢按著自己的手，「不想要，你不要從小到大都是這一套。」

「雲琅。」蕭朔輕聲道：「我並非不肯誇你。」

「你幾時誇過我半句？」

雲琅向來不會憋火，忍了半盞茶便再忍不住，把茶杯撂在了蕭小王爺的腦袋頂上，「我當初拿著課業來找你，說先生給我評了甲上等，你誇我了嗎？」

「那次我的課業得了丙下。」蕭朔垂眸，「你抱來的那隻兔子將我最後兩頁紙啃了。」

雲琅咳了一聲，訥訥：「是、是嗎？」

雲琅一陣心虛，有點不好意思，碰了碰那個小木頭鳥，「那我趁著你生日，特意攢了半年的炮仗，全在後院給你放了。」

「那次我的確準備誇你。」蕭朔道：「可惜院牆震塌了，父王又抓不著你，氣得滿王府揍我出氣，我自顧不暇。」

「……」雲琅頂著張大紅臉，把木雀摸進了袖子裡，搜腸刮肚，「那天呢，我好不容易受了個箭傷，王叔非要笑話我，說碰破了點油皮還好意思蹦躂，我特意來找你……」

蕭朔看著他，眸底至深處絞著一沉，闔眼斂淨。

屋內忽然靜得異樣，雲琅隱約覺得說錯了話，不大自在，清了下喉嚨，「罷了罷了，這個其實也用不著你誇，不說此事了。今日我同你說那馬隊……」

「雲琅。」蕭朔低聲道：「我知你心志，向來恃險若平地，倚劍凌清秋。」

「誇完了。」雲琅向來極容易哄，也不管蕭小王爺化用了前人的詩，心滿意足喜滋滋記了，「一句就夠，不用背別的了。本將軍向來謙謹……」

「我自幼見你，一眼便已記牢。」蕭朔道：「你天賦絕倫，明朗通透，本不該被世事束縛半分。你該做你想做的事，你不知那一年裡，我曾去過北疆。」

雲琅微愕，倏而直坐起來，定定看著他。

「你收的最後一道金牌令，是我送的，傳你回去。」蕭朔道：「我在遠處，見你薄甲銀槍直插戰陣，只取賊首，連挑戎狄三名大將。燕雲之地，兩軍對峙，你槍指之處即是分界，你立馬之土便是邊城。」

「那天，我本想將金牌令毀去，同你說清，以生死祭朝暮。」蕭朔垂眸，「陰差陽錯……我去尋你，卻比朝中消息晚了一步。」

雲琅怔怔聽著，心底微沉。

打下瀛州城那一日，他聽聞鎮遠侯案發，連夜安置妥當駐兵，帶著親兵，晝夜不停回了汴梁。陰差陽錯。

「朝暮不可祭。」蕭朔道：「我轉求百年。」

雲琅難得聽蕭小王爺這樣坦誠胸懷，耳後熱得發燙，張了張嘴，輕咳一聲，「百年容易，無非朝暮復朝暮復朝暮復朝暮……」

蕭朔看著他低著頭小聲念念叨叨，眼底叫暖意一熨，緩了深滯沉澀，伸手將雲琅抱進懷裡，去解他的衣襟。

雲琅的外袍已在馬車上交代給小王爺了，這會兒被他細細解著內衫，有點兒緊張，「這回不一蹴而就了吧？」

蕭朔將他衣襟剝開，視線落在隱約亮出來的猙獰傷痕上，輕聲道：「什麼？」

「見色起意啊！」雲琅臉上發熱，含混嘟囔，「親都親了，我記得是這個進度的。」

蕭朔放下手，一時竟有些分不清雲少將軍是放得開還是放不開，「你既然已進度到了此處，上次又為什麼會跳窗戶逃出去？」

雲琅燙得迷迷糊糊，被他問住，張口結舌，「我……」

「罷了。」蕭朔闔了下眼，不與他翻扯，「今日不說這個，我雖然扒了你的衣服，不准你亂動，卻不是要對你行什麼不軌之事。」

雲琅被蕭小王爺按在腿上，被剝開了兩片衣襟，眼睜睜看著蕭小王爺正襟危坐眸正神清，嘆了口氣，「我若不是聽你說了八百次這句話，定然不信你這話是真心的。」

兩人少年時也沒少見這一齣，雲琅習慣了，自覺鹹魚般躺得溜平，「你今日又學了什麼推拿的手法，還是又看出了我哪處舊傷沒好全，還是又發覺我受了新傷瞞著你？」

「今日去殿前司。」蕭朔道：「我看見了那柄劍。」

「哪柄？」雲琅沒反應過來，還舒舒服服枕著蕭朔的胳膊，懶洋洋往下躺，「你什麼時候也喜歡劍了？殿前司沒什麼趁手兵器，回頭……」

雲琅話頭一頓，蹙了蹙眉，遲疑了下，「皇上同你說什麼了？」

蕭朔靜坐著，掌心覆上雲琅胸前猙獰傷痕。

疤痕硬澀，怵目盤踞。幾乎不用再細問，今日看見那柄劍在稻草假人上留下的創痕，他就已清楚了雲琅當時的傷勢。

這種傷勢，哪怕靜養三月，都要日日換藥精心護養。

雲琅已猜出他知道了什麼，撐著坐起來了些，想要將衣襟掩上。

才一動，蕭朔已握住了他的手腕。

「蕭朔。」雲琅猜著他要說什麼，側過臉低聲：「你要為這個跟我囉嗦，最好趁早閉嘴。」

雲琅不想說這個，一腔旖旎散乾淨了，不耐煩皺著眉，「那時的情形有多亂，沒人比你我更清楚。你如今也知道了，我早惦記著你們家家廟，若是咱們兩個還要樁樁件件算清楚，我……」

雲琅的話還未完，忽然怔了怔，慢慢瞪大了眼睛。

蕭朔垂眸，拿衣袖給他攏著，將雲琅裹進懷裡，摸了摸他的髮頂。

雲琅張了張嘴，沒能出聲。

「不算。」蕭朔輕聲道：「不說。」

雲琅肩背悸了下，死死攥了他的衣袖，抿緊了唇角別過頭。

「你改一改這個脾氣，好歹稍慢些，容我說一句話。」蕭朔抬手，覆在他舊傷處，「我只想問你，這一處還會不會疼？」

雲琅都已做好了任憑拷打都堅貞不屈的準備，聞言愣了愣，眼睛悄悄轉了下，遲疑了一下道：「自、自然不會。」

蕭朔點了點頭，挪開手輕嘆一聲，「可惜。」

雲琅愕然，「什麼玩意？」

他的確極不想讓蕭朔來矯情翻扯這個，可再怎麼兩人也相伴相交，知道了這些往事，蕭朔難受難受倒也沒什麼。

雲琅都做好了反過來安慰開解蕭朔的準備，這會兒竟有些轉不過來，坐直了，「這就琴琴不調、鏡分鸞鸞了嗎？」

「這麼大個疤！」雲琅霍霍磨著牙，準備照舊傷的大小給蕭小王爺啃個圈，「怎麼不疼還可惜了？你這人……」

「我這些年，一直在各地尋散瘀通血、固本培元的良藥。」蕭朔道：「府中有處地方，正好能修湯池。」

雲琅：「嗯？」

「此前你身子太虛，承不住。」蕭朔：「昨日梁太醫說，你能泡一泡藥浴，調理舊傷了。」

雲琅：「咦？」

「泡湯池時最好輔以特製的藥油，要在掌心搓熱，一寸寸推揉開，以滲進肌膚筋骨，藥效才會最好。」蕭朔道：「此時，身在水中，又要推開藥力，故而兩人皆不能穿……」

「我知道！」雲琅面紅耳赤打斷，「你幹什麼不早說！」

雲琅隱約覺得蕭小王爺是故意的，咬牙切齒，恨不得把剛才那句話吃回去，火急火燎改口：「疼！天天疼，陰天下雨就更疼，還癢，連疼帶麻百蟻噬心，經脈在這兒也不通暢，每次運氣到胸口都要疼一下。我當初只要有地方借力，能上幾丈高的房頂，如今這口氣每次都斷在這兒，續不上，就只能跳上去七八尺，一著急就覺得肺裡癢想咳嗽。」

傷在自己身上，雲琅自然一清二楚，色急攻心一口氣招乾淨了，拽著蕭朔，問道：「能泡湯池了吧？」

蕭朔靜聽著，伸手將雲琅攬進懷裡，闔了眼。

雲琅趴在他懷裡，後知後覺，「……蕭朔。」

蕭朔緩過胸口那一陣激烈痛楚，覆著他的頸後，慢慢揉了兩下，「能，我這便叫人去建，你允我幾日。」

雲琅：「……」

「空手套白狼！」雲琅活生生氣樂了，「小王爺，你原來都這麼會的嗎？還說自己不懂，我看你分明……」

「我覬覦你日久。」蕭朔低聲道：「研讀醫書時，不知為何，情難自禁。」

雲琅心說研讀醫書能研讀出這個，孫思邈、李時珍、華佗、扁鵲怕是要組團來扎你。

他有心同蕭小王爺算算帳，看著蕭朔神情，到底硬不起心，「行了……你若真打算弄，我還知道先帝有幾塊暖玉藏在什麼地方，回頭一塊兒弄來。」

雲琅自己也忍不住意動，壓了壓念頭，把衣襟掩上，轉了話題：「有件正事，比湯池要緊，你明日得去看看。」

蕭朔蹙了下眉，「什麼？」

「方才你說官銀，我忽然想起件很要緊的事。」雲琅道：「我當初逃亡前，回了一次府，拿了送你那個護腕走。」

「此事我知道。」蕭朔道：「你還拿了我的一件衣服、一條髮帶。」

「這個不論……」雲琅乾咳一聲，「不算這些，我還扛走了你們府上的兩箱銀子。」

蕭朔：「……啊？」

「我逃亡。」雲琅強詞奪理：「不要盤纏嗎？」

「兩箱官銀，是你拿的？」蕭朔道：「一箱一千兩，我不知你原來這般……氣蓋世。」

雲少將軍力拔山兮，乾咳了下，謙虛恭謹：「一斤十六兩，一千兩六十斤，兩箱子也不過一百二十斤……」

「你既進了府庫。」蕭朔問：「沒發覺箱子邊上，其實就放著一摞千兩銀票嗎？」

雲琅：「……」

雲琅舊傷有點疼，按著胸口緩了緩氣，「不說這個。」

那兩箱銀子不全是他要用，其中一大半，其實都託人設法熔煉過了。

銀子磨去官銀印記，由黑市煉銀好手改成不起眼的碎銀紋銀，由已散在各地的朔方舊部一手倒一手，千里迢迢送進了朔方軍。

雲琅當時忙著八面補漏，能兼顧到這件事已是極限，此時再回想，便記起當時的一處不對勁來，「我不方便找京城的地下錢莊，只能在周邊找，當時找的那個暗莊，本不願接這單生意。」

「地下錢莊雖然有贓銀流通，但這等掉腦袋的事，等閒暗莊不願做，倒也沒什麼。雲琅道：「可那一家回絕的，給的答話卻是……手上的官銀太多，忙不過來。」

蕭朔靜思一刻，神色微沉，「馬隊。」

「正是。」雲琅點頭，「那時候京中混亂，朝堂嚴加整肅，官員束手，商旅凋敝。忽然要大筆銀子的，就只有那一單生意。」

西域馬商每年不遠千里，自玉門關迢迢趕過來，最好的大宛馬。

倘若沒有意外，這批馬理該順順利利賣給禁軍和金吾衛。

「偏偏當時出了亂子。」雲琅道：「這批馬最後不知去了什麼地方。這件事和當時的風波比起來，實在太小了，故而也沒人注意……」

「你當時找的。」蕭朔點了下頭，「是何處的錢莊？」

雲琅：「京西南路，襄陽府。」

兩人對視一眼，心裡都隱約有了念頭。

雲琅坐不住，當即便要起身，被蕭朔拉回來，一屁股坐回了蕭小王爺腿上，「幹什麼？」

「明日你我出門，各自忙活。」蕭朔道：「今日晚了，先歇下。」

「晚上好做事。」雲琅這些年晝伏夜出慣了，拍拍他手臂，「我大致知道馬隊去了什麼地方，先去探探路，你放心，定然不會有半點事。」

蕭朔垂了眸，扣住雲琅脈門，抬手按了他心經穴位，稍稍施力。

雲琅猝不及防，疼得眼前一黑，幾乎栽進他懷裡，「怎麼回事？」

「照你說的舊傷情形，大致能推出你傷損在了什麼地方。」蕭朔道：「這一處若疼得厲害，便是你今日休息不足、內有虧空。」

雲琅匪夷所思，半信半疑抵著蕭朔心口那處穴位，又敲又按了半天。

「好了。」蕭朔握住他的手，將人扣下，「我比你康健得多，你……」

雲琅看他半晌，輕嘆口氣。

蕭朔蹙了蹙眉，「怎麼？」

「你說的這個我不懂，不知真假。」雲琅道：「可我知道，這處穴位在武學之中是各脈之會。按方才的擊打力道，縱然是個好人，也該內氣漫散，心慌意亂，重則心神失守、昏迷不醒。」

雲琅攥著袖口，一點點擦乾淨了蕭小王爺額頭的冷汗，心疼道：「你若疼，也該告訴我，別自己忍著嘛了。」

蕭朔肩背微繃了下，闔了眼，低聲道：「我……」

「往日都是你照料我，今日換一換。」雲琅不再惦著往外跑，握了蕭朔的手臂，緩聲引他躺下，「歇一會兒，我也在呢。」

蕭朔幾乎不知該如何歇息，盡力將肩背鬆下來，卻又忍不住睜開眼睛，認真道：「我很好，不用折騰這些。」

「好好。」雲琅隨口答應：「躺平。」

蕭朔不願與他擰著來，蹙緊眉沉默一陣，無聲躺好。

「知道你難受。」雲琅有樣學樣，伸手遮住了他的眼睛，「別繃著，再躺平點兒。」

蕭朔被雲少將軍威風凜凜地呼喝著，靜了片刻，慢慢躺實。

「行了。」雲琅估摸著差不多，按著蕭朔的眼睛，「那兒疼？」

蕭朔：「……」

「不用扭捏，說話。」雲琅拍拍他，「你我還有什麼不好意思的？」

蕭朔靜了片刻，「的確不體面。」

雲琅莫名，「有什麼不體面？直說就是。」

蕭朔：「腰脊之下，髖腿之上。」

「……」雲琅：「什麼玩意？」

「臀。」蕭朔頓了頓，「也可稱尻，民間俗話……」

「好了！」雲琅聽不下去，一陣崩潰，「我只是要讓你緩緩心神！好端端的，屁股疼什麼？難不成……」

雲琅話頭一頓，張了張嘴，忽然沉吟。

蕭朔也不知自己好端端的，為何便疼在了這一處，單手撐起來，在被褥間摸索了兩次。

「沒有。」雲琅早把這事忘乾淨了，欲蓋彌彰，伸手攔他，「你我換個地方，去內室。」

蕭朔拿出一個早被藏好的插銷，放在雲少將軍面前。

雲琅：「……」

雲琅：「……」

蕭朔又拿出了一個，摞在上面。

老主簿出的好主意，雲琅對著窗子上的三十個新插銷越看越來氣，一時沒忍住，往榻間藏了半盒子。

一天沒回來，忘得乾乾淨淨。

「好了。」雲琅心虛，伸手去拉他，「別找了，你我去內室，我……」

蕭朔已慢慢摞了七個插銷，莫名竟也覺得很是解壓。抬眸看他一眼，專心致志，又摸出來一個，仔細摞在了上面。

剛放穩，被雲少將軍的袖子一帶，嘩啦啦散了一地。

雲琅：「……」

蕭朔：「……」

雲琅站了半晌，乾咳一聲，撿起一個插銷，端端正正摞在了蕭小王爺的腦袋頂上。

次日一早，書房遞消息，又要了一百個插銷。

老主簿帶人裝滿了三個箱子，瞄著王爺出府，親自送過來，屏息敲開了書房的門。

雲琅收拾妥當，已同王爺一處早睡早起，用過了早飯。他還沒到出門的時候，一個人坐在桌前，沉吟著研究桌上的插銷塔。

老主簿抱著箱子，小心翼翼，「怎麼就到了這一步……」

「一言難盡。」雲琅試著捏住一個，挪著往外抽了抽，「府上有夜行衣嗎？勞您幫我弄一套，我晚上要用。」

老主簿愣了下，瞬間拋開旁雜念頭，緊張地追問道：「您要去什麼地方？可有什麼危險嗎？王爺……」

雲琅擺了下手，「不妨事，只是去探個路。」

雲家以武入仕，有家傳的輕功身法。雲琅從小練得熟透，還嫌無聊，又去金吾衛裡滾過一圈，同先帝手下暗衛也常有較量討教。

戰場拚殺講究的多是大開大合，雲少將軍武功路數矯捷輕靈，其實有些相悖，真上了沙場並不很順手。

當初剛進朔方軍時，雲琅總要被端王拎著教訓幾番。不能在馬背上坐不住，不能嫌馬慢跳下來自己跑，也不准蹦起來打人家對面將軍的腦袋。

雲琅被端王按著打磨了好幾年，才終於堪堪適應了戰場馬上搏殺的身法。但他畢竟不長於此，去朔方軍時又年少，筋骨還未長成，力氣天然不是強項。莫說和端王在馬上拚鬥，真對上全副披掛的重甲騎兵都尉，也要想些辦法才能智取。

可若是不用打仗，要論潛進哪個地方探一探路、摸些消息，京城內外找遍，也翻不出來幾個能比他自己出手更靠得住的。

雲琅琢磨著插銷塔，險些抽塌了一次，堪堪扶穩，「這幾日的拜帖裡，可有集賢閣那位楊閣老一系的？」

「有幾張，只是都擱置了。」知道雲琅夜裡才要出門，老主簿稍一怔神，忙道：「有，禮部和禮儀院的人來過，國子監也有人來，特意留了帖子。」

雲琅接過帖子，大略掃了一眼，擱在一旁，「壓下去，再等。」

「是。」老主簿低頭記下，「是要等再有些分量的官員嗎？」

「國子監司業，倒也不是一點分量沒有。」雲琅已記清了蕭朔整理的那份名單，搖了搖頭，「只是這些人，都還只是他明面上的門生。」

蕭小王爺在明，原本便被皇上打定了主意扶成活靶子，拿來和對方玉石俱焚。

如今對面勢力雖隱在暗中，卻已隱約摸出端倪，雙方在皇上眼皮底下暗中較力，拚得是誰更坐得住。

不能進不能退，這位被他們蒙對了、又不講道理不按套路逼出來的楊閣老，如今只怕才是最難受的。

「開封尹立場，他心裡大概也清楚。衛准的脾氣，最多只能作壁上觀，不會任他驅使。」雲琅摸出了竅門，自層層疊疊的插銷塔中慢慢抽出來一個，搭在最上面，「按我被試霜堂撿回去的次數，他手下可使喚得動的寒門子弟，只怕不下數十人。」

老主簿聽不懂這些，只是想起試霜堂那些祕辛，心裡一陣難受，「哪怕為了王爺，您也切不可再叫自己傷成那樣了。」

雲琅失笑，摩挲著桌邊茶杯，慢慢轉了個邊。

老主簿沒得著他回應，心頭不由一緊，「小侯爺？」

「我自知道輕重。」雲琅道：「不打緊。」

老主簿看著他，反倒愈發不安，快步過去，將書房門牢牢關嚴。

雲琅回神抬頭，看著眼前情形，一時甚至有些敬佩，「咱們府上是人人立志，要想盡辦法將我關上捆起來嗎？」

「若是將您關上捆起來，便能叫您平平安安的，我們縱然挨罵受罰也做了。」老主簿低聲道：「如今情形的確凶險，可真遇上要衡量抉擇的時候……」

「我也會先考慮他。」雲琅道：「我方才走神，是去想別的了。」

老主簿怔了怔，「想什麼？」

「我如今情形，身上舊傷，未好全的還有總共七處。」雲琅沉吟：「經脈不暢，一是血氣虛弱、不能時時推行，二是當初受了傷，未加處置，放任著落了病根。」

老主簿一顆心驟然懸到了嗓子眼，「您怎麼忽然說這個？」

雲琅傷得重，府上自然沒人不知道。可老主簿這些日子親眼看著雲琅被梁老太醫扎成刺蝟，躺在榻上寧死不屈，從沒見過雲小侯爺招供得這般痛快。

事出反常，老主簿反倒滿腔憂慮，上去急扶他，「可是舊傷又發作了？您先別出門，我們這便去請梁太醫。」

「不是。」雲琅將人按住，「舊傷罷了，我如今康健得很。」

老主簿憂心忡忡，「您上次也是一邊這麼說著，一邊咳了半盆的血。」

雲琅被人翻慣了舊帳，如今已然不知道慚愧，認錯得格外順暢，點點頭道：「上回是我胡扯，太不像話。」

「這次確實不是虛言。」雲琅拉著他，誠懇老實，「您信我。」

老主簿仍滿心遲疑，「您上上次叫我信您，下了榻，還沒出門就舊傷發作疼昏了。」

「這也著實過分。」雲琅反省，自我檢討：「舊傷發作了，如何還能胡亂折騰？小命不要了？得綁上綁起來。」

小侯爺今日的態度實在太好，老主簿反倒尤其沒底，一時有些擔憂王爺的房頂，牢牢守著門，「既然……您為何忽然說起這個？」

雲琅等了半天這句問話，清清喉嚨，高高興興，「蕭朔說要弄個藥池，陪我一塊兒泡。」

老主簿愣了下，忽然想起來，「府上說要修湯池，是用來做這個？」

老主簿日日盼著兩人多讀書，如今竟已突飛猛進到這一步，格外欣慰，「好好，您放心。我們定然照著這個用途修，修得舒舒服服、寬寬敞敞的。」

雲琅對湯池要求倒不很高，裡頭有水、能裝下兩個人就夠，點了點頭，興致勃勃道：「照他說的，哪兒受過傷，就要沾了藥油按摩那個地方。」

雲琅耳後有些熱意，「我沒睡著，琢磨了半宿，覺得我傷得有點少。」

「……」老主簿剛欣慰到一半，「什麼？」

「傷得少啊！」雲琅很惋惜，「滿打滿算，還沒好全的也就七處，還都是前胸後背肩膀上的。我自己摸著都沒什麼肉，硬邦邦有什麼意思。」

老主簿一時幾乎沒回過神，磕磕巴巴道：「所、所以……」

「我在想。」雲琅已琢磨了半宿，此時還糾結，捧著茶杯，問道：「不知現在往屁股上捅一刀，來不來得及？」

老主簿：「……」

「又怕湯池幾日就修好了，我這傷卻還沒好。」雲琅考慮得周全，「到時候下了水，還沒幹什麼，倒先見了紅，憑小王爺看過那幾本小破話本只怕跟不上……」

「小侯爺。」老主簿實在忍不住，犯顏直諫：「恕老僕直言，您的話本……看得只怕也沒比王爺強到哪裡去。」

雲琅莫名，「我什麼都看過，哪裡不比他強？」

在外頭東奔西走的時候，雲琅躲在山間破廟裡養傷，無事可做，全靠看這些東西打發時間。山高皇帝遠，地方的書局書鋪管轄不如京城這般嚴格，話本遠比京城野得很。單一個溫泉，就有少說十來種二十種寫法，醒著的昏著的、坐著的躺著的，各有各的妙處，遠不只京城裡這些情節手段。

雲琅這次回來得急，又是奔著死路來的，還有些隨身的東西沒帶回京，留在了半道上。

若是蕭小王爺再找不到下冊，只怕就該琢磨琢磨怎麼帶話給地方舊部，把他自己珍藏的幾本話本設法託人送回來了。

老主簿聽著，心情複雜，「您是說……外頭的話本花樣繁雜，什麼都有。」

「是。」雲琅沒好意思說得太直白，見老主簿說了，索性也承認，「的確比京裡面的豐富。」

老主簿：「光是溫泉，就有二十種寫法。」

雲琅點點頭，「是。」

「您看了二十種寫法。」老主簿道：「現在為了讓王爺揉一揉……決心自己扎自己一刀。」

雲琅張了張嘴，一時語塞。

「這二十種寫法裡，有要動刀子的嗎？縱然有……是這麼用的？就生往上扎？不都是在燭尖燒熱了，沾著蜂蜜……」

老主簿堪堪頓住話頭，咳了一聲，「總之，又哪有一種是像您說得這般的？」

老主簿活了幾十年，頭一次見兩人能把日子過成這樣，「您幸虧是在這兒說了，要是您一時上頭，去找王爺說……」

「我沒忍住，同他說了。」雲琅躺在桌上，「您猜這一百個插銷是做什麼的？」

老主簿：「……」

「我還當我天賦異稟，想出了第二十一種。」雲琅有些悵然，嘆了口氣，「原來與前二十種還這般不一樣。」

老主簿一時有些想給王爺送碗定心安神湯，「您往後……有什麼念頭，先同我們商量商量。」

老主簿知道插銷是做什麼的了，叫來玄鐵衛，叫給書房每道門窗各安上十個，「切莫直接去找王爺了。」

雲琅看著一屋子叮叮噹噹的玄鐵衛，快快不樂，趴在桌子上，「知道了。」

「您的匕首是不是又被王爺收走了？」老主簿看他手中空空蕩蕩，已猜出了是怎麼回事，「王爺睡個好覺不容易，您先別去拿了，若是實在沒有趁手兵器，老僕去開府上兵器庫……」

「倒不用。」雲琅摸了摸袖間飛蝗石，「我愛用那一柄，就是因為它好看。」

雲少將軍自小慣出來的毛病，用什麼都要用最好看的。

每次隨軍出征，寧死不戴笠子帽，不穿四、五十斤的步人甲，銀袍銀鎧銀槍，槍頭上還要簪一簇正紅的槍纓。

挑匕首，趁不趁手姑且不論，自然也要先挑個花裡胡哨看著便極貴極值錢的。

雲琅吹著參茶，忽然想起件事，「他是不是說過，我的槍和箭都在大理寺？」

老主簿一時沒能跟上雲琅的思緒，愣了下，點點頭，「王爺的確說過……想來應當不差。」

「當初事情出得急，各方都沒來得及反應。」老主簿道：「那時是當今皇上、當年的六皇子兼執著大理寺。大理寺卿查得雷厲風行，當日定罪，當晚便將府裡的東西盡數抄沒了。就連王爺後來去要，也只是被客套話給送出了門。」

雲琅大致知道這些，點了下頭，回想了下，「如今的大理寺卿，還是姚厚嗎？」

「是。」老主簿道：「就算如今論起來，朝中這些舊官故署，大理寺也是最早跟著當今皇上的那一批心腹。」

老主簿還記得當時情形，「當年六皇子初封賢王，開始嶄露頭角，便是藉由大理寺協審的一場大案，硬生生扳倒了上代三司使……」

雲琅正走著神，忽然出聲：「三司使？」

「是啊。」老主簿點了點頭，「是個鹽行的案子，當時鬧得很大。」

「上代三司使是江陵王蕭延平，據說是下頭的官員與他勾結，一夜屠了人家鹽行滿門。」老主簿那時還未入王府，細想了想，給雲琅大略講了講：「鹽行的人上京告狀，開封尹派人下去查案，竟在下面受了重傷，險些沒能回得來。」

這個案子當時鬧得滿城風雨，京中幾乎沒人不知道。只是時間太久，已過去二十五、六年，漸不被人提起了。

如今朝中，還有記得此事的，也要麼年事已高，清閒養老不問世事，要麼尚在埋頭鑽營、各謀出路，沒人再閒談這個。

「此事官官相護，按得極死，求告無門。」老主簿給雲琅續了杯茶，繼續道：「上代開封尹爭了半年，心灰意冷，竟當堂辭了官職告老還鄉。先帝派人去追，沒能追得回來。」

老主簿道：「開封府無人主事，朝中又無儲君兼任。只得按照祖制，在皇室子弟中選出一位，代領開封府。」

雲琅問：「就是咱們如今這位皇上？」

「是。」老主簿點了點頭，「後來……」

雲琅擱下茶杯，「為何不是端王叔？」

「怎麼會是先王爺？」老主簿停住話頭，愣了下，「先王爺是戰將，於情於理，也該找個從文的皇子啊。」

雲琅思量著此事下藏著的深意，搖了搖頭，「二十五、六年前，端王叔還沒開府，就知道自己要打仗了？」

老主簿是開府後跟著端王的，這麼多年過去，回頭看自然不覺有什麼不對。

可那時的朝中皇子裡，資歷足夠、年齡合適的，原本就該是端王。

雲琅：「按本朝祖制，若開封府尹空懸，則由儲君兼任，若朝中未定儲君，則由成年皇子兼領開封府事。」

雲琅這些天都在背本朝律法條例，屈指輕敲著桌面，心算了下，說道：「當今皇上，那時應該還未及冠。」

「是。」老主簿被他點醒，「的確還差了半年，當時京中也有人議論此事，但朝裡好像有德高望重的大人作保。」

雲琅：「是誰？」

老主簿從未想過，一時頓住。

雲琅敲了下窗子，想順手推開，看著三十個插銷一陣頭疼，「……刀疤。」

窗外立時應聲：「少將軍。」

「去給御史中丞送個信，叫他幫我查些事。」雲琅隔著窗子，思量著緩聲道：「查二十六年前，開封府主審、大理寺協審，扳倒了三司使的那一樁鹽行舊案。」

「是。」刀疤應了一聲，又問道：「還有別的……」

雲琅頷首，「有，查當年薦六皇子兼理開封府事的，德高望重的朝中官員。」

雲琅頓了一刻，又道：「是不是楊顯佑。」

「楊閣老？」老主簿屏息聽了半晌，聽到了個最不可能的名字，一時錯愕，「可……他不是第三方的人嗎？如今皇上扶持咱們王爺，不就是為了對付他們？」

雲琅：「倘若當初，這位六皇子也是被扶持起來的那個呢？」

老主簿倏而醒神，怔忡立著，沒說出話。

「驅虎吞狼，遠交近攻，戰場用爛了的辦法。」雲琅示意刀疤先走，斂衣起身，「我一直奇怪，如今朝堂沒多大的亂子，是什麼讓我們這位皇上如此不安，寧可叫朝中烏煙瘴氣，也要把各官各署牢牢攥在手裡……如果真是這樣，便好懂得多了。」

「您是說——當年有人為了奪權，扶持了六皇子，想要覬覦皇位。」老主簿低聲道：「卻不想六皇子羽翼豐滿後，竟反擺了他們一道，搶先坐上了這個位子？」

雲琅點了點頭，「我去大理寺看看，是不是這麼一回事。」

「您現在去？」老主簿嚇了一跳，「如今尚是白天，只怕……」

「晚上排滿了，沒時間。」雲琅活動了兩下筋骨，摸出副與送了蕭小王爺那套一模一樣的袖箭，戴在腕間，「再說了，我是要去大理寺翻卷宗，夜裡點著蠟燭翻，不是告訴別人我在偷看？還不如白天翻得方便。」

老主簿仍覺不安，為難道：「話雖如此，畢竟太過凶險了。」

老主簿盡力攔雲琅，急忙道：「如今雖然休朝，大理寺卻慣有人駐守。若是再遇上巡邏的禁軍，如何是好？」

「侍衛司？他們能碰著我片衣角，都是我那天崴腳了。」雲琅不以為意，「除非……」

老主簿：「什麼？」

「應當不會這麼巧。」雲琅摸摸下頷，思量半晌，「我去去就回。您若實在不放心，就給我派個幫手。」

老主簿才想起他已將刀疤派了出去，看了一圈，橫了橫心，「小侯爺，老僕跳不動……」

「您在府裡，幫我看著他們造湯池。」雲琅即時按著他，「讓連勝大哥和我同去。」

老主簿有些錯愕，抬頭看向雲琅。

連勝是端王的貼身親兵，被端王救過命，當初險些便自戕隨先王殉葬。

後來沒能死成，血案之後，便一直留在了琰王府內，率玄鐵衛日夜護衛。

雲琅從刑場回府，便是由連勝帶人領回來的。

那時府中人尚不知當年實情，有些堅信著雲琅有苦衷，處處設法暗中照拂，可也有些如連勝這般，脾氣擰直不會轉彎的，沒少對雲琅冷言冷語。

後來誤會解開了，再見難免難堪。連勝這些日子都在周邊，罕少有往書房來，到現在都不曾露過幾面。

老主簿有些為難，「您若實在缺幫手……」

雲琅無奈笑笑，好聲好氣：「您幫幫我，叫連勝大哥陪我去。」

老主簿眼看著他長大，此時看著雲琅與少時一般無二，心底竟有些發澀，訥訥：「您……是為了王爺嗎？」

連勝當年隨著端王回京，就曾統領過殿前司，如今的都虞候還是他的舊部。

如今蕭朔執掌殿前司，若是能有連勝在旁輔助，處處都要得心應手不止一倍。

「王爺……也曾問過。」老主簿低聲道：「連將軍說了，只想在王府內做玄鐵衛。」

「他問？」雲琅清了清嗓子，站直了板著臉，學著蕭小王爺的語氣：「如今我已執掌殿前司。舊事未改，昔人如故，你若還想回去，便同我說。」

老主簿當時就在現場，此時眼睜睜站著，竟一個字不差地又聽了一遍。

雲琅都替琰王爺愁，「早說了，換個人都聽不出他這是在同連勝道歉。」

老主簿跟了蕭朔這麼些年，半句沒聽出來，一時錯愕，反問道：「這是在道歉？好端端的，王爺道什麼歉？」

「誰知道，總歸有事就往身上攬。」雲琅道：「沒能護住殿前司、沒能護住這些忠心耿耿的王叔親兵，昔日肝膽相照、熱血相報的殿前指揮使，如今只能在王府裡，日日消磨……」

老主簿一時竟不知該是何反應，心中複雜，「這般……多的意思嗎？」

「他這人，好話就不會好好說。」雲琅現在想起來還挺不高興，摸了顆插銷，偷著說蕭小王爺壞話，「昨夜也是，非要訓我。」

老主簿有些頭疼，「或許……想必是因為您要用刀扎自己……」

「不就是不能用這種？好好說就是了。」雲琅悶悶不樂，「我還會二十種呢！」

「對。」老主簿即時鼓勵，出主意：「您就從這二十種裡挑一個，好好給王爺些教訓，讓王爺長長見識。」

雲琅摩拳擦掌，「定然。」

「就按著話本裡說的，絕不用再改什麼。」老主簿難得見他對了些路子，生怕兩人裡有一個再偏出去，「您只管照著挑出來，剩下的我們去準備。」

雲琅鬥志昂揚，「知道。」

「這邊對了。」老主簿欣慰道：「您和王爺如今都已是大人了，就該有大人的樣子，做些大人該做的事。」

雲琅受他鼓勵，翻著腦中存貨，正要挑個最帶勁的，書房外忽然傳來了通報聲。

隨著蕭朔出門的玄鐵衛回來了一個，行色匆匆，手裡捧了個食盒。

「王爺叫送回來的？」老主簿接了，有些擔憂，「可是外頭有什麼事，叫小侯爺設法照應？」

「沒有。」玄鐵衛搖搖頭，「外面的事很順利，王爺已在陳橋點過卯，如今正整頓殿前司，今日巡了第一次城。」

巡城時，恰好經過了一家茶餐鋪子。

鋪子裡賣了好些吃食，王爺看了一會兒，挑了幾樣，裝好叫人送了回來。

此事便很是有幾分年長者的風範，老主簿格外欣然，忙張羅著清了桌子，一樣樣拿出來，「都是給小侯爺吃的嗎？」

「是。」玄鐵衛道：「要聽著小侯爺吃完。」

老主簿正收拾桌子，聞言愣了下，「怎麼是聽著？」

「不知道。」玄鐵衛只管傳話，不明就裡，搖了搖頭，「有四樣。」

老主簿端著一碟子酥瓊葉。

「這一碟，叫落雪聲。」玄鐵衛指了指，又拿出另一碟糖脆梅配糖豌豆，「這個叫風雷響。」

雲琅：「……哦。」

玄鐵衛端出一碗三鮮大熬骨頭羹，「這個叫西窗聽雨。」

「聽他大爺的雨！」雲琅實在壓不住火，「這麼粗的骨頭！這要能叫人想到窗欄杆，我都能把大宛馬拉上樹……」

「小侯爺、小侯爺。」老主簿堪堪攔著，焦頭爛額，匆忙催最後一樣，「那個是什麼？看著很是精緻可愛，可是如今汴梁的新品？」

「這是牛乳酥酪做的，裡頭填了琥珀蜜。」玄鐵衛將最後一碟端出來，仔細平穩著放在桌上，「由手極巧的匠人，趁著酥酪將凝未凝時，嵌上蜜豆做眼睛，再順勢雕成玉兔的形狀。」

老主簿好歹鬆了口氣，「王爺可是看了這個，才叫停下的？」

「正是。」玄鐵衛有些奇怪，「您在府裡，怎麼知道？」

老主簿瞄著雲小侯爺的神色，稍鬆了口氣，按著雲琅坐回桌邊。

「胡猜的，王爺向來很留意這些……」

「確實是先見了這個，才停下挑了另外三個。」玄鐵衛點了點頭，「王爺說了，酥酪放不住，叫小侯爺先替他將那半份也吃了，回頭再還。」

蕭小王爺長這麼大，這般會說話的時候屈指可數。

雲琅耳後熱了熱，坐在桌邊，盡力板著臉，壓了壓險些繃不住的嘴角。

「不勞王爺，回頭府上叫人去學。」老主簿看著雲琅，也放下心，點點頭笑道：「這一道點心叫什麼？」

「雪、雷、雨。」玄鐵衛：「還差一個霜。」

霜字性偏寒，又極潔淨，向來不拘刻意搭配，已顯清雅高潔。

就算京城小童人人會背的一句「疑是地上霜」，也已到了寫月色的極致。

老主簿十拿九穩，長舒口氣，「霜什麼？」

玄鐵衛：「霜落兔跳牆。」

老主簿：「……」

「化用了『霜落熊升樹』。」玄鐵衛好不容易背下來這些，一板一眼道：「王爺說，見了這個，就想起小侯爺……」

老主簿眼疾手快，牢牢捂住了玄鐵衛的嘴。

雲琅坐在桌邊，神色沉穩，一指頭戳翻了蕭小王爺好不容易摞起來的插銷塔。

老主簿按著胸口，把玄鐵衛拖出門，叫人給雲小侯爺熬了碗護心理氣舒脾養神湯。

雲小侯爺端著湯碗，坐在桌前，咬牙切齒啃完了琰王特意叫人帶回府的那一碟霜落兔跳牆。

「等王爺回來，定然好好算帳。」老主簿守在門口，搜腸刮肚，盡力設法哄他，「咱們也做道菜，就叫林空鹿飲溪。」

「太風雅了。」雲琅磨牙，「林空蕭朔半夜掉溝裡。」

老主簿有心提醒雲琅五言絕句和九個字的不對仗。

瞄了一眼小侯爺，當即拍板，「就叫這個！」

雲琅平了平氣，神色稍好了些，又嘎嘣嘎嘣嚼了顆糖脆梅。

玄鐵衛將食盒送到，便自回去覆命了，眼下已不在書房外。

雲琅喝淨了那一碗護心理氣舒脾養神湯，向外望了望，看準了沒有蕭小王爺留下的人，扔了碗起身，「我先出門，帳回來再算。」

蕭小王爺亂買東西，甜鹹口都對不上。

雲琅端著碗三鮮骨頭羹，繞了一圈，塞進老主簿懷裡，「您幫我把這碗西窗聽雨收好，擱在蒸籠裡溫著，等我回來……」

「小侯爺。」老主簿抱穩了碗，忙出言打斷：「這話不可說。」

雲琅莫名，「怎麼不能說？」

老主簿遲疑片刻，低聲道：「他們都說，這話說了，叫不該聽見的聽見，便是插了杆索命旗。」

老主簿看的書多，很是操心，特意放輕了聲音：「您還沒看出來嗎？凡是定了再見的，回頭多半見不著。凡是約了重逢的，後來多半逢不見。凡是一個出遠門、一個在家留守，說回來便成親的，後來定然有一頭要出些事……」

雲琅看話本向來囫圇吞棗，被他一提，竟真想起不少對得上的，忍不住蹙眉，有些遲疑：「當真這麼玄乎？」

「寧可信其有，不可信其無。」老主簿端著碗，「您快說一句不著調的，把這旗拔了。」

雲琅：「等我回來，就把這碗羹藏蕭朔坐墊底下。」

老主簿頓了頓，心情有些複雜，「……好。」

老主簿看著想都不想、對答如流的雲小侯爺，下了決心，等出門就叫把王爺的坐墊全撤乾淨收起來，「老僕去找連將軍，您出門時多小心些。」

雲琅利索應了，蹲在蕭朔榻前擺弄兩下，拉出個暗匣，從裡面取出了幾樣東西。

「您……千萬小心。」老主簿停在門口，立了一刻，終歸忍不住，「留得青山在，不怕沒柴燒。只要人還在，就什麼事都還沒到頭。」

「知道。」雲琅笑了笑，「您放心，我如今有了家室，哪敢亂來。」

老主簿眼底一熱，低聲應了是，快步出去叫人準備了。

❖

雲琅拿了兩顆碧水丹，裝在玉瓶裡貼身收好。他盤膝坐在榻上，凝神推轉過氣血，將幾處尚不穩妥的舊傷盡數壓制妥當了，又取了三枚參片，在袖子裡仔細藏好。

屋內清靜，雲琅坐了一刻，又回了桌邊，將插銷重新搭成了個與原本一般無二的小塔。

有些話不能明說，白日硬闖大理寺，倒不盡然是因為夜裡還要去探大宛馬隊的虛實，實在排不開。殿前司與侍衛司同屬禁軍，職分一樣是護衛京城。但其中再細分，則是白日裡殿前司巡守全城、侍衛司只遊查機動，夜裡再對調過來，日日往復。

換言之，雖然都一樣是日夜巡邏，可白天城中若亂，便該由殿前司擒獲捉拿，夜裡出了事，則由侍衛司應對。

雲琅這幾日一直在同蕭朔摸朝堂風向，此時心裡大略有了猜測，卻仍拿不準大理寺的虛實。

若是大理寺當真不如面上那般，從始至終都堅決跟當今皇上站在一處，他這次去大理寺，說不定便要不大不小地鬧一場。

侍衛司從將到兵都闇弱無能，脫身不難，因此再招惹衝撞，給蕭小王爺找了麻煩，卻不值得。

雲琅搭好了插銷塔，依然閉目推行了一陣氣血。

聽見老主簿輕輕敲門，他才起身出了書房，朝門外人影笑著一拱手，「連將軍，有勞了。」

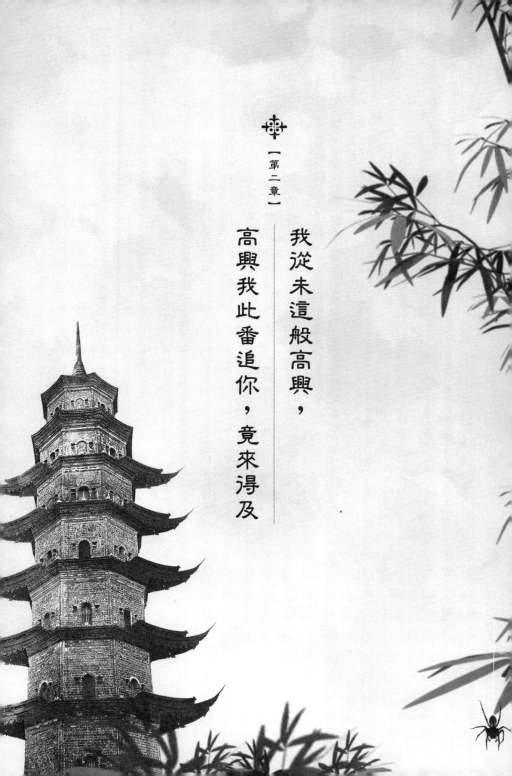

【第二章】

我從未這般高興，
高興我此番追你，竟來得及

在王府住了這些日子，雲琅已有些天沒能見到連勝。王府不小，玄鐵衛四處巡邏，他與蕭朔大多時候卻都在書房。要碰不上，其實也不算太難做到。

雲琅這次準備得充分，大略易了容貌。走在汴梁的青石街道上，餘光掃過身旁沉默如鐵的玄鐵衛統領，終歸無奈，「連大哥。」

連勝應聲駐足，靜了片刻，「少侯爺吩咐。」

雲琅啞然，「連大哥還生我的氣。」

「少侯爺。」連勝皺緊眉，「我並非……」

「並非生我的氣？」雲琅一本正經地猜，「那就是還見到我就心煩，想讓我老實點兒，別老到處蹦躂。」

「不是。」連勝從來爭不過他，咬了咬牙，低聲道：「當初之事，連勝有眼無珠。」

雲琅抬了下眸，沒說話，不動聲色往前走。

「當年在陳橋大營，有奸人鼓動，叫殿前司替……先王爺請命。」連勝攥緊了拳，「是我蒙昧，竟未看出兵出陳橋，形同嘩變逼宮。」

「少侯爺相勸不成、阻攔不住，才令朔方軍硬圍了禁軍營。若是那時便叫我們沒頭沒腦衝出去，但凡有心人借題發揮，謀反罪名盡數坐實。不止端王府難以平反，闔府上下，就連世子也性命難保。」

「後來……少侯爺在刑場，實在走投無路，才終於牽扯王府。」

連勝低聲：「我奉命帶少侯爺回府，卻又因陳年舊怨，一再為難。」

雲琅笑了笑，停在路邊，摸出幾個銅板，自賣磨喝樂的攤子上買了一對格外討喜的小泥人。

連勝隨他停下，靜等著雲琅自攤邊回來，才又跟在了他側後半步。

雲琅將泥人揣在懷裡，仔細收好，繼續尋摸著街道兩旁的攤位。

「好壞不分，是非不明。」連勝走了一段，啞聲道：「當年便險些害了先王爺與世子，如今又做出這等負義行徑，如何還有顏面見王爺和少侯爺……」

雲琅點點頭，笑笑，「說完了？」

連勝皺緊眉，閉上嘴。

雲琅站定了看著他，緩聲問：「想說的都說了，可覺得好受些？」

連勝微怔，「什麼……」

「蕭小王爺定然從不聽這些。」雲琅都不用猜，「但凡說了，便要用『前塵過往、多說無益』打斷了，不准再提。」

連勝錯愕半晌，低了頭苦笑。

雲琅好奇，「猜錯了？」

連勝搖搖頭，「少侯爺果然……與王爺相交至深。」

「至深個兔子腿。」雲琅提這個就生氣，「成天就知道訓我，沒趣得很。」

連勝不明就裡，不敢多置喙，沉默著閉了嘴。

「蕭朔的脾氣，他不願說的事，就是真不放在心上了。」雲琅壓了壓對蕭小王爺的怨氣，收斂心神，回了正題，「可在旁人看來，有些話不說開，就總在心裡積著，越積隔閡越深。」

雲琅看著連勝，慢慢道：「將軍總是迴避王爺，是否其實也是因為……在心裡隱約覺得，王爺仍因為此事介懷？」

連勝心頭微滯，一時說不出話，連羞帶愧咬牙低頭。

「人之常情，沒什麼的。」雲琅擺了下手，「他向來不會好好說話，這幾年沒有我在身邊替他解釋，能懂的就更沒幾個了。」

「過往之事歷歷在目，在誰心頭都是一把刀。」雲琅緩著語氣，邊走邊道：「可人得往前走，得帶著故人的份走。將來見了故人，也好有個妥當交代。」

雲琅抬頭，朝他笑笑，「還有……我回府時，連將軍幫我砍了那副木枷。後來刺客上門，連將軍又帶人來救我的命。於情於理，我早該道謝。」

連勝啞聲：「少侯爺再說謝，是要折死末將。」

「我不打算說。」雲琅神色從容，「畢竟當年我替王府奔走，也沒得來連將軍一句謝。」

連勝愣了下，「末將……」

「現在歸帳。」雲琅淡淡道：「前塵往事，一筆勾銷。」

連勝怔忡半晌，忽然明白了雲琅是在做什麼，立在原地，沒說得出話。

雲琅大筆一揮勾銷了舊帳，負著手，抬頭笑了笑。

他易了容，並不是本來容貌長相，一雙眼睛卻還沒有半點變化。

清明坦蕩，恩仇盡泯。

連勝被他看著，胸中早磨得殆盡的血氣竟一點點激起來，低聲：「少侯爺……」

「我是你琰王府的將軍。」雲琅道：「稱軍職。」

連勝閉了下眼睛，喉間滾熱，「少將軍。」

「你家王爺如今執掌殿前司，初來乍到，多有不順手處。」

雲琅攥了下手腕，將袖箭緊了緊，抬頭望了一眼大理寺的高牆，「如今緩過來了，自去找點事做，少窩在王府消磨意氣、虛度時日。」

連勝聽出他言下之意，心頭倏而跟著一緊，上前一步，「少將軍，你要一個人進大理寺？」

「大理寺裡，有座玉英閣，放的是最機密緊要的卷宗文案。」雲琅取出了顆碧水丹，在指間轉了幾次，還是捏碎了，將一半放回玉瓶，「裡面有些機關，帶著旁人反要礙事。」

連勝咬牙，「少將軍！」

「奉軍令。」雲琅將剩下半顆碧水丹服下，「我有分寸，自然去去就回。」

「末將尚未入軍就職，難奉軍令。」連勝上前一步，「玄鐵衛奉的王命，是守著少侯爺。若少侯爺執意要孤身闖大理寺，末將便不得不先冒犯了。」

雲琅頭一回遇上這般難對付又唬不住的，被連勝攔著，抬手按了按額頭。

帶連勝出來，是他已看著府裡僵了這些日子，有心藉這個機會把人騙出來，開解好了送給蕭小王爺打幫手。

為了這個，雲琅還特意算了算從琰王府到大理寺的路程，特意在中間停下買了點東西。

剛好到了地方，把話說盡、各自分道。

運籌帷幄，瀟灑從容。

瀟灑從容的雲少將軍站在大理寺牆根，頭疼得不行，「我就帶了一套飛虎爪，這牆太高了，蹦不上去。」

連勝低著頭，「末將自己帶了。」

雲琅在朔方軍久了，難得遇上帶腦子的部下，幾乎有些不習慣，「我不認得大理寺裡面的路，只能使輕功走上面。」

「末將認得。」連勝道：「這裡原本也是禁軍值守巡邏的範疇。」

雲琅平了平氣，實話實說，「我自己進去，闖多大的禍他看不見，便沒有倚仗來訓我。」

連勝蹙眉，「王爺豈會訓斥少將軍？」

「何止訓斥？他還揍我。」雲琅繪聲繪色，「一言不合便要將我綁了，親自上手揍。還要我趴在他的腿上，自己數著，數一聲打一下，打一下數一聲……」

「少將軍不可亂說。」連勝低聲勸諫：「王爺素來疼惜少將軍，不會行此荒唐之事。」

雲琅沒了法子，靠著牆，一陣洩氣。

「末將認得裡面的路，若是遇上禁軍巡查，也知道如何轉圜。」連勝道：「不會給少將軍添亂……今日回去，末將便自去殿前司錄名。」

他說得並非全無道理，雲琅此刻進大理寺，本就不是提前謀劃，並沒有十足把握。若非猜測的事一旦查實、有了證據，便能替兩人掙來一張結結實實的保命底牌，甚至還能設法以此反制皇上，雲琅也未必會這般急著來這一趟。

雲琅沉吟一陣，姑且折衷，「不必特意護著我。你我未搭過手，自顧自尚且顧得過來，彼此援手，反倒亂了陣腳。」

連勝在軍中拚殺了十餘年，自然懂得，「是。」

「若是拿著了我要的東西。」雲琅道：「叫你先帶出去，送給蕭小王爺，你便必須去送。」

連勝皺了下眉，低聲：「末將……」

「我自有脫身的辦法，決不會有事。」雲琅篤定道：「此事不比平常，若是探探路、打聽個消息，我定然準備周全，不會這般冒險。」

大理寺在明面上始終是皇上的得力臂膀，這些年指鹿為馬顛倒黑白，立功無數，不知打壓了多少朝中重臣。

就連朝堂之爭，也因為站在侍衛司一方，被老國公當堂叱罵得險些無地自容。

兩人當初實在年少，太多祕辛都來不及觸碰。如今各方勢力都已沉入水下，眼前一片風平浪靜，要摸清楚暗礁，就只能冒險。

正是此事太不引人注意，才留了尾巴不曾處置徹底，叫他察覺到了端倪。如今已將集賢閣閣老楊顯佑逼在了明面上，保不準哪一方便會因此警覺，將當初留的尾巴再細掃一遍。

晚一日，便多一日的風險。

「若我耽擱住了，一時回不來。」雲琅道：「我的親兵帶回來的消息，還有今日之事，就都一併去叫王爺知道，他聽了自然明白。」

連勝攥緊拳，立了片刻，低聲道：「是。」

「若是你我平平安安出來了。」雲琅威脅，「今日之事，膽敢告訴蕭朔一個字，我就趁夜裡去掀了琰王府的房蓋，把那碗湯倒他臉上。」

連勝欲言又止，低聲道：「……是。」

雲琅難得有個長腦子的幫手，想了一圈還有什麼要交代的，摸了摸懷裡剛買的兩個小泥人，「還有……」

連勝：「什麼？」

「沒事。」雲琅記得老主簿教的，沒說不該說的話，「我自己給他。」

連勝跟了端王多年，極知道分寸，垂首立在一旁，並不多問。

雲琅把泥人貼身收好，靜了片刻，笑道：「還有，連大哥，你之前說錯了話。」

連勝怔了下，「什麼話？」

「說我與他相交至深。」雲琅道：「我們兩個不是相交至深，真要論交情，不止不深，其實也沒好到哪裡去。」

連勝皺了皺眉，低聲：「少將軍莫說氣話。」

「不是氣話。」雲琅神色認真，一本正經道：「他在書房榻上，其實已對我將話說透，說了朝暮，說了百年。」雲琅坦然道：「我面皮薄，總張不開口。應歸應了，親也親了，到現在也沒給他個確切回話。」

連勝聽著一句「親也親了」，回想了下雲琅要把湯半夜倒王爺臉上的雄心壯志，又隱約記起了當初刑場，雲琅信誓旦旦侃侃而談的「這樣這樣、那樣那樣」。

連勝從入軍旅起便跟著端王，早知道分寸。對著自稱面皮薄的雲少將軍，沒敢出言質疑，低聲道：「……是。」

「他知道我的脾氣，縱然我不說，他也明白我已應了。」雲琅沒忍住，樂了一聲，「可我也知道，他那個脾氣……定然盼著我也能有一句交代，給他過過明路。」

不然也犯不上這幾日都盯著他，沒話找話，也要扯著他多說幾句。

蕭小王爺面上沉穩清冷，自表明了心跡便等著他回話，等了這幾日都沒等來，難免心火旺盛，昏了頭寫出些「霜落兔跳牆」的欠揍文章。

就該喝點名字沒記住的骨頭羹，清清心火，想想和湯池有關係的正事。

「對著旁人，總比當面好說出來些。」雲琅斂了心神，笑道：「天鑑之，我和他相交不深，交情也不好。」

「我同他……無非生死一處而已。」雲琅道：「不論百年，不算朝暮，我心裡裝著他，於是便活著兩個人的命。」

「我自己的身體，如今是個什麼情形，我自己心裡比誰都清楚。」雲琅道：「能慢慢調理，找到辦法養痊癒了自然好。縱然養不好，我也定然找出來最舒服、最逍遙的那一種往下活。哪怕有天再上不了房，出入都要他抱著了，也沒什麼關係。」

「有一口氣就算。」雲琅：「他活一個時辰，我便不敢早進墳塋一刻。」

連勝怔住，定定立在原地。

雲琅不再多說，取出飛虎爪拿在手裡，瞄準了大理寺的高聳後牆。

大理寺，玉英閣。

藏得是本朝最機密、最不能為人知的文書卷宗。

雲琅收好飛虎爪，在高牆下站定，掃視過一圈。身後草叢輕輕一動，連勝已跟上來，手腳俐落地收拾好了兩人留下的零星痕跡。

「這是地牢，玉英閣在東邊。」連勝指了個方向，悄聲道：「少將軍隨我……」

雲琅抬手，止了他的話音。

連勝心中警惕，立時噤了聲，隱沒在牆下暗影裡。

雲琅不擅這般滾地隱匿，借力騰身，在樹上悄然藏了，抬手撥順枝條。

下一刻，已有巡邏衛兵自牆角繞了過來。

白日裡負責京城總巡防的是殿前司，侍衛司只負責派出小隊遊走，在京中各緊要處抽查，機變應對。

來的這一隊兵士身穿鴉色勁裝，腰墜銅牌，是侍衛司來例行遊走抽查的裝束。

連勝伏在草叢中，等人走淨了，又隔了一陣才起身。確認過安全，朝樹上打了個手勢。

雲琅掠下來，「侍衛司的人？」

「是。」連勝道：「刀頭鑲螭吻，是驍駿營。」

衛兵向東巡視，不便再直朝東去。連勝引著雲琅向另一側穿插，低聲道：「侍衛司最有戰力的幾個營，騎兵驍駿、藩落、步兵保捷，都是高繼勳親轄的營盤。」

侍衛司本就不負責白天巡視，兩人剛剛潛進大理寺，居然就遇上了驍駿營的人遊走抽查，也實在太過湊巧。

雲琅繞過地牢高牆，抬手摸了下，「未必。」

連勝怔了下，「少將軍是說，未必只是湊巧？」

雲琅搖搖頭，他尚且沒有定論，眼下在大理寺內，也不打算輕舉妄動，「先去別處看看。」

連勝循著記憶，辨認了下四周方向，「先向北，過了衙堂再向東，繞到頭折返。侍衛司若是抽查，不會盤桓太久，耽擱出些時候，他們大抵也就繞過去了。」

雲琅點了下頭，又摸了摸地牢的青磚高牆，仰頭望了一眼。

連勝當年在殿前司任職，對京城各處早記得熟透，引著他走，「大理寺地方不少，少將軍為何一定要進玉英閣，可是那裡面有什麼要緊的東西？」

雲琅收回手，笑了笑，「我也不清楚。」

連勝微愕，駐足看他。

「大理寺，玉英閣。」雲琅道：「連將軍可知道，為什麼這裡是滿朝最機密的地方？」

連勝搖搖頭，「末將只知道，此處機關重重，等閒人若要硬闖，只怕有命進沒命出。」

「御史臺監察百官，彈劾朝堂。」雲琅道：「於是在前朝，曾出過御史與人結仇、利用職務之便，捏造罪狀罪證陷害同僚的冤案。後來，為了鉗制御史臺的權力，本朝開國時便下令，由大理寺單分出一署，只監察御史臺。」

「後來，就從專審宗室的龍淵堂分出一署，取『清水有黃金，龍淵有玉英』，叫了玉英閣。」

雲琅自小長在宮裡，對這些八卦祕辛極熟，「當初負責監造玉英閣、設計閣中機關的，是太宗胞弟，那一代的襄王。」

連勝聽得不解，「既然如此，這裡頭放的不就是監察御史臺的東西嗎？」

「起初是這樣。」雲琅笑了笑，「但是後來……就有些人開始發覺，往裡面藏東西，好像也安全得緊。」

「玉英閣平日不開，只在奉命監察核實御史臺時開啟。又機關重重，殺機四伏。」

雲琅道：「皇上手中，有一枚可開玉英閣的金牌令。但這枚金牌令要插入總機樞內才能開閣，若是有一日，這樞紐被人毀了，或是暗中偷換了，將機關排布改了別的……放進去的東西，就連皇上也拿不出。」

連勝聽得心驚，低聲道：「此時，若是再騙過了大理寺卿……」

雲琅慢慢道：「或是再拉攏了大理寺卿。」

連勝一時無話，背後透出冷汗，腳步跟著緩下來。

「我猜……如今皇上也在想這件事。所以這次的刺殺案，才交給了開封尹審理，並沒交給大理寺。」雲琅道：「只是皇上如今沒有得力可用的人，實在掣肘。苦於沒有憑據，既不能發作大理寺卿，也不能派人擅入玉英閣，打草驚蛇。」

連勝：「那少將軍……」

「我不用憑據。」雲琅淡淡道：「有三分揣測，就值得涉險一試。有三分把握，此事我就一定要做。」

「方才將軍問我，裡面可有什麼要緊的東西。」雲琅道：「我探玉英閣，要找一份血誓。」

連勝心中愕然，低聲道：「少將軍當初立的那一份，不是……」

「我那一份的確燒了。」雲琅道：「當初山神廟立誓，算是我逼的皇上。我那時逃得急，身上只帶了幾顆炮仗，被我藏在了磚縫牆角，騙他說埋了火藥。」

雲少將軍最擅出奇兵，火藥玩得熟透，沒少炸得戎狄找不著北。

縱然已經淪落得只剩一人一馬一口氣，手裡捏個不明所以的引線，山神廟內外竟也一時無人敢輕舉妄動。

「我要找的不是這一份，只是藉由此事，想起一句話。」雲琅思忖著，緩緩道：「那時我知瞞不久，一再逼迫那位當年的賢王。他被我迫得急了，曾脫口說了一句『你如今命在旦夕，竟也來拿這一手逼孤』。」

那時雙方對峙，情形近於搏命，半分容不得走神。

雲琅攥著個唬人的爆竹撚，心神都在山神廟內外蓄勢待發的強弓勁弩上，也沒來得及再細琢磨這一句話。

「如今我回頭想。」雲琅道：「這個『也』字，其實不對。」

連勝尚且被他寥寥幾句裡透出的凶險震得無話，聞言理了一陣，才終於跟上，「少將軍是說，此前還有人逼皇上立過血誓？」

雲琅點了點頭，「不止逼過，應當也沒燒成灰，摻在酒裡喝下去。」

「……」連勝始終想不清楚雲少將軍明明出身貴胄、長在宮裡，為什麼對這種歃血為盟一樣的山大王行徑心心念念，「以死相挾立的誓，為何偏要燒了？若是留下，今日豈不也能拿出來，去了這殺身之禍。」

雲琅無奈，「可我逼他立的誓，也沒提我的殺身之禍啊！」

連勝怔了怔，沒立時說得出話。

「況且……逼一個快封儲君的王爺立誓，說穿了，也無非就是賭一口氣。」

雲琅道：「如今他已登基，生殺予奪都在手裡。我拿個寫過的血誓，莫非就能逼他照著做了？咱們這位皇上的脾氣，倒說不定會連人帶誓一起燒了……」

電光石火，雲琅腦海裡忽然閃過了個念頭，倏而停下腳步。

連勝跟著停下，「少將軍？」

「不對。」雲琅沉聲：「走，去玉英閣。」

「此刻只怕還有些緊。」連勝皺眉，「按方才所見，那些衛兵的腳程，只怕恰好剛到……」

「不能叫他們到。」雲琅咬了咬牙，四處掃了一圈，大致認準了方向，踏著門口石獅掠上房檐，「我先過去，自找路跟上！」

連勝尚不及回應，雲琅已找準那一處格外醒目的樓閣，片刻不停，直趕了過去。

大理寺內，暗流洶湧。

連勝身法不及雲琅，不能高來高去。凝神一路隱匿著趕去玉英閣，察覺各處異樣，竟幾乎隱隱心驚。

如今已是年關歇朝，大理寺不需理政，又不像開封尹那般，為了審理刺客案仍要開府運轉。本該是極冷清安靜、人煙寥寥才對。

可這一路過來，竟在各處俱有人影閃動，行色匆匆。屋角堆著的東西拿油氈掩著，連勝經過時大略掃了一眼，竟都是乾透了的薪柴和滿罐猛火油。

連勝趕到玉英閣外，一眼看見侍衛司的驍銳營在附近巡邏，急矮身躲避時，背後已被人拽著用力扯了一把。

連勝借勢躲開巡邏衛兵的視線，堪堪站定，看著隱蔽處的雲琅，「少將軍！他們這是要做什麼？這一路……」

「盡是柴薪火油，我看見了。」雲琅低聲應了，抬頭看了一眼天色，神色愈沉，「是我料差了一步。」

蕭朔曾對他提過，受皇上召見時，前面還有個不明身分的「外臣」，叫高繼勳和金吾衛都忌憚不已。

雲琅其實已大致猜出了這個「外臣」的身分，只是那時尚不知大理寺的根由，並沒細想皇上與之會面，究竟都說了什麼。

「聽著。」雲琅低聲道：「我說一句你背一句，能背多少背多少，背不下也要硬記。」

連勝心頭愈緊，「少將軍……」

雲琅不等他，已自顧自飛快向下說：「以我所推，當年京中忽然出了戎狄的探子，就是襄王暗中作祟，與戎狄勾結，意圖以此顛覆朝綱、篡取皇位。偏偏皇子裡出了個天生的戰將，戎狄暗探被端王叔帶禁軍連根剷淨，這是襄王府第一次受挫。」

雲琅道：「於是，襄王察覺到不可硬奪，只能徐徐圖之。便決心扶持一個剛成年的皇子，作為幌子，先除掉最要緊的對手。」

「當年三司使舞弊勾連，做下的鹽行滅門案，正好給了他們一個絕妙的機會。」

雲琅理了理思緒，低聲道：「集賢閣大學士楊顯佑在明，保舉六皇子代開封府事，大理寺在暗，扶助六皇子，將三司使一舉扳倒，換上了楊顯佑的門生。」

「而六皇子經此一案，鋒芒初現。又在襄王府扶持下，一路結交朝臣……直到宿衛宮變。」

雲琅一時還拿不準宿衛宮變的根由，定了定神，不在此處糾結，「那之後，就如襄王府要的一般，血案一樁迭著一樁。端王叔歿在天牢，禁軍分崩離析，朝中人人自危，朔方軍被排擠在朝堂之外，成了孤軍。」

「唯一叫襄王沒料到的，是他扶持的傀儡，竟然忽然掙脫了他的操控，坐上了皇位。」雲琅低聲道：「或者……這才是先帝當初所說的『沒得選』。」

若是扶了個平庸些的皇子，只怕皇位早晚要落到襄王手中。以襄王這些年的行徑，到時候京城內外，只怕又是一場血洗的政變。

到了這一步，已經由不得先帝心中如何作想。

六皇子韜光養晦、與虎謀皮，隱忍多年，盯準了這一個機會，終於螳螂捕蟬，反擺了黃雀一道。如今黃雀找上門來，最便於拿出來威脅的，就該是當年立下的血誓。

「襄王的大宛馬隊，不是給皇上看的。」雲琅咬牙低聲：「此時他應當在召集他隱於朝中的人，比如大理寺卿……他們不會等，今夜大抵就會來拿誓書。」

「既然要拿，何必再燒？」連勝皺緊眉，「看這架式，少說要燒乾淨大半個大理寺。」

「不是他要燒。」雲琅沉聲：「是皇上。」

連勝被他一點，倏而醒轉，臉色白了白。

皇上受襄王威脅，要將昔日立下的誓書大白於天下，也已猜到這誓書十有八九就藏在燈下黑的玉英閣。

襄王今晚拿誓書，皇上進不去玉英閣，最便捷的辦法，就是一把火燒乾淨。

「我去找殿下！」連勝當即便要動身，「如今還未燒起來，殿前司若調度及時……」

雲琅沉喝，「站住！」

連勝被他喝止，皺緊了眉，「少將軍，大理寺若是燒起來，殿前司罪過只怕不小！」

「京中白日縱火，殿前司拱衛不力，杖二十。」雲琅道：「內城，杖十。傷人，杖十。毀物，杖十。有趁亂哄搶、民生騷亂，杖三十。累及朝堂威嚴，杖五十。」

連勝咬牙，「少將軍分明知道，還……」

「我知這一百三十殺威棍下來，要把蕭小王爺打成琰王餡。」雲琅扔下空玉瓶，起身，「可若是火還沒燒起來，殿前司就到了，如何解釋？是與賊人內外勾結、有意縱火，還是乾脆就有謀反逆心，自行縱的火？」

連勝未曾想到這一層，愣怔在原地，冷汗徹底透了衣物。

「我們這位皇上，自己是扮豬吃虎上來的，最怕的不是無人可用，是有人在他掌控之外。」

雲琅低聲道：「蕭朔此時，不該知道大理寺的事。」

連勝胸口起伏，啞聲道：「可難道——就要這麼認了栽不成？這火一旦燒起來，便再無可能以人力撲滅，只能設法阻隔，等天降風雪。」

「大理寺這一燒，已成定局。」雲琅道：「琰王府事，尚有轉圜。」

連勝急道：「如何轉圜？」

雲琅已推過了藥力，輕舒口氣，「聽令。」

連勝一怔，看著雲琅扔過來的王府權杖，咬牙道：「……是。」

雲琅抬頭，「寸步不離，在此等我。」

連勝心中焦灼，上前要攔，「少將軍——」

雲琅脫了外袍扔給他，只剩一身精幹短打，緊了緊右手袖箭。不再回應，借力騰躍幾次，身形已掠進了玉英閣。

一時三刻，玉英閣內先有了火光。

「怎麼回事？」侍衛司驍駿營的統領一陣焦灼，回頭看更漏，「命的是未時起火！怎麼現在就點了？誰在閣裡！」

「閣裡的人都撤出來了。」一名營校灰頭土臉跑過來，慌忙道：「咱們的金牌令被改了，只能進去下三閣。上頭的都是要命的機關，沒人敢碰，布了火油就撤了，此時不該有人。」

統領抬頭數了數，目光一緊，「不好。」

火光在第五閣，若非是火油提前燒了，只怕就是有人觸動了機關。

「定然是襄王府的人，得了消息，提前來搶那東西的。」統領厲聲吩咐道：「快追上去，不可叫他脫身！」

營校稍見識了三閣向上的機關，一陣膽怯，「大人，那裡頭步步死路……」

「步步死路，也要拿人填上去。」統領寒聲道：「襄王府的人懂裡頭的機關，玉英閣內自有密道，哪怕在外面圍死了，也保不準有脫身的辦法……那東西若丟了，所有人都要掉腦袋！」

「傳令！」統領拔了刀，「皇上給了旨意，若是叫襄王府搶先，縱然我等將這玉英閣鑿平，也要連人帶書留在這！」

營校不敢多說，快步跑去傳令整隊，不多時已將玉英閣圍了個水洩不通。

侍衛司人手有限，暫且放下了各處引火之物的布置，全身披掛的重甲兵頂在前面，往玉英閣裡湧了進去。

雲琅在玉英閣五閣二層，半跪在地上，緩了口氣。

當年的襄王監造玉英閣，抱的是何種心思，早已不可知。只是歷代下來，閣中機關又在原先基礎之上重新修整調試過不知多少次，水磨功夫，竟已成了京中一處飛地。

真監察御史臺的文書卷宗，都在下三層。到了這一層，機關已繁複得處處皆是殺機。

方才的機關，雲琅確實是有意引發，一來牽制侍衛司，二來試試威力。誰曾想竟然說炸就炸，若不是走得快，自己都要被掀在地上。

火藥餘波引得胸口血氣未復，雲琅按了兩按，低咳了幾聲，就地一滾讓開了機關弩透著寒光的鐵矢。

五閣一層是空的，五閣二層也是空的。

雲琅指間微動，已拿穩了一段百煉鋼絲，插在機關鎖孔處，輕微碰觸試探。

試到第三次，咔噠一聲，機簧挑開。

雲琅不急著進去，瞬間收手團身閃開，讓過了密雨一般爆射出來的細小暗器。

暗器上泛著陰森冷光，多半是淬了毒。雲琅仔細避開，向內走了幾步，神色微動，忽然提氣縱身硬生生拔起尺餘，一吊一扳翻上房梁。

腳下原本平整的地面，忽然盡數塌乾淨，狠狠扎出一片怵目的鐵蒺藜。

雲琅蹲在房梁上，掃過一圈空蕩蕩的三層，向上摸索，掀開一層踏板。

與蕭朔為了他硬啃公輸班的遺作不同，雲少將軍是真喜歡這些東西，但凡機關祕術九宮八卦，都多少鑽研過，藉著身分便宜，也得了不少祕傳指點。

這些機括他認得，一層疊著一層上去，應了八門卦象，生死驚休、杜景傷開。下三層已將休、生、開門占全了，四閣澤地萃，應驚門有驚無險，五閣火澤睽，應傷門血光難避。

雲琅在六閣一層站定，緩過口氣，掃過一圈片刻不停，再往上趕。

踏上臺階，腳下忽然隱約晃動。

侍衛司的人在底下，因他已蹚出了大半機關，一層人命鋪著一層，已漸追了上來。

雲琅體力有限，此時已有些不支，內力運轉要撞心脈，走到一半忽然回神。

他被追出了習慣，每到這時都靠這個提神，如今再撞一回，辜負的是蕭小王爺日夜不眠煎熬的心血。

雲琅咬了咬牙，硬將內力平復下來，低聲問候了兩聲蕭小王爺他六大爺。

還未到絕處。

雲琅打點心神，仔細繞開這一層可見的機關，特意留著不曾觸發，將四處搜尋了一遍。

仍沒什麼要緊的東西，只零散放了些當年舊案的卷宗。

雲琅蹙緊了眉，壓了壓胸口被內力攪擾的翻覆血氣，正要再向上走，心頭忽然一動。

六闔中平，排到山澤損掛，是半吉的景門。

景門宜籌謀、拜職，火攻。

居南方離宮，主萬物閉匿。雲琅心裡被一個「匿」字牽著，竟又轉回半步，將那些卷宗翻了幾遍，卻仍不曾看出什麼端倪。

身後隱約傳來了喊殺聲，侍衛司追兵已越來越近。

雲琅定了定心，仍立在原地沉吟。他在書房陪著蕭小王爺，沒少偷偷將蕭朔的卷宗藏起來，只覺得這東西尋常至極。此時眼前盡是卷宗，一時竟無從下……

雲琅手上忽然一頓。

他摸索了幾次其中一份卷宗的封脊，尋到凸起處，一把扯開。

一張泛黃的紙頁，自夾層間飄飄搖搖掉落出來。

紙頁日久，已脆得叫人不敢亂碰。

雲琅半跪下來，自懷裡摸了摸，翻出張牛皮紙，穩著手將那張紙仔細疊了，外面用牛皮紙和油紙各裹了一層，捆在袖箭上。

捆到一半，身後忽然傳來凌厲破空聲。

雲琅心中警惕，閃身讓開，竟是侍衛司的雪亮刀光。

皇命難違，侍衛司的人悍不畏死地往上衝，閣中的大半機關都被雲琅解開了，此刻已豁出命追了上來。

雲琅不欲纏鬥，手上再無半分留存力道。將紙包塞進懷裡，擊退了最先追上來的一波兵士，就要設法脫身。

身後統領傳令，「放箭！」

雲琅心中一沉，一眼掃見身後侍衛司的強弩營，厲聲道：「收弓！此處不可輕動！」

侍衛司的利箭雨一樣追過來。雲琅一手扯了布簾，盡力絞飛一輪箭雨，縱身撲上六閣二層。

終歸晚了半步，箭雨亂撞，碰了閣內蟄伏著的機關引線。雲琅貼在牆上，聽見「咔噠」一聲。

數不清的機關暗器，一時齊發，漫天爆射下來。

雲琅狠狠咬在舌尖上，藉著疼提起心力，袖箭連發磕飛了迎面奪命的暗器，非但不退，又逼出力氣向上掠身。

身後暗器落盡，就傳來隱約火雷聲。灼燙攆著後背，隱約傳來格外不祥的火藥氣味。

雲琅扳上三層門沿，踉了下，搶出半步站穩，心底終歸沉下去。

機關已叫亂箭觸發，將油燈點了火。

此處的火藥味道，他只消一聞，也該知道有多少。

此時人已將下去的路徹底堵死，他要拚殺出去，找到連勝，只怕已來不及。若是趕到窗前，以袖箭將紙包送出去，叫連勝轉交蕭朔，尚可有轉機。

雲琅橫了橫心，不管窗外埋伏了多少勁弩營的弓箭，趕在火藥徹底被引燃前，合身照窗戶撲過去。灼燙已逼在身側，身後忽然遙遙一震，轟鳴聲轉瞬爆開。

只差一步。

火藥連環引爆，一層接一層，向上炸開一片煙塵血肉。

那些剛被翻過的卷宗文書叫火舌一舔，轉眼化成齏粉，燒得一乾二淨。

雲琅被氣浪震得眼前黑了黑，心道不好，還要在四肢百骸攢出一份力氣，要往窗口撲，卻忽然自煙霧中被人牢牢扯住手臂。

雲琅尚且不打算死在此處，卯足了力便要掙脫，回身時卻愕然一怔。

蕭小王爺今日去校場點兵，穿的是俐落薄鎧。微涼的戰甲硬邦邦硌著他，裹挾著雲琅就地一滾，將人死死圈在懷裡。

火藥炸在咫尺，眼前一片晃眼的亮白。強橫氣浪重重鋪開，被蕭朔肩背攔了個結實，捲著兩人，滾了幾滾撞在牆上。

雲琅眼前半晌堪堪見人，耳畔嗡鳴。

他緩了口氣，察覺到肩頭手臂仍死死扣著自己，力道竟不似清醒，心頭一緊，「蕭朔！」

火藥有多凶險，雲琅比誰都更清楚。方才那一下，蕭朔幾乎替他承了七八分的衝撞。

此時六閣已震塌了大半，侍衛司的人被塌下來的木梁磚石封住了，一時上不來。雲琅心中焦急，硬從僵得幾乎不似生人力道的手臂間脫出來，嗓子啞透了：「蕭朔！醒醒，是我……」

他此時耳邊尚且嗡鳴，頭也仍昏沉，一時想不出蕭朔怎麼趕到了此處。卻也顧不上許多，將人硬翻過來，平放在地上。

蕭朔靜躺著，面色蒼白，如同安眠。

雲琅手腳涼得發麻，幾次都沒能摸準他的脈，貼在他頸間摸了幾次，也察覺不到半分搏動。

雲琅咬緊牙關，眼前隱約迸出金星，將喉間血腥氣壓下去。

他俯了身，墊起蕭朔頭頸，僵硬地迫著自己碰上蕭朔雙唇，將一口氣盡力度進去。

再一口氣。

度到第三口氣，雲琅已徹底失了力氣，晃了晃，脫力栽倒在蕭朔肩上。

他喉間啞得厲害，身上疼得幾乎喘不上氣。將人慢慢抱住，摸索著攥住蕭朔衣袖，咬牙哽聲：「別這樣……」

被他抱著的人動了動，伸手攬住他脊背，撫了撫，「好。」

雲琅：「啊？」

蕭朔睜開眼睛，撐坐起來，「長記性了……」

「長你大爺的記性！」雲琅一拳狠狠砸開他，咬緊了牙關，眼底幾乎燙得承不住水氣，咬牙切齒：「蕭、朔！」

雲琅站不穩，肩背都僵得幾乎動不成，嗓子啞透了：「這時候你和我胡鬧？你以為很好玩是不是！你知不知道……」

蕭朔肩背繃了下，不閃不避挨了雲少將軍卯足了力氣的一拳，伸手硬將人抱住。

雲琅抖得不成，自筋骨到四肢百骸都在不自控地悸慄。他心神凝了這大半日，此時大悲大喜撞得意識模糊，死撐著一點心力不肯懈，胸口仍壓不住地激烈起伏。

「抱歉。」蕭朔低聲道：「並非與你玩鬧，只是……」

雲琅閉上眼睛。

「只是我今日帶人查到了大宛馬隊的消息，本想趕在你前面，替你去探襄王府虛實。」

蕭朔知道此舉的確太過分，並不強迫雲琅理會，低聲道：「卻撞見了大理寺卿與襄王私會，商定要在今晚取走玉英閣的一樣東西。」

「你出王府時，有人告訴我。」蕭朔道：「我猜你大抵有所察覺，才來了大理寺。」

蕭朔垂了視線，慢慢道：「我聽聞他們要取東西，便猜皇上要一把火燒了玉英閣。又想起你在大理寺，只怕定然不會袖手旁觀。」

「帶殿前司來，不便解釋，我叫殿前司待命，隻身趕過來。」蕭朔道：「晚了一步。」

雲琅緩過了那一陣激烈心悸，側過頭，攥了攥堪堪恢復知覺的右手。

「少將軍。」蕭朔握住他的手，輕聲道：「你如今該知道，我趕到玉英閣下，聽見連勝說你已入閣，看見閣外強弓勁弩，閣內刀劍拚殺、火藥連環，是何心情？」

雲琅比他先理虧，這一陣緩過神來，咬了咬牙，低聲：「那你何必這般嚇唬我？」

雲琅此時仍餘悸得厲害，手指冰涼，在蕭朔掌心動了動，「要我度氣，一口不就夠了……」

「我那時的確……」蕭朔解釋到一半，淺淺笑了下，搖搖頭，「罷了。」

雲琅聽出他未盡之意，皺了皺眉，伸左手去摸蕭朔腕脈，被他一併握住。

蕭朔摸了摸他的髮頂，「總之……我醒過來，聽見你趴在我身上，拽著我的袖子哭。」

「……」雲琅不難受了，霍霍磨牙準備咬死蕭小王爺，「來，脖子伸過來。」

「待回去，咬幾口也由你。」蕭朔手臂回攬，將雲琅溫溫圈進懷裡，闔了眼，「我只是從未這般高興，一時失態，便忘了場合，同你胡鬧了一刻。」

「高興什麼？」雲琅皺了皺眉，「兩個人都快被炸飛了，現在還堵在這兒下不去，侍衛司說不定什麼時候就把路重新推開。」

蕭朔輕聲：「高興我此番追你，竟來得及。」

雲琅手一頓，喉嚨輕動了下，沒能說出話。

「你今日實在胡來，按例該罰。」蕭朔接著道：「我今日去殿前司，學了些規矩，準備用在你身上。」

雲琅莫名其妙，「殿前司的規矩，憑什麼管我？」

「我套用來了，如今是琰王府的規矩。」蕭朔道：「專管琰王府雲少將軍。」

「……」雲琅有些後悔，「我現在不當了。」

「晚了。」蕭朔道：「擅自涉險，半杖。不惜安危，半杖。背後與旁人過我的明路，卻不叫我知道。」

雲琅還等著他的規矩，愣了半天，沒忍住樂了，「這個也罰？」

「自然要罰。」蕭朔垂眸，「當時情形緊急，連勝來不及細說，我只聽了半句。」

「好好，罰。」雲琅面皮薄，聽不了這個，擺擺手，「半杖都出來了，琰王殿下這般小氣？要打就打，從軍的誰怕這個。」

「我猜你怕。」蕭朔道：「故而設得輕些。」

雲少將軍一身傲骨，大剌剌坐在蕭朔腿上，「嘖。」

蕭朔不理他嘖，將人抱過來，滿滿圈進懷裡，仔細抱實。

雲琅貼著蕭朔的胸口，被薄甲下的沛然體溫暖著，不禁怔了下，卻忽然被殿前司都指揮使橫放在了腿上。

「自己數。」蕭朔道：「打一巴掌，數一下。」

雲琅：「咦？」

蕭小王爺軍令如山，鐵面無私。

結結實實，一巴掌打在了雲少將軍的屁股上。

雲琅瞪圓了眼睛，匪夷所思擰回來。

蕭朔不為所動，將人按回去，又加了背後偷著與旁人過明路的兩下。

硝煙方盡，斷木殘垣支離著，人聲在封死了的通路之外，忽遠忽近。

蕭朔按著雲琅，一巴掌接著一巴掌，打得專心致志一絲不苟。

雲少將軍頭一回在這種情形下挨揍，再心大也終歸不自在，咬牙低聲：「胡鬧什麼？眼下是什麼情形，還在這兒耽擱工夫。」

「你若走得動。」蕭朔道：「自可起來，設法脫身。」

雲琅不服氣，梗了下要還嘴，撐到一半眼前便突兀黑了黑，沒能出聲。

他方才已耗盡了最後一點力氣，若不是蕭朔那時候趕到，只怕要叫那一場爆炸直接掀出去。

縱然還有命在，也難免傷筋動骨，結結實實受些皮肉之苦。

雲琅伏在蕭朔腿上，撐著地搜刮遍四肢百骸，竟攢不出半絲氣力。

「歇一刻。」蕭朔將他翻過來，讓雲琅枕在膝上，「磨刀不誤砍柴工。」

雲琅險些被他氣樂了，「小王爺讀書讀得真多，這句竟還能這麼用。」

蕭朔見他臉上隱約復了些血色，神色也鬆緩下來，笑了笑。

雲琅此刻力竭，內不禦血氣息不穩，說了幾句就覺心慌。他不欲叫蕭朔知道，挪了挪想要調氣通脈，忽然被一線直覺扯回來，「不對。」

蕭朔低頭看他，「怎麼？」

「往日我走不動，你都直接將我端起來的。」

雲琅扯著他，「是不是方才傷著了？叫我看看，你不知那火藥凶險，留神傷了經脈內腑。」

蕭朔倚了牆靜坐著，掃了一眼雲琅支起身都隱約打顫的手臂，將他輕按回去，「無事。」

「蕭朔！」雲琅皺緊眉，「此刻不是逞強的時候，你……」

「確實不妨事，我只是一時震了個正著，險些背過氣。」蕭朔頓了下，視線落在雲少將軍身上，「多虧你替我度氣，很及時，力道也拿捏得很好。」

雲琅：「……」

蕭朔靜了一刻，覺得雲琅大抵還要些褒揚，「我那時雖意識模糊，卻也尚有知覺，察覺得到涼潤和軟，只是第一下磕得有些疼。」

雲琅：「……」

蕭朔看著仍不言不語的雲琅，靜默半晌，盡力道：「稍有些乾，要多喝些水……」

「夠了！」雲琅險些就地紅燒，面紅耳赤，「現在是什麼情形？還胡鬧！」

「我的情形，無非兩種。」蕭朔神色平靜，「你在、你不在罷了。」

蕭朔慢慢道：「此刻你在。生死而已，還不算凶險。」

雲琅向來接不住蕭小王爺的直球，按著胸口悶哼一聲，卸了力軟塌塌化成一灘。

「我一時站不起來，不是因為方才那一下。」蕭朔撫了撫他的額頂，「我趕到玉英閣外，侍衛司不認腰牌，並不准我進來。」

雲琅怔了下，忽然反應過來了他這話的意思。

「幸而這些年叫你扯著，零零碎碎，總練了些防身的本事。這閣內機關，也已叫你事先毀去大半。」蕭朔緩聲：「我今日去校場，難得穿了件鎧甲，竟也派上了用場。」

「一路闖上來，剛好趕得及。」蕭朔道：「只是這口氣洩了，便覺力竭，一時不支。」

雲琅此刻稍緩過來些，才察覺蕭朔胸肩雖尚溫，掌心卻已同他一樣冰冷潮濕。他知兩人此時情形，沒開口問，看了看蕭朔額間冷汗，自袖口摸了片薄參遞過去。

要衝破豁出命的侍衛司，又是最善戰的驍駿營，他為拖延時間，還留了不少機關未動。凶險至此，蕭小王爺藝高人膽大，竟真敢一路硬往上闖。

「我方才含了一片，此時還不能再用這東西。」雲琅見蕭朔不接，索性抬手捏他下頷，徑直塞進去，「閉上嘴，細細嚼一百下。」

蕭朔被他填鴨似地餵了參片，只得閉了口，慢慢咀嚼，又重新握住了雲琅方才掙開的手。

雲琅失笑，「我又不跑……跑也跑不動。」

兩人此刻一個也走不動，縱然不想在此處休整片刻，只怕也沒旁的半點辦法可選。

雲琅摸了摸懷間紙包，想拿出來，看了一眼蕭朔的神色，還是暫且按下，「正好，我叫連將軍背給你那一段，你聽見了沒有？」

蕭朔看著他，搖了搖頭。

「猜你也來不及。」雲琅笑了笑，索性換了個舒服些的姿勢，推行血脈遊走周天，好快些攢出力氣，「我也只是這幾日始終覺得奇怪……查刺客這樣一個差事，怎麼就給了開封尹，沒落在大理寺手裡。」

「開封尹從不涉宮內朝中。」蕭朔伸手，在雲琅背後墊了下，「我那時以為，皇上是有意叫他接手。開封尹雖然秉正，卻不得不求全以自保，該知進退，不會硬查清楚。」

雲琅點了下頭，「我那時也這麼琢磨，故而一樣沒太放在心上。」

偏偏話趕話，聊起了當年舊案。

「也是碰巧。」雲琅笑笑，「我聽了那案子，便覺不對勁。說是大理寺卿當年扶助六皇子，自然也沒錯，可為何偏偏扳倒的是三司使？他心機深沉，若是親手扳倒了這般緊要的關竅，定然不會甘心換上個別人的棋子。」

蕭朔道：「不算碰巧。」

雲琅有些好奇，「怎麼不算碰巧？老主簿若不提這個案子，我還反應不過來。」

「你這些天殫精竭慮，耗費的是暗中的心神。凡是能問的、能知道的，你都會搜羅來。大海撈針，也總能撈到一枚。」

蕭朔將手掌覆在雲琅舊傷處，按了按，「傷在心脈與肺脈交行處，心神不寧，終歸難以痊癒。夜裡抱著你睡，我知你其實還會疼。」

雲琅原本還被他說得頗不自在，冷不防聽見中間一句，險些嗆岔了氣，「小王爺，你如今也能把這種話這般自然地插進正事裡說了嗎？」

蕭朔不理會他打岔，替雲琅將胸肩墊高了些，察覺到雲琅手臂上附和的力道，問道：「有力氣了嗎？」

「跑不動，走幾步還是行的。」雲琅吐了口氣，支著起身，「回去再一口氣歇著。」

蕭朔細看他臉色，點了點頭，「既然這樣，你聽我說。」

雲琅微怔，回了頭看著他。

「我追蹤馬隊，一路查出襄王私見大理寺卿，隱在暗處聽了他們交談。」蕭朔道：「如何解閣內機關，我聽得不明就裡，如今大抵也已用不上，但還有一句。」

蕭朔仍倚牆坐著，抬眸看著雲琅，「他說，七閣杜，八閣死。」

「杜門小凶，也為中平。」雲琅正拿不準上面兩閣的分布，聽他所說，眼睛一亮，「雖說主閉塞不通，事多不利，但唯獨適宜判獄避災……該是條生路。」

蕭朔靜聽著他嘰裡咕嚕念經，眼底鬆下來，唇角牽了下，說道：「你既聽得懂，我此番趕來便還算有用。」

「少來。你若不擋一下，我就被抬出去了。」雲琅在心裡推演著各門閣卦象，一心二用，將最後一片薄參撕成兩半，自己含了半片，「知足吧，先代襄王講究，這閣好歹是按著九宮八卦之數建的，還有得推演。若是胡亂堆建一通，你我眼下最好直接跳樓……」

蕭朔搖了搖頭，並沒接，「出去後，你先去找開封尹。他奉命監守京城治安，大理寺著火，也有他一份。」

雲琅嚼著半片參，看著蕭朔，慢慢蹙起了眉。

「你如今身分不便，尚不能出面。」蕭朔道：「找了開封尹便回府……」

「蕭朔。」雲琅打斷他，半跪下來，硬攥著蕭朔肩膀將人扯進懷裡，將手探進薄甲裡摸了摸。

蕭朔攔不住他，神色無奈，「……雲琅。」

雲琅神色冷沉，掌心碾著蕭朔早透了衣物的淋漓冷汗，細細摸索過一遍，在蕭朔腰側停下。

一枚袖鏢，觸手冰冷，深嵌在皮肉筋骨裡。

血被鏢身封著，流得不多，浸出的已濡濕了一片。

「我有官職，身負爵位。」蕭朔慢慢說道：「以追捕……匪類為由上來，有得分辯，他們奈何不了我。」

蕭朔被他觸到傷處，激痛掀起一陣暈眩，闔了下眼輕聲，「你先走……」

雲琅像是沒聽見，俯身將蕭朔一臂搭在自己肩上，硬將他拖起來。

蕭朔低聲：「雲琅。」

「這東西帶著倒鉤，不能拔。一旦中了，越是奔走動彈，便向裡走得越深。」雲琅一摸就知道，神色平靜，話音已浮起薄薄一層煞氣，「小王爺少說忍著鑽心剜骨的疼跑了兩層樓，這會兒莫非怕疼走不動了？」

蕭朔勉強站定，被雲少將軍的滔天怒意捲著，無奈道：「你鬆手，我自己走。」

「再叫你自己走一層，疼也疼暈了。」雲琅早沒了帶止痛草藥的習慣，摸了一圈，愈發焦灼惱火，咬了牙將人扶穩，「借我的力，蹦著走。」

蕭朔輕嘆，「不成體……」

「再說一個字。」雲琅磨牙，「當場咬死你。」

蕭朔只得閉了嘴，盡力逼回清明心神，配合著雲琅的力道邁步。

兩人被火藥震開的氣浪捲了一遭，真遭重創的還是侍衛司，拖到此時，才開始有人聲重新陸續匯聚。

雲琅聽著背後侍衛司搬動重物的動靜，算了算時間，卯足力氣，將人拖上了第七閣。

侍衛司的手段，雲琅比誰都清楚。這枚袖鏢好巧不巧，瞄著鎧甲縫隙下手，又傷在背後，無疑是趁著蕭朔交涉上閣時，派人暗裡下黑手偷襲的。

蕭朔說得輕巧，真把蕭小王爺撂在這兒，落在死傷慘重的侍衛司手裡，不死也要扒層皮。

袖鏢的倒鉤極鋒利，又不止朝著一個方向，不能貿然取出來。可拖得久了，血也一樣止不住。

蕭朔無疑也是明瞭這個，才不願將此事叫他知道。

雲琅心中焦急，盡力把蕭朔的力道卸在自己身上，在第七閣站穩，四下裡掃了一圈。

空空蕩蕩。

「若是有密道，直通樓底，此刻怕已被炸毀了。」蕭朔像是知他心情，慢慢道：「不論是建閣的先代襄王，還是後續修建填補的人，都該知道這閣裡藏著多少火藥，不會將密道設成這般。」

雲琅被他緩聲引著，從紛亂心神中勉強抽離，狠狠闔了下眼，「是。」

「杜門是東南巽宮，五行屬木。」雲琅團團轉了兩圈，咬牙低聲埋著頭背，「與西北開門相對，是後天八卦。先天八卦合九，後天合十，應地數，巽四乾六五為中宮……」

「小侯爺。」蕭朔道：「你若這麼背，我便沒法陪你聊了。」

他此時連話帶語氣，都同少年時一般無二。雲琅張了張嘴，不知該氣該笑地瞪他，「什麼時候了，還開玩笑？」

「沒到什麼時候。」蕭朔緩聲道：「侍衛司人手被炸去大半，要些時候才能再追上來。最壞不過你先走，我牽制他們，受些折騰，等此處的消息到了文德殿，便有辦法。」

「我的確不要緊，只是遭人暗算，一時疼得沒力氣。」蕭朔看著雲琅，摸了摸他的髮頂，「你心裡該清楚，是你自己亂了心神。」

雲琅肩背一繃，靜了半晌，側過頭悶聲：「是就是……你先坐著。」

蕭朔將手自他肩上挪開，撐了身，倚著牆靠穩，「我沒事，靜心。」

雲琅用力闔了下眼，將心神強自歸位，「此處的確怪得很……不是尋常後天八卦位。」

蕭朔靜了片刻，「這句我也聽不懂。」

「聽不懂便不懂，叫個好就行了。」雲琅嫌他煩，擺了下手，按著方位繞了一圈，繼續念叨：「杜門屬木，居坤宮入墓，居離宮洩氣，居坎宮受生。可你看，這坎宮位的機關形狀，分明就是暴雨梨花針。」

蕭朔拭了額間冷汗，抬眸跟著看過去。

「就不觸發給你看了，近來叫梁太醫扎多了，怵這東西。」雲琅皺著眉，「我倒是能看出不少機關，可每個都是凶位，不像給咱們留了活路。」

「你方才說，後天八卦。」蕭朔道：「有明天八卦嗎？」

「……」雲琅站直了，看著飽讀詩書的蕭小王爺，「有先天八卦。」

蕭朔：「……」

「我按先天八卦位也排了，二兌五巽，一樣沒用。」雲琅道：「可能的話，我也想按昨天八卦排一排……」

蕭朔被他懟得咬牙，半晌沉聲：「你自己排，休想我再給你叫好。」

雲琅沒忍住，終歸樂了一聲，心神隱約落定。

論生死絕境，他經歷的遠比蕭朔多。論這一份心境，竟還不如蕭小王爺一半。

「我方才在想，杜門主隱匿，並不一定是生路。」雲琅避開各處機關，走了一圈，抬手摸了摸桌上獸首，「這頭狴犴蹲在這裡，又總叫我分神。」

「狴犴是龍子，平生好訟，主秉公明斷。」蕭朔總不至於不知道這個，「大理寺處處都有。」

「也主刑獄，雕在牢獄門口。」雲琅道：「它還蹲在辰巳位上。」

蕭朔看他一眼，走過來，「要我做什麼？」

「搭把手。」雲琅伸手扶了他，讓蕭朔也在桌邊站穩，「幫我把它掰下來。」

蕭朔神色有些複雜，抬頭看了一眼雲少將軍。

「快點兒，一會兒追上來了。」雲琅聽著下頭侍衛司的聲音，深吸口氣攢足力氣，掰上獸首，「使力，一二三……」

蕭朔見他不似胡鬧，也伸手扶上去，一併使力。

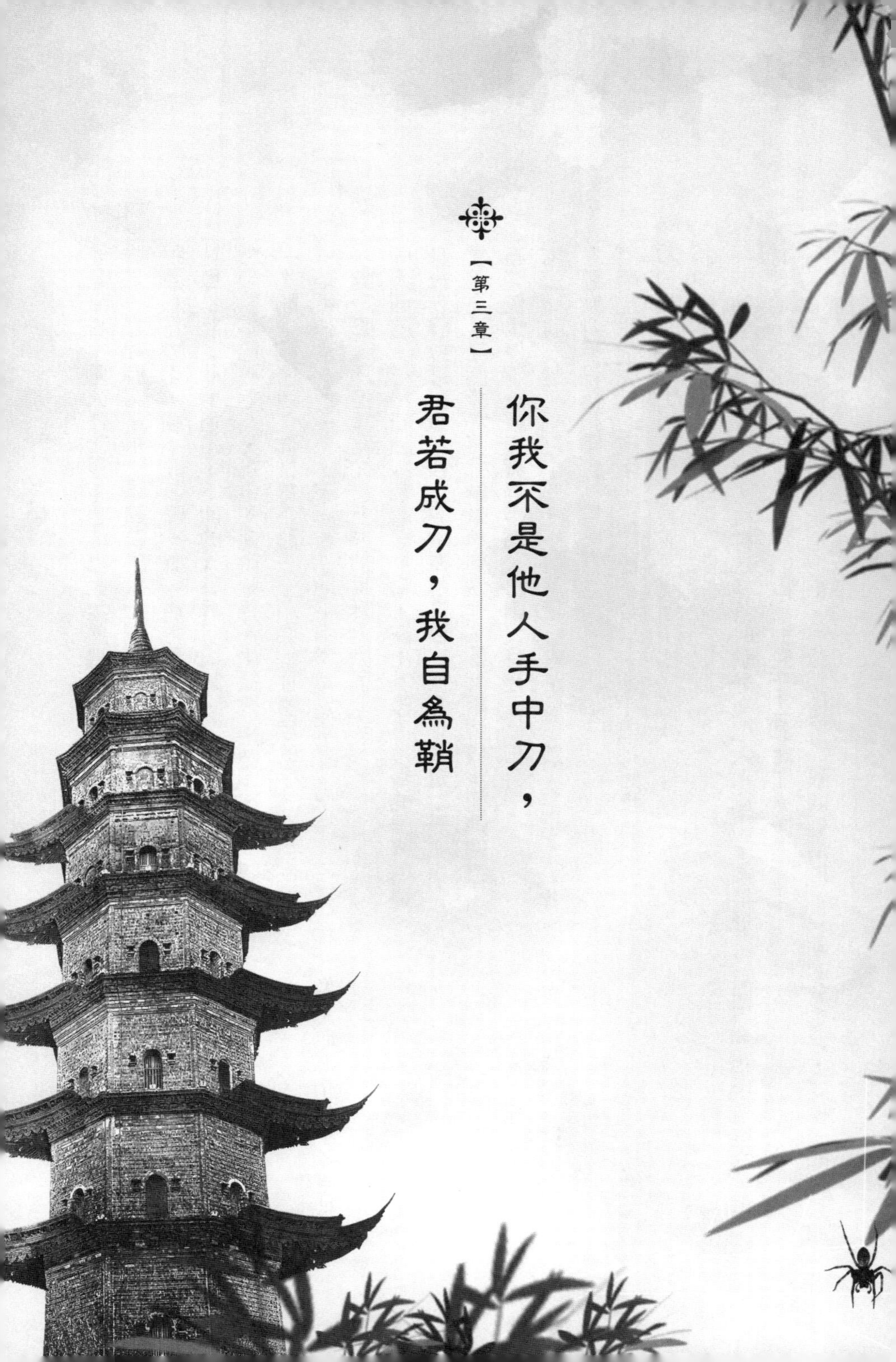

【第三章】

你我不是他人手中刀，君若成刀，我自為鞘

若是平日，兩人任誰單手也能挪動這些機關。此時雲琅氣力已竭，蕭朔不牽動傷處，力道反比他足些，一寸寸挪開了那一尊鏽跡斑斑的銅獸。

眼前未見變化，腳下先轟隆一聲，震得晃了晃。

竟像是開了什麼通路，下面的人聲靜了一瞬，忽然嘈雜，竟隱約清晰了不少。

雲琅原本已有七八分篤定，此時臉色不由微變，回頭望了一眼。

「先開下閣密道，你推得不錯。」蕭朔握住雲琅的手，「再回拉。」

雲琅被他掌心覆著，咬了咬牙，闔了眼一併使力。力道一分分使足，像是忽然扣合了某處機關，咔噠一聲，那狴犴竟從桌上卡扣脫離，掉了下來。

兩人面前，一堵石牆跟著緩緩推轉，露出其後黑黢黢的一條密道。

身後人聲愈近，蕭朔抄住雲琅微趔身形，低聲：「走！」

雲琅晃了晃腦袋，將那銅獸抄進懷裡，扯著蕭朔幾步衝進密道。

石牆仍未停下，緩慢轉過半圈，自兩人身後徐徐扣合。

密道傾斜，幾乎垂直下落，極難站穩。雲琅腳下踉了半步，記著蕭朔傷處，將飛虎爪拋出去勾牢，在蕭朔身上俐落扣牢。

蕭朔扯住飛虎爪的鐵索，堪堪穩了身形，伸手去扯雲琅。

雲琅借著他的力道，將獸首脫手扔了下去。

蕭朔緩了口氣，手上使力，「上來。」

「不用。」雲琅閉了眼，凝神聽墜落的動靜，已大致測出下頭情形，「向下一丈半是空的，再向下有實地，應當是稻草……很厚，歇會兒跳下去就行了。」

「原來玉英閣背後，通的竟是地牢。」蕭朔掃了一眼四周情形，「兩處若走路，要繞一圈。殿宇層疊掩映，將這處毗鄰的後牆遮住了。」

「又是刑訟，又是隱匿的，也就大理寺監牢最合適。」

雲琅撐著嶙峋石牆，歇了歇，甚至有些餘悸。

「還好還好，幸虧蓋樓的人也喜歡九宮八卦。」

蕭朔淡淡道：「你若記恨我當年訓你玩物喪志，還請直說。」

雲琅咳了一聲，沒忍住樂了，伸手給蕭小王爺順了順氣。

蕭朔垂眸，看著雲琅在胸口亂摸的手，靜闔了下眼。

雲琅常走這些凶險，此時心神徹底鬆下來，單手抹了把汗，抬頭朝蕭朔笑出來，問道：「敢不敢跳？」

蕭朔抬了下唇角，將身上搭扣鬆開，不作回應，徑直放了手。

雲琅一時大意，竟叫他搶了先，當即將飛虎爪收了，緊跟著提氣掠下去。

這條密道無疑不是給外人背的，下面的稻草乾爽鬆軟，分明日日晾曬換過。

兩人一先一後一頭栽下來，不止半點沒摔著，被稻草盈著裹了個結實，甚至都不自覺舒服得放鬆了幾分。

雲琅是當真確確實實不剩了半點力氣，攤開手腳仰在草堆裡，舒了口氣。

蕭朔歇了一陣，撐坐起來，伸手去扶他。

「歇會兒，暈。」雲琅動都沒力氣動，半闔著眼，「沒這麼害怕過。」

蕭朔沒有出聲，靜了片刻，握住雲琅的手。

雲琅難得沒聽見蕭小王爺廢話，有些離奇，「怎麼了？」

「我在想。」蕭朔道：「你素來聞戰則喜，越是凶險，越沉穩鎮定、臨危不亂。」

「……」雲琅氣結，「你若是想嘲笑我慌得團團轉，埋頭亂背九宮八卦，就不必勞煩了。」

「不是。」蕭朔輕聲：「我只是……才知我在，會擾你心神至此。」

「你見我追來，便已亂了方寸。」蕭朔看著他，「知我受傷，已徹底亂了心神。」

「這傷放在你身上，你看都不會多看，可傷的是我，你便再難凝神冷靜……方才情形縱然凶險，若你一個人，生死也當等閒，可涉了我的命，你便再定不下心。」

蕭朔垂眸，「直到方才，你藉故摸過我心脈氣息，知道我的確無礙，才終於如故。」

雲琅猝不及防被他揭了底，張了張嘴，耳後滾熱惱羞成怒，「就你長嘴。」

蕭朔搖了搖頭，「我只是……」

「小王爺。」雲琅預先堵他，「你若要送我走，先掂量掂量有沒有人看得住我。」

「我的確想過，但終歸不妥。」蕭朔道：「你我繫在一處，我不想叫你替我擔心，也只好從我自己身上下工夫，少受些傷、少招些禍事。」

蕭朔是皮肉傷，恢復得比雲琅快些，護住他的肩頸，將人抱起來，「我只是才知道，我當初說錯了話。」

雲琅微怔，「又說錯了？哪句……」

「負氣時，我曾說你將樁樁件件，都排在了我的前面。」

蕭朔將雲琅攬住，俯身輕碰了下雲少將軍乾澀冰涼的嘴唇，「是我昏庸頑鈍，不知好歹……卻來怪你未曾開竅。」

雲琅被他體溫裹著，肩背輕悸了下，失笑，「我當什麼，是說這個……」

雲琅眼底熱了下，過往糾葛與方才餘悸一併攪著掀起來，竟忽然沒能說得下去，闔了眼埋進蕭朔胸肩。

蕭朔低頭，輕輕親了親他的眉睫，將人往懷裡護進來。

雲琅緩了一陣，輕聲道：「小王爺。」

蕭朔將袖子給他，靜等著他向下說。

雲琅接過來，在手裡攥了，扯扯嘴角笑了下，「往後不必老翻舊帳，誰沒氣瘋了的時候？我又不記你的仇。」

「你該記著。」蕭朔道：「來日慢慢與我討要。」

雲琅好奇，「能討什麼？」

蕭朔看他一眼，語氣仍平靜坦然，「我如何知道？下冊是你看的。」

雲琅：「……」

蕭朔一手墊在雲琅後心，數著他的心脈氣息，將人攬起來些，「你我如今在地牢內，不是長久之計，還需設法出去。」

雲琅幾乎懷疑蕭小王爺是故意在這時候說正事，無奈身上沒半點力氣，只能以眼刀暗殺他，「大理寺地牢歷經幾代，牢牢連環，越向下越深。這是憲章獄，專鎖要案重犯，等閒不用。」

蕭朔蹙了下眉，「照此說，你我尚需多留些時候。」

「等閒不用，等閒也不鎖。」雲琅終於趁機擺了蕭小王爺一道，學著他咬字，慢吞吞道：「是要多留些時候，你我有一個能站起來，就拿腳走出去。」

「……」蕭朔擱了手，平了平氣，低頭看他。

雲琅乾咳一聲，好好說話，「出地牢不難，外頭情形如何了，你可有數？」

「大致有數。」蕭朔道：「我命連勝留守，若半個時辰仍不見我出來，便先點了火，再持我權杖，去找開封尹出面。」

蕭朔攬起雲琅半身，叫他氣順些，繼續道：「鬧成這樣，殿前司也已有說法介入。我留了話，若見大理寺火光，便立時以鎮亂為由，兵圍大理寺。」

雲琅細聽半晌，舒了口氣，「的確。這火註定要燒，皇上既然已費盡心思將大理寺清場，我們也不能事事都要插一手……」

雲琅話說到一半，忽然想起來最要緊的事，忙將那個紙包摸出來，「對了，這個你拿著。」

「你我在一處，仍由你保管便是。」蕭朔接過來，放回雲琅懷裡，「火一燒起來，無論哪一方都再進不來大理寺。你我在此處避火，正好歇足了力氣，應對脫身。」

雲琅琢磨半晌，笑著搖頭，「奇不奇怪？生死之間，我竟覺得從沒這般安穩舒坦。」

蕭朔看著他，眸底和暖，伸手覆住雲琅頸後，慢慢撫了撫。

「行了，趴過去。」雲琅正愁沒地方替蕭朔處理傷勢，此刻勉力撐著，顫巍巍坐起來，「我替你取了那鏢。」

蕭朔知道輕重，並不和他推讓。解了盔甲，從懷中取出些傷藥，擺在雲琅面前。

雲琅詫異一瞬，忽然反應過來，強壓了嘴角笑意，伸手取過一小囊烈酒。

「你若要笑，不妨笑出來。」蕭朔背對著他，「這般忍著，我更惱火。」

雲琅盡力壓了半晌，終歸壓不住，笑得嗆咳，「早跟你說別隨身帶著這些亂晃，不吉利，沒傷自找傷……如今怎麼說？」

蕭朔淡淡道：「怪力亂神。」

雲琅不管他怪不怪力，樂起來就再止不住，「你怕我受傷，火急火燎弄了這些好東西。見我用不上，急得當即自己受了個傷。」

蕭朔被他再三捉弄，咬了咬牙，「雲琅——」

雲琅三兩句扯走了蕭朔心神，嘴上依然戲弄不斷。他手裡薄刀極俐落，擦乾洗刃烈酒，貼著袖鏢倒鉤果斷下手，右手白絹按上去掩住血色，輕捷迅速，已將沒入大半的袖鏢撥了出來。

蕭朔繃緊了的肩背跟著一鬆，晃了下，壓住喉間溢上來的悶哼。

雲琅手上不停，撒了一層藥粉，又掂量好分量用了止痛的烏頭草，第二層止血藥粉鋪上去，轉瞬包紮妥當。

蕭朔胸口起伏幾次，緩過眼前白光，「有勞。」

「沒完。」雲琅終於有機會，照著蕭小王爺後頭拍了一把，「趴著。」

蕭朔蹙了蹙眉，「還要做什麼？」

「傷在活動處，要疼一陣。」雲琅將掌心覆上他那處傷，「藥粉最好快些化開，別動，我替你暖一暖。」

蕭朔被他覆在腰側，靜了一陣，闔了眼伏在稻草上。

雲琅手太涼，擱回懷裡又暖了暖，覆上去替他焐著，「疼不疼？」

蕭朔搖了下頭。

「這傷究竟是怎麼受的。」雲琅問：「侍衛司有人敢對你這般明目張膽下手？」

蕭朔闔了眼，緩過一陣疼，搖搖頭，緩聲道：「我趕到閣外，說得了消息，必須立刻上去捉拿……盜匪。」

雲琅失笑，「用不著忌諱，盜匪也是專盜你蕭小王爺。」

蕭朔頓了片刻，抿了下唇，繼續道：「侍衛司那時已亂成一團，卻仍死命攔阻。僵持之時，我心中焦灼未曾留神，著了一道。」

雲琅大致猜到了，「侍衛司還假模假樣，幫你找傷了你的盜匪？」

蕭朔頷了下首。

「就沒些不陰私的手段。」雲琅搖搖頭，「趴著吧，我看了，沒有毒。」

蕭朔身分畢竟特殊，侍衛司再想下手，也不能這般在光天化日之下。

趁亂傷了一鏢，八成還是為了阻蕭朔上閣。

卻沒想到蕭小王爺這般能忍疼，一路闖上來，竟半分沒阻得住。

雲琅胸口微燙，不想在蕭朔面前露怯，將眼底熱意壓回去，安慰道：「歇一會兒，等藥粉化開就不疼了。」

蕭朔依言闔眼，伏在稻草上。

雲琅歇了這一口氣，不著痕跡搜刮過經脈，匯攏了零星內力，慢慢替他暖著傷處。

上面隱約傳來人聲，大抵是侍衛司追上來，又觸發了什麼機關。

密道極高，石牆合攏後一如之前，看不出端倪。襄王的人被堵在外面，侍衛司縱然徒手拆了第七閣，也發覺不了他們在此處。

雖說久留不成，在此歇一歇，倒也是最穩妥安全的地方。

蕭朔失了不少血，半暈半睡地緩了一陣，慢慢恢復知覺，睜開眼睛。

傷勢雖凶險，卻終歸是皮肉外傷，不累筋骨臟腑。他被雲少將軍暖了一陣，痛楚在藥粉鎮壓下已淡去不少，撐了下，「好了，你……」

他回過頭，頓了下，噤聲慢慢起身。

雲琅替他焐著傷處的手滑落下來，仍靠著身後石牆，陷在鬆軟乾爽的稻草裡，已睡沉了。

分明仍未緩過餘力，氣息清淺短促，另一隻手扯著他的袖子，眉宇卻極舒展安穩。

分明是個高枕無憂、不管不顧的甩手架式。

蕭朔靜望他一陣，唇角跟著輕抬了下，坐起來，將人裹進懷裡。

雲琅被他一晃，腦袋磕在蕭小王爺的肩上，竟也沒醒，不滿意地蹙了眉張嘴就是一口。

雲少將軍大抵是饞肉了。

蕭朔將手腕遞過去，替了自己的肩膀，將人慢慢調整了個舒服放鬆的姿勢，握住雲琅的手。

這場火燒起來，烈火乾柴、油澆風燎，少說也要一兩個時辰。

昔日王府一朝慘變，也有一場滔天的大火。那之後世事無常，徒勞奔走，咬牙掙命，竟已有五六年。

到了今日，步步走在刀尖上，處處蘊著奪命殺機，反倒覺得世事安穩，生死關也走得欣然。

不知腳下薄冰，不見身側深淵。

蕭朔向來不信神佛，攬了雲琅，看了看那個被雲琅隨手拋下來、端端正正戳在稻草裡的銅獸狴犴。他坐了一陣，終於闔了眼，默念著禱祝一聲。

不拜過往，不求來日。

這一個時辰，該叫雲少將軍安安穩穩睡個好覺。

雲琅睡得不止安穩，還做了個夢。

夢裡他還在大理寺獄，只是身下的乾草沒這般鬆軟舒服，是鐵鍊重銬、濕淋淋的水漬和冰冷的條石。身側無人，心裡也遠不如現在從容安寧。

大理寺獄，牢牢連環，越向下越深。

憲章獄，專鎖要案重犯。

這一處地牢雖然不常啟用，前陣子卻還被緊急用過一晚，拿來裝了侍衛司剛拿獲的鎮遠侯府雲氏餘孽。

雲琅逃亡五年，身上背著的是當初不為人知的祕辛。於當今皇上而言，威脅的是皇位的穩固，於這大理寺和背後的主子，卻是把極得力的刀。

只要用得好，這把刀亮出來，就能精準扎在皇上最致命、最不想叫人知道的癥結之上。

大理寺眼疾手快，趁著各方沒反應過來，先搶了雲琅下獄。

如今看來……這只怕也是襄王的意思。

雲琅蹙了蹙眉，想要換個夢做，沒能換成，蜷著翻了個身。

當年春獵，雲琅伴駕時也曾見過襄王蕭允。

襄王射獵只捕凶禽猛獸，先囚在籠中日日折磨，再折翅、斷牙、碎爪、廢筋骨。

等到折磨得徹底沒了反抗的念頭，再親自出面，予以食物清水，延醫用藥。

慢慢馴化，以為己用。

雲琅為保朔方軍，回京在侍衛司的暗衛面前獻身，束手就縛，被投進大理寺獄。不曾待得一刻，先叫投進了水牢。

水牢沒有坐處，一刻也無法休息，人一倒下來，自然沒入水中溺斃。

這等刑罰本已因太過殘酷非人，叫先帝下旨盡數拆除了，大理寺牢底卻仍留了一座。

雲琅將自己綁在牆邊鐵柵上，熬了三日三夜，一句未曾鬆口。

被從水裡撈出來，投進了憲章獄。

那時候，這憲章獄裡還空蕩蕩的什麼都沒有。他們如今在的是外獄，將外獄鎖死，用來鎖人的內獄長寬不過五尺，高卻有一丈六七尺，狹小氣孔高聳得搆不著。

漆黑死寂、空無一人。

算不出具體時辰，觸目所及，盡是四方高牆。

前朝有位戰功赫赫殺敵無數的大將軍，就是被關了三日，活活逼瘋在了這幽閉之地。

雲琅剛從水牢出來，濕淋淋躺在地上，沒管幽閉不幽閉，先一頭無知無覺昏睡了過去。

再醒來，已發起了高熱。

灼燙氣息烤著喉嚨，心肺的熱意卻被牢裡的寒意侵蝕淨了，只剩下徹骨的冷。

有日光將浮塵映成一束，觸不到底，就已被深黑牢底吞噬乾淨。

雲琅燒得動彈不得，躺在冷冰冰的青石板上。數著那一束光裡的浮塵有多少粒，數到混沌，又昏昏沉沉睡過去。

醒來就再數，數累了闔眼就睡。

他已的確覺得疲倦，有這樣休憩的時候，竟也沒覺得多難熬。這樣混混沌沌不知躺了多久，睡的時候終於遠多於醒著，糾纏著的痛楚折磨竟也漸漸淡了。

只消再多撐些時候，短則幾個時辰，長則一兩日，大抵也就能乾乾淨淨走得什麼也不剩。

偏偏天意弄人，知覺已淡得叫人輕鬆釋然時，油燈的光亮撕開了四周的深黑沉寂。

嵌著狴犴獸首的內獄牢門被打開，有人將他拖出來，撬開他的嘴，強行將水和藥灌下去。

還有人氣急敗壞地怒吼，對著這些日全未動過的飯菜，將獄卒罵了個狗血噴頭。

雲琅那時的意識已全然不清，被人拉來扯去地擺弄，擦乾淨頭臉，勉強擺在椅子上。

獄卒偷著拿來麻繩，將他捆縛住，不至滑脫下去。

大理寺卿剛痛罵過了獄卒，自己卻也因為險些眼睜睜叫犯人絕食自殁，受了一通嚴厲斥責，灰頭土臉過來，咬著惱恨揪起他，「你是以為……你想死就能死了？」

雲琅想做的事，已有太多做不成了，想不通怎麼連著一樁也不行。他已累得很，看了大理寺卿一眼，又闔了眼。

一旁獄醫顫巍巍道：「大人，他如今命只剩一絲，只怕碰狠了都……」

「說！」大理寺卿壓著火氣鬆了手，寒聲道：「你回京是為的什麼，受了誰的指使？」

雲琅跌回椅子上，垂了眸，慢慢蘊著內力。

「當年的事，你知道多少！」大理寺卿步步緊逼，「你是為了替鎮遠侯府翻案，才潛回京城的嗎？還是為了向皇上復仇？」

雲琅身上內力已極稀薄，零星匯聚了，朝心脈撞過去。

獄醫在邊上盯著，眼看雲琅胸肩微微一顫，唇角溢出血來，心驚肉跳，「大人！不可，快叫人封住他內力……」

大理寺卿目光一緊，厲聲道：「來人！」

雲琅睜開眼睛，看著應聲上來的黑衣人，咳著血，戾意壓都壓不住地溢出來。

既然哪條路都不准他選，這條死路，總是他自選的。

他早就該死，在當年的文德殿，受了那一襲披風，跪下來勸蕭朔的時候，就該把命還回去。

苦熬了這些年，如今竟連死都不准。

雲琅肩臂較勁，硬生生掙開了本就綁得倉促的繩索，身形輕掠，已握住一個黑衣人手中匕首，朝自己胸口直扯過來。

「攔住他！」大理寺卿高聲道：「快攔住他，封他經脈穴道……」

「他已自行散了護心內勁。」黑衣人牢牢攥住匕首，同雲琅兩兩較勁，「封他經脈，一時三刻就會氣絕。我現在將他擊倒，制在地上，力道稍有差錯，他也會死。」

大理寺卿尚不能叫雲琅就這麼沒命，來回看了看，急得變了臉色。

雲琅抵著匕首，抬眸朝這群人笑了下。

他面色蒼白，涔涔冷汗反倒襯得眉睫軒秀如墨，嶙峋傲色再不壓制，傾身往匕首尖刃直撞上去。黑衣人急擋，反肘架住雲琅胸肩。

兩相僵持，一旁始終默然立著的青衣老者忽然徐徐道：「雲小侯爺，可還記得琰王？」

雲琅眸底一顫，神色不動。

「你可知，琰王如今體弱多病，封府避世，只怕天不假年。」老者緩慢道：「御米，也叫罌子粟、阿芙蓉。少量食之，可以祛病，日食一合，可以解憂……」

雲琅肩背無聲繃了下，護心內勁有限，他眼前已有些模糊，眨去冷汗啞聲：「他不曾吃。」

「你遠在他鄉，又如何能肯定呢？」老者走到黑衣人身後，「京城中，這些傳言到處都是。你若是心中沒有半分牽掛，又為什麼會特意回京就縛？」

雲琅喉間瀰開血氣，閉上眼睛，沉聲：「他不曾吃。」

「當年的確，有你暗中攔阻，皇上沒害得了琰王。可如今已過了五六年，說不定他已不知不覺著了道，卻還不自知。」

老者嗓音嘶啞，說的話卻毒蛇一樣追著他，「這御米是能叫人成癮的。上癮的人若是沒了這東西，便會痛不欲生，凡是能給他這東西的人，叫他做什麼都行。長此以往，慢慢失了人性，只剩本能，變得連個人都算不上……」

「夠了！」雲琅厲聲：「他不會，縱然……」

「縱然他著了道，也會不計代價忍著，逼自己戒掉嗎？」

老者笑了笑，「看來……雲小侯爺當真對琰王所知至深。」

雲琅打了個激靈，倏而抬頭，牢牢盯住他。

「可惜。」老者輕嘆，「皇上也正是因此，對他日復一日，越發忌憚，如今只怕……」

雲琅綳了下，「只怕什麼？」

「以琰王如今勢力，尚不在我們眼中，此前並未細加探查。你唯有活下來，才有命知道。」

老者垂了視線，慢慢道：「你要知道，你對我們很有用，主上並不想叫你死。這一點上，也非不能容忍。」

雲琅氣力已竭，耳畔聲音忽遠忽近，混沌成一片，只能隱約聽見些詞句。

他氣息不定，此時心神猝不及防一亂，肩背忽然不受控地痙攣了下，又咳出一片血色。

黑衣人趁機奪了匕首，遠遠擲出去，將雲琅架著放在地上，側過頭免得嗆血。

獄醫立時趕過來，慌亂埋著頭設法救人。

「原來要降服你，關竅在他。」老者蹲下來，「你們究竟是什麼關係？按照我們的消息，你二人分明早已反目了，琰王蕭朔……」

雲琅被這兩個字刺得一悸，意識終歸再無以為繼，昏沉沉墜入混沌。

做個夢也不得安生，一時冷一時熱，灼燙擾得人分外心煩。

雲琅胸口生疼，低咳了兩聲，不舒服地蹙緊了眉，嘟囔著含混罵了幾句。

這些人好生心煩，還來管他和蕭朔是什麼關係。就算是父子叔侄關係，那也是他要罩著的人，還扯什麼體弱多病騙他，分明就動輒把他端來端去……

分明一聽就知道是唬人的話，他竟還真小傻子似地給唬住了，死撐著沒敢死。

惱意尚未盡，一隻手握住了他的手臂，要將他拉起來。

雲琅正窩了一腔火氣，抬手就去隔擋。對方頓了下，讓開他來勢，又去握手腕，被雲琅順勢反手擒住，二話不說結結實實按在了地上。

困著人的夢魘晃了晃，跟著煙消雲散。

雲少將軍虎虎生威地按著來犯之敵，手上再要用力，忽然察覺到不對，乾咳一聲，鬆了手。

蕭朔：「……」

雲琅：「……」

雲琅訥訥伸手，仔細護著蕭小王爺的傷處，把人從乾草堆裡拉起來，拍了拍他身上沾的草屑，「早和你說了，我睡著的時候容易亂來，不能亂碰。」

「我知道。」蕭朔靜了片刻，自己理了理衣物，慢條斯理地說道：「但你睡著時亂來，大都是非要向我懷裡鑽。」

雲琅還在掙氣，聞言愕然，停下來抬頭。

蕭朔知道雲少將軍好面子，原本不願揭他這個短，看他一眼，「還整夜喊著哪個地方疼，叫我給你揉。」

雲琅悚然，張了張嘴，沒說出話。

蕭朔：「揉重了，你嫌疼，揉輕了，又嫌沒有感覺……」

「夠了。」雲琅面紅耳赤，恨不得一頭鑽進稻草裡，「今晚分床睡。」

蕭朔同他說這些，本意絕不是這個。他頓了下，揣摩著雲琅的意思，盡力昧著心改口：「是我——我向你……」

雲琅聽不下去，給蕭小王爺捏了捏胳膊，拿起他的一隻手，封牢了蕭小王爺的嘴。

蕭朔的確不想在今夜分榻，抿了下唇，抬眸望著他。

「我睡覺……當真這麼放得開嗎？」雲琅從沒這個自覺，愣怔回想了一陣，忽然反應過來，「所以你那時候說，你夜裡抱著我，知道我胸口還是疼……」

蕭朔蹙了蹙眉，「正是夜間實情。」

雲琅平白想多了，咳了一聲，訕訕的，「哦。」

蕭朔將他拉過來些，摸了摸額間熱度，又伸手探了脈。

「沒發熱，羞的。」雲琅往臉上搧了搧風，愁得不行，「我天生面皮薄，聽不了這等虎狼之詞，一時心神激盪……」

「……」蕭朔平了平氣，不與他翻扯龍鳳胎莫非是自己去刑場上編的，將雲琅攬過來，「夢見了什麼？」

雲琅心虛，立時含混搖頭，「沒什麼。」

蕭朔眸色沉了沉，按著他的腕脈，沒說話。

雲琅潛心體會了一陣，隱約察覺到自己心脈的確虛弱混亂，事急從權，強詞奪理：「心脈也是，我想起夜裡的事，就覺得分外不好意思，這心就亂跳……」

蕭朔闔了下眼，不同他胡攪蠻纏，緩聲道：「你方才魘在夢裡，我叫了你幾次，你都醒不過來，身上卻越來越冷。」

雲琅一怔，抿了下嘴角。

「若是不願說的事，不說也罷。」蕭朔道：「只是四肢厥冷，斂氣閉息，於氣血不利，所以才急著叫你。」

雲琅沒細聽他說什麼，看著蕭朔神色，皺了皺眉，去摸蕭朔的手。

方才雲琅被自己夜間威猛赧得渾身發燙，還沒來得及察覺，此時熱意褪去，才覺出蕭朔身上有些反常的溫度。

透過衣料，不是平日的沛然暖意，反倒有幾分叫人不安的灼燙。

雲琅心頭一緊，要坐起來，被蕭朔握住手臂，拉回了眼前。

「怎麼發熱了？」雲琅皺緊了眉，伸手去探蕭朔額頭，「這般燙，怎麼一句都不知道說？」

「……」蕭朔看著如此寬於律己、嚴以待人的雲少將軍，反問道：「你平日裡受了傷，都不會發熱嗎？」

雲琅自然會，還沒少在荒山野嶺裡燒暈過去，一時語塞，還按著蕭小王爺滾燙的腦門，「我同你如何一樣了……」

蕭朔輕聲：「有何不一樣？」

雲琅耳後滾燙，半晌說不出話，搖搖晃晃往起站，要去找個牆角自己蹲著。

好不容易站到一半，被蕭小王爺拽著衣服，一屁股坐回了稻草上。

「一樣一樣一樣。」雲琅在他面前就說不出深情款款的酸話，氣急敗壞，終於破罐子破摔，「你我一模一樣，兩隻眼睛四個嘴，回頭給你也畫個疤……鬆手，我去運功推會兒氣血，省得小王爺嫌我手腳冰涼。」

雲少將軍每次真害羞了，就愈發張牙舞爪地不講理。

蕭朔靜看著他口不擇言，唇角抬了下，輕聲道：「我醉死了，人事不知。」

雲琅：「……啊？」

「你在旁看著，本不想乘人之危。」蕭朔握著他的衣物，慢慢背道：「我卻伸手撩你，說你身上太涼，要暖你一暖。」

雲琅此刻是真有些擔憂蕭小王爺燒糊塗了，折騰回來，伸手觸他額頭，「什麼玩意……」

「你剛回王府。」蕭朔握住他的手，微燙掌心貼著雲琅的，幫他回憶，「手下親兵落在我手中，你來同我討要他們。」

「……」雲琅萬萬想不到，震撼莫名，看著他，「給你編了幾個小話本。」

蕭朔：「是。」

雲琅模模糊糊還有個印象，「那一晚，我心生歹念。」

「這是第一句。」蕭朔道：「後面便是我說的，你那時倒了茶，與我說……」

「可以了。」雲琅叫停，看著蕭朔，身心敬服，「我敢編，你就敢往下記嗎？」

蕭朔淡淡反問：「你說的話，哪句我不曾記住？」

雲琅被他詰住了，一時沒能說出話，喉嚨輕動了下，抿了抿嘴。

「況且。」蕭朔靜了片刻，「那一段，編得其實也很好。」

「真摯動人，並不蒼白，並不流水帳。」蕭朔道：「但的確應付了事。」

雲琅被他提醒，隱約也記起了自己都胡謅過些什麼，聽著蕭小王爺的真實點評，極不自在，「……哦。」

「下面我也仍記得。」蕭朔給他背：「月夜寒涼，我身上卻暖得發燙……」

雲琅徹底聽不下去，扎在蕭小王爺胸口，只求一頭立時撞死。

蕭朔停了話頭，抬手環住他。

雲琅奄奄一息抱拳，「小王爺，看在往日之情，給個痛快。」

「那天的茶葉。」蕭朔輕聲：「是我派去追蹤你的人，在你走後，去了你藏身的地方，見你用來喝的。」

雲琅愣了愣，細細回想了下，「你說用來泡茶葉蛋，茶湯灑了咱們倆龍鳳胎一身那個？」

「……」蕭朔攬著他，將身上熱意分過去，慢慢暖著雲少將軍幾乎冷透的四肢百骸，「是。」

「味不對啊！」雲琅咂摸兩下，「我當時還覺得，那茶葉其實已不錯了。」

蕭朔緩聲：「我那時自欺欺人，硬要叫自己相信，你這些年過得其實不錯……直到那一日，再騙不下去。」

「那我幫你騙。」雲琅大大方方，「我現在過得不錯。」

蕭朔看他一陣，沒再說下去，凝神聽了一陣，「火比方才更烈，還要燒些時候，再歇一陣。」

雲琅對蕭小王爺聽牆角練出的本事很信任，正好身上涼得厲害，索性不客氣，展開了挨上蕭朔熱乎乎的胸肩。

蕭朔掌心也燙，貼著他背後，仔細護牢了脊柱心脈。

這般熨貼著，四肢百骸慢慢攢起熱意，溫溫烙進心底，舒服得不成。

雲琅近些年病追著傷，少有這般愜意的時候，忍不住瞇了瞇眼睛，打了個哈欠。

蕭朔低頭，親了親他的眉眼，「再睡一刻。」

「不睏了，還得琢磨一會兒出去的辦法。」雲琅折騰半天，挑出來了個徹底舒坦的姿勢，「你好說，我得有個緣由……」

「我帶護衛緝捕盜匪。」蕭朔慢慢道：「追到第七閣，盜匪……」

雲琅看他費勁，笑著替他補上：「炸碎了，拼不起來，血肉模糊認不出人，然後呢？」

蕭朔深深望他一眼，靜了片刻，繼續道：「我二人困在七閣，眼看危急，竟誤觸了機關，栽進密道，一頭掉了下來。再醒來，已在了此處。」

「好歸好。」雲琅揉揉肩膀，「可惜人家侍衛司有眼睛，看著你單槍匹馬、沒帶護衛。」

蕭朔平靜道：「我也有眼睛，看著奸人以袖鏢暗害。若擒之，必親手誅殺，以洩心頭之恨。」

雲琅倒沒想到這一層，聞言怔了下，細想了一陣，「也是。」

侍衛司手中雖說有些把柄，蕭朔腰上卻還插了個貨真價實的袖鏢。

兩邊都有見不得人的事，真在明面上掰扯起來，倒是誰也不方便攀誰。

「這話拿來對付開封尹，自然能行。」雲琅琢磨了一圈，「到皇上面前，你如何說？」

蕭朔淡聲道：「到時候再說。」

「……」雲琅肅然起敬，「這般想得開嗎？」

「我能闖上來，全賴機關被毀，卻也難免傷損。」蕭朔道：「火滅之後，殿前司四處搜索，終於在此處發現了我和我的護衛。急上前時，才見兩人都已重傷昏迷，不得不回府救治休養。」

蕭朔：「少則十日，多則半月，才能清醒。」

「這個好。」雲琅眼睛一亮，「我們如今已將京中平衡攪亂了，進退都凶險，不如不動，先看他們如何做。」

蕭朔點了點頭。

「如此說來，事情不都安排妥了。」雲琅看他神色，有些莫名，伸手晃了晃，不禁問道：「還有什麼可想的？」

蕭朔看他片刻，「你一時忍不住。」

「……」雲琅摸了摸他的額頭，「啊？」

蕭朔：「抬手卸開我身上衣帶，將我翻了個個兒。」

雲琅：「……」

蕭朔垂眸，「我要掙開，偏不自知，反倒叫你擁了個正著……」

雲琅咬牙切齒，「蕭、小、王、爺！」

雲琅沒想到他竟還糾結這個，又氣又樂，「這東西你背這麼熟幹什麼？京城書鋪不讓印的，你抄下來也只能自己看。」

「我為何不准自己看？」蕭朔道：「這分明是我五年都未做過的好夢。」

雲琅被他當胸一刀，沒說出話，立在原地。

「可惜。」蕭朔比他還想咬牙，低聲切齒：「你說到這，後面便是『太長，中間略過』……」

雲琅乾咳一聲，摸了摸蕭小王爺的胸口。

「……罷了。」蕭朔側過頭，壓了壓念頭，「此處也不是胡鬧的地方，你胸口暖得差不多了，自己翻個面。」

「等一會兒。」雲琅清清嗓子，「你先閉上眼睛。」

蕭朔微怔，「做什麼？」

「讓你閉你就閉，你管我做什麼。」雲琅向來沒耐心，扯了蕭小王爺的衣帶，徑直將他雙眼蒙上，「別動。」

蕭朔蹙了蹙眉，原本想開口，又停下來。

按照雲少將軍此時雷厲風行的做派，他若是再問一句「為什麼不能動」，只怕就要被綁上。

蕭朔負了手，在衣帶下閉上雙眼，依言不再動彈。

雲少將軍豁達疏曠，是最明朗乾淨的心性。看著胡鬧，其實被先帝、先后與太傅教養得極敦厚守禮，百八十種花樣從來都只在嘴上。

當初兩人被蕭錯糊弄，騙去酒樓，叫舞姬離近了三步之內，雲琅都要立時彈開，手忙腳亂扯他在前面擋著。

縱然兩人如今已坦白了心志，蕭朔心中也清楚，雲琅只是憑著本能同他親近，並不會那些口中說得天花亂墜的事。

蕭朔知他面皮薄，並不著急，靜等了一刻，輕聲道：「雲——」

話音未落，雲少將軍已僵著胳膊按住他，一頭撞在了他的腦門上。

蕭朔：「……」

雲琅全不知章法，此刻自己下手，胸口更是起伏得快停不下來，木偶一樣掄著胳膊，哐啷一聲抱住了蕭小王爺。

「……」蕭朔心中感懷，低聲道：「好了，我知道。等回去……慢慢來。」

雲琅等不了回去，他陷在往日夢魘裡，醒過來就看見了蕭朔，胸口滾熱得早按不住。

有些話他說不出，可他還是想告訴蕭朔。

不論用什麼辦法告訴。

蕭朔摸索幾次，找到雲琅的背，攬著拍了拍，「不急，我們這次會有很長時間，一定會很長，我來想辦法。」

蕭朔知他克己，溫聲道：「等回家……」

話音未落，涼潤觸感已帶著慷慨赴死的架式，顫巍巍貼了上來。

蕭朔話頭一頓，氣息忽滯。

敦厚老實、克己守禮的雲少將軍緊閉著眼睛，貼著蕭小王爺的唇畔，腦中空白僵了半晌，靈機一動，響亮地嘬了一聲。

蕭朔被衣帶遮住視線，一手護著雲少將軍腰背，靜在原地。

雲琅熱騰騰坐著，伸手解了他覆眼衣帶，渾身滾燙磕磕絆絆，「帶、帶勁嗎？」

蕭朔：「……」

蕭朔闔了下眼，睜開，將雲琅展平在乾草上。

雲琅尚不及防備，眼睜睜看著自己就地躺平，當即攥緊了衣領，「幹什麼？」

好歹也還在大理寺的地牢裡，雲琅也只是想跟蕭小王爺做些話本上有趣的小事，倒也不曾灑脫到就在牢房裡這般坦誠相見。

雲琅攥著領口，被蕭小王爺攬著肩背，格外緊張，開始胡言亂語：「我方才親得這般好？讓你烈火焚身，情難自禁……」

「……」蕭朔撐在他身側，「你看的話本裡，情難自禁都是這樣親出來的？」

雲琅被他噎住，心虛嘴硬，「左右總有幾本……是又如何？」

「倒不如何。」蕭朔道：「來日我自與審文院說一聲，該查封一批信口開河、篡文竊版的地下書鋪。」

雲琅：「……」

蕭朔靜了片刻，「你該讀些正經話本，雖說沒有下冊，但總歸流程並無太大差池。」

「我看過！」雲琅惱羞成怒，「誰說看了就要會的？」

雲琅嚥不下這口氣，扯著蕭小王爺攀比，「你當初也看了千八百遍的軍中槍法，還帶著圖的！學會了嗎？」

蕭朔常被他翻舊帳，已能當做等閒，「達者為先，我當初不通槍法時，自知不夠開竅，日日夜夜同你請教鑽研。」

雲琅眼看著琰王爺段數愈發高明，被「日日夜夜」、「請教鑽研」嚇了個激靈，瞪著蕭朔，張了張嘴沒出聲。

蕭朔按過他幾處穴位，看了看雲琅的臉色，將雲少將軍墊著翻了個面，「春宮圖是宮中祕傳，本朝律例，並不在民間刊發。你若想看帶圖的……」

雲琅面紅耳赤，幾乎一頭扎進稻草裡，「不看！」

蕭朔看著他，壓了下嘴角笑意。指腹一寸寸碾過雲琅單薄衣物下的脊背，找出幾處背後穴位，慢慢推開阻滯的經脈。

話本上所說的，其實也不盡然準確。

這般硬邦邦亂來，按理實在形同胡鬧，扯不出半分後續發展。可方才雲少將軍卯足力氣親了個帶響的，從耳後燙進衣領，暖乎乎熱騰騰地坐在他懷裡，卻平白激得人氣血一撞。

若不把雲琅放下去，幾乎就要見微知著、耳聰目明的雲少將軍叫有所察覺。

兩人這些日子寢食都在一處，蕭朔已大致摸清了雲琅管撩天撩地不管洩火的脾氣。將這一處軟肋交出去，保不齊哪天雲琅便會心血來潮嘬他一口，掉頭得意洋洋上了房看熱鬧。

雲琅此前耗力太過，方才又被夢魘著不自覺閉了息，縱然偏門旁道激了氣血，經脈也仍阻滯不通。蕭朔按了幾次，激起筋骨間隱著的痠麻隱痛，已叫他滲出了一層冷汗。

「不必忍著。」

蕭朔伸手，替雲琅拭淨了額間冷潮，「若是實在……」

「實在不想。」雲琅緊閉著眼睛，壓著心裡癢癢，堅貞不屈，繼續嘴硬：「帶圖的有什麼好看……不看。」

蕭朔本以為此事已聊過去了，他不願見雲琅強忍，只是想叫雲琅疼就叫出來，此刻也不由得停了手，「當真？」

「當……」雲琅堅貞到一半，自己先洩了氣，「好看嗎？」

雲琅雖沒少在宮裡翻騰，奈何先皇后管得太嚴，對這些東西向來只聞其名，一眼都沒睹過，

「比話本還刺激？什麼樣的……」

蕭朔平了平氣，將忽然來了精神的雲少將軍按回去，承認道：「我也不曾看過。你若想看，我去找蕭錯借。」

雲琅失笑，「怎麼又是他？什麼都找他，你當年的木雕還人家了沒有？」

兩人不過閒聊，雲琅枕在胳膊上，不知閃過哪個念頭，心思忽然微動，「對了，蕭錯這些年都幹什麼了，怎麼沒聽見他的動靜？」

「沒做什麼。」蕭朔道：「與少時差不多，封了景王，整日裡四處逍遙閒逛，做了木雕便四處送人。」

雲琅若有所思，點了下頭，沉吟著埋回了胳膊裡。

蕭朔：「他也與此事有關？」

「算，也不算。」雲琅搖搖頭，「說跟他有關，倒不如說跟先皇后有些關聯。」

蕭錯大了兩人四五歲，論輩分雖然是個叔叔，卻因為年歲擺著，從沒享受過做叔叔的半分威嚴。當初雲琅養在先皇后膝下，就住在延福宮裡。蕭錯在皇子裡年歲最小，因為機靈討喜，也沒少被帶去給皇后打趣解悶。

「他自小就喜歡擺弄木頭機關，也有天賦。」雲琅由蕭朔通脈拿穴，平了平氣，在臂間衣料裡蹭去冷汗，「你見我在這玉英閣內得心應手，其實是因為這裡面的大半機關，我都曾親眼見過。」

蕭朔手上微頓，蹙了蹙眉。

「見歸見過，沒這般凶險要命。」雲琅笑笑，踹了踹他，「過去的事了，我如今還全胳膊全腿的，擔心什麼。」

蕭朔垂眸，掃了一眼雲琅肌膚筋骨下蟄伏著的不知多少暗傷，沒答話，重新按住他竹杖穴，使了三分力一推。

雲琅悶哼一聲，生嚥回去了，緩了一下，繼續道：「你也知道，延福宮不在宮牆之內，是單獨分出來的所在……」

「前朝宦官諂媚，為擴建皇城，將內城北的禁軍兵營遷走，建了延福宮。本朝承之，改為帝后休憩頤養之所。」

蕭朔道：「鑿池為海，引泉為湖，殿宇樓閣爭奇鬥巧，盡是異花奇石、珍禽走獸。」

「倒也沒這麼……」雲琅不大好意思，「奇花異石有些，蔡太傅當年教你們這段的時候，珍禽走獸說的是我。」

蕭朔頓了下，手上不由停了，低頭仔細看了看。

他素來不信怪力亂神，看著趴得溜扁的人形雲少將軍，一時竟不知該不該再細問。

「沒那些亂七八糟的……不是白虎嗎？」雲琅訥訥：「先皇后還給了我個玉麒麟。你知道，宮中向來愛瞎傳什麼異象。」

蕭朔：「麒麟上房，要換屋梁？」

雲琅張了張嘴，乾咳一聲。

蕭朔的確聽過不少，只是心中始終覺得雲琅光風霽月，從沒同他聯繫起來，「麒麟擺尾，閣塌殿毀……」

「可以了。」雲琅聽不下去，「總歸——太傅煩我折騰，老拿這個取笑我。你們背得琅琅上口，我總不能站起來自己承認。」

雲琅伏在乾草上，橫了橫心，假裝若無其事，接著向下說：「只是毀了閣這件事，也不能光怪在我頭上。」

「多年前，先皇后曾叫蕭錯督監，在延福宮內造了一座閣樓。」雲琅道：「延福宮原本就多奇巧樓宇，在裡面再建一座，倒也不算多奇怪。故而無論內外，都並沒人多注意此事。」

雲琅那時已長年跑朔方軍，難得回來一趟，也是隔了半年，才看出來住慣了的宮裡拔地起了座樓。樓外看著平平無奇，偏有金吾衛日夜巡守，隔些時候便圍得密不透風，頻繁有人進出。

雲琅自然好奇，沒少繞著設法研究。

「可惜金吾衛圍得死，說什麼都不讓我進去看。」雲琅道：「我央了姑祖母幾次，也不准，只說不干我的事。」

蕭朔收回手，靜聽著他說。

「我不明就裡，還因為這個很是牽掛了一陣，也去找過蕭錯，可他竟也裝傻充愣閉口不提。」雲琅道：「於是我……」

蕭朔：「便愈發忍不住，索性趁著夜黑風高、寂靜無人，悄悄摸進去了。」

「……」雲琅回頭，對著他磨牙，「小王爺，君子不揭人短。」

「君子也遠庖廚。」蕭朔從容道：「我今後不替你做點心了，你自去買。」

雲琅一時甚至有些後悔放任蕭朔這五年修煉嘴上功夫，屏息平氣，隔著乾草結結實實踹了蕭小王爺一腳。

他這一下力道已比方才足了不少，蕭朔眼底稍安，掌心隔著早透了冷汗的衣物，覆在雲琅脊背上，「你接著說。」

「我——」雲琅一時氣結，怏怏趴回去，「忍不住，趁夜摸進去了。」

雲琅埋著頭，低聲嘟囔：「下三門休生開，再向上，開始見著機關，暴雨梨花針……」

蕭朔聽懂了他的意思，「那座樓其實是仿著玉英閣建的？」

「應當就是玉英閣最原本的圖紙。」雲琅點了下頭，「至於後來，又如何改造調整，是大理寺與襄王勾結暗中所作。宮中不知，故而也沒能及時跟著變動。」

雲琅那時尚不知這些，只知道樓裡風險重重，處處都是機關。他見獵心喜，越遇上這等情形越覺興奮，實在忍不住，又試著向上闖了幾閣。

四、五層還有不少遭人硬闖破壞的痕跡，到了六層，痕跡便已格外稀疏。

到第七層，幾乎已同剛建成一般，不見半點新舊創痕。

「後來我想，那些痕跡大抵是先帝先后派金吾衛試著往上硬闖，才留下的。」雲琅道：「那時先帝大抵就已知道了大理寺的事，也有了提防。在延福宮內復刻一座，適當減去威力，若有人能憑身手破開機關硬闖上去，來日不可為之時，便也可能闖進玉英閣。」

「你那時所見。」蕭朔道：「無人能上第七層？」

雲琅點了點頭，老實說道：「我這次也不敢上去，因為按照原本不曾調整的那份圖紙，第七層該是死門。」

蕭朔眼底一凝，抬眸看著他。

「大抵是大理寺琢磨了下，發覺第八閣設成杜門，這條密道就實在太高了。跳下來縱然有這些乾稻草接著，也要摔出個好歹。」

雲琅笑了笑，「只好七八兩層對調，將出口設在了第七層。若是沒發覺這個埋頭往上闖，反倒是自取死路……怎麼了？」

雲琅看了看蕭朔神色，抬手晃了下，「我又沒察覺，說漏了什麼嘴嗎？」

「你的確喜歡機關暗器，趁夜闖閣，也並不意外。」蕭朔道：「但你從來知進退，並不會明知死門，還硬要往裡衝。」

雲琅被他挑出破綻，一時頓住，轉了下眼睛，「蕭錯……蕭錯出言激我，說我上不去第七閣，就是沒爪的瘸老虎。」

「你不受激。」蕭朔道：「當初與戎狄對陣，對面罵陣三日，無所不用其極。朔方軍不動如山，最後尋得時機一擊潰之，成就雲騎第一場大勝。」

雲琅咳了一聲，盡力搜刮，「蕭錯騙我，說七閣裡有好東西……」

「你一向怕鬼神之事，太傅罰你一人在黑透了的房間內反省，都要嚇得你拿火石將房子燎了。」蕭朔道：「既然它叫死門，縱然有再好的東西，你也不會碰一下。」

「……」雲琅無論如何誆不過去，撐身坐了起來，嘆了口氣，「你送我那件金絲甲，我不小心掉在門裡了。」

蕭朔蹙緊眉，「金絲甲該貼身穿，你如何會掉在門裡？」

雲琅被他問住，吞吞吐吐，「碰巧……」

蕭朔：「如何碰的巧？」

雲琅一時語塞，「我、我一個鷂子翻身，被暗器撬開了搭扣，又被兩柄鏢掀開了袖縫……」

蕭朔看著他，「然後被暗器們扶著，脫了金絲甲，掛在了榻邊。」

「……沒有。」雲琅心知自己編不圓，洩了氣，「我揣懷裡了，沒捨得穿。」

蕭朔幾乎匪夷所思，深吸口氣，按了按額頭，「那是件護甲……」

「我管他是件什麼！」雲琅咬牙豁出去了，「刀劍無眼！我就喜歡，怕碰壞了，行不行？」

「……」蕭朔被雲少將軍氣勢如虹地吼了一通，有些沒能緩過來，靜了片刻，「行。」

「刀劍匕首，那般鋒利！一抹一個血口子！」雲琅不得理也不饒人，「我穿在身上，回頭給我劃花了怎麼辦？」

蕭朔：「……」

「你還問我！送我那麼不好拿的東西，揣著都費勁！」雲琅來了勁，氣勢洶洶，「逃亡也不能帶著！被抓了也不能帶著！你就給我個能藏著能攥著的能怎麼……」

蕭朔聽著雲琅胡攪蠻纏地發洩，心裡跟著一疼，闔了下眼。

雲琅最怕他這個架式，好不容易起來的氣勢兀自軟了三分，皺了皺眉，「……怎麼了？」

「我就那麼一說……別往心裡去。」雲琅探著腦袋，繞蕭小王爺轉了一圈，「你給我什麼我也帶不了啊，我那個小玉麒麟都不小心丟了，現在也沒找著呢。」

雲琅猶豫了下，攏著蕭朔的手，往他懷裡挪了挪，「不是凶你，我就是不好意思。你也知道，我一不好意思就不講理……唔！」

雲琅自投羅網，被蕭小王爺親了個結實，睜圓了眼睛。

蕭朔攬著他的背，唇齒輕緩廝磨，細細吻淨了沁著鐵銹味道的血氣。

雲琅被他碰著了舌尖傷口，微微打了個激靈，有點想以牙還牙咬蕭小王爺一口，終歸沒捨得。閉著眼睛老老實實被親了半晌，含混著輕嘆了一聲。

蕭朔輕蹙了眉，要查看他情形，被雲琅扯回來，手腳並用抱住。

蕭朔還發著熱，胸肩都微微灼燙，透過衣物，烙在胸口。

也像是透過已恍如隔世的時空，無聲無息，烙在那一束觸不到底的日光塵灰上。

雲琅眼底酸澀，滾熱水汽忽然就湧出來，始終盡力壓制著平穩的內息猝爾一亂。

恍如隔世。

恍如……隔世。

蕭朔察覺到異樣，稍稍分開，看著雲琅抵在他胸口，打著顫全無章法地盡力蜷緊。

「我知你夢見了大理寺獄。」蕭朔收攏手臂，將雲琅護在懷間，「你若知我，便不必忍著。」

雲琅肩背悸慄得愈深，最後幾乎是微微發著抖。像是有某些被強行鎖住了的、長久不曾關照過的情緒，一經解封便洶湧沒頂，不由分說地封住了他的口鼻。

漆黑的水牢，死寂的憲章獄。

緩慢剝奪著生機的濕冷觸感，封鼻溺口，猙獰著漫開冰涼死意。

雲琅闔著眼，用力攥住了蕭朔衣袖，指節用力得幾乎青白，「他們說你吃了御米，我……放不下心，我……」

蕭朔撫了下他的額頂，輕聲道：「我的確吃過。」

雲琅胸腔狠震了下，倏而抬眸。

「那半年，我常被召進宮去伴駕，問些讀了什麼書之類的閒話。」蕭朔道：「每次都會賜一盞薑茶，那薑茶同母妃沏的很像，會令我想起些過去的事。」

雲琅只想著防備蕭朔府上不被趁虛而入，全然不曾想到還有這一處，臉色愈蒼白下來。

蕭朔朝他笑笑，輕聲道：「放心，早沒事了。」

「我只防備了府上，沒能防備這一層。」蕭朔道：「先帝那時又尚在，我也沒想到，他竟能將手伸到這個地步……」

「等發覺時，」蕭朔道：「已多少著了些道，幸而毒性不深，倒也都來得及。」

雲琅掌心透出涔涔冷汗，虛攥了下拳。

蕭朔握住他幾乎痙攣的手指，慢慢理順鬆開，攏在掌心，「此事隱祕，連我府上的人都不知道，你是如何知道的？」

「他們審我時……為了激我。」雲琅蹙緊了眉，低聲：「我那時心神混沌，所聽所想都不很清楚，如今想來，那青衣老者只怕就是楊顯佑。」

雲琅垂了視線，迫著自己細回憶那時情形，「那老者還說，只有先設法降服我，才能將我當成一把刀，捅在皇上的死穴。」

「你我不是他人手中刀。」蕭朔圈住雲琅，捏著他心脈，從懷中取出枚藥，餵到雲琅唇畔，「君若成刀，我自為鞘，不受人降。」

雲琅也不問，張嘴將那藥吃了，含混嘟囔：「好生黃暴……」

「……」蕭朔頓了頓，「雲琅。」

雲琅飛快嚥下去，「什麼藥？」

「吃了才知道問。」蕭朔看他一眼，「引你入套，分明比我容易得多。」

「你不也說了？我嘴刁，一桶薑茶裡混了一滴御米汁也能嚐出來。」雲琅失笑，他心底仍餘悸，盡力不顯露出來，握了握蕭朔的手，「你那時……」

「我那時著了道，被先帝關在文德殿內殿，讓我強忍。」蕭朔道：「忍過三日，可進水米，忍過十日，可停藥石。忍過十五日，餘毒盡清，再無干礙。」

雲琅抿了下嘴，看了看蕭朔，「怎麼不說還得拿鐵鍊鎖銬住手臂，無論如何痛苦掙扎，也絕不可有人進門。」

「你之所以這麼怕我碰御米，不正是因為這個。」蕭朔平淡道：「他不能叫我察覺，並不敢下狠手。我的毒性不深，只是發作時多少有些想喝薑茶，隨意熬一熬就過去了。」

「……」雲琅看著蕭小王爺，心情有些複雜，「你這口味……還這般奇特嗎？」

「我那時成天在外面跑，看見有人做薑糖的，險些就給你買了。」雲琅唏噓，感嘆道：「要不是我沒有錢……」

蕭朔看他一陣，笑了笑，伸手覆在雲琅頸後，「丁點罌粟毒罷了，你無非總覺得自己理當照顧我，卻不必拿這個折騰自己。」

雲琅受了他這一撫，心底跟著穩了穩，耳根一熱，「什麼叫覺得？我本就……」

雲琅忽然頓了頓，凝神聚了聚內勁，蹙了下眉，「你給我吃的什麼藥？」

「你如今一身舊傷，雖不肯說，見你活動時處處收斂，就知今夜有大風雪。」蕭朔道：「火已熄得差不多，大理寺卿知道暗門通地牢，要不了多久，就會有人進來。」

「我不是問這個！」雲琅有些焦灼，「這是什麼時候，你給我吃化脈散？一會兒若能叫你糊弄過去，也就罷了，若是糊弄不過去，還要打一場……」

「你豁出命，帶我殺出去。」蕭朔道：「然後呢？」

雲琅一時語塞，咬了咬牙。

「你我要裝作重傷垂死，縱然有連勝帶殿前司周旋，也未必能保萬全。最穩妥的，還是叫望聞問切出來的也以假亂真。」蕭朔看著他，「你原本計劃的，是一掌打暈了我，自己閉氣斂脈，龜息假死。」

蕭朔：「至於帶著內傷閉氣斂脈，會不會加重內傷、會不會傷及哪處經脈，再添一處你這裡一樣的傷，你都不曾想過。」

雲琅被他掀了個底掉，張口結舌，「我……」

蕭朔將手掌自雲琅胸前移開，架住他已隱約頹軟的身形，「我想盡辦法，教會了你要活著。如今又要再絞盡腦汁，一點點教你不止要活著，還要設法叫自己平安。」

蕭朔垂眸，「冥頑至此，束脩便要兩樣算了。」

雲琅被他堵得結結實實，忽然聽見這一句，一陣錯愕，「什麼束脩？」

「東脩，出自《禮記》。」蕭朔道：「民間俗稱，也叫學費，常為十條臘肉……」

「我知道！」雲琅想不通，「這東西怎麼還要學費，你教我學不就行了嗎？」

蕭朔搖搖頭，「我教你，費盡心血，你不可不還。」

雲琅眼看就要被蕭小王爺一顆藥放倒，哭笑不得，破罐子破摔，「要錢沒有，要命一條，看上哪塊肉了，你自己割。」

蕭朔垂眸，在他唇上碰了碰，輕咬了下。

雲琅：「……」

端王英靈在上。

他終於把蕭朔教歪了。

【第四章】

叫他下不了榻，叫他乖，叫他哭不出聲

雲琅此刻內力寸寸化去，手腳頹軟無力，徒勞動嘴，「小王爺，我這嘴還得拿來親人，還請口下留情……」

蕭朔耳後此時也一樣滾熱，抬眸掃他一眼，貼了雲琅唇畔，低聲道：「來日再討。」

雲琅長舒口氣，「好好，你自算利息。」

「覺得疲倦，就不必硬撐。」蕭朔抬手，覆在他心口，「你該學著將諸事交給我，信我能處置妥當。」

蕭小王爺一次教得太多，雲琅打算過一刻再學，盡力撐著心神，「沒信不過你。」

「先皇后既然遣景王修建機關閣，定然已有所察覺，既然如此，延福宮內一定還有我們要的東西。」蕭朔道：「這些日子，我會設法叫人去探一圈。」

雲琅意識一寸一寸混沌，咳了咳，「還有……」

「景王看似閒散，只怕手中也有些先皇后留的遺詔。」

蕭朔道：「我伺機去拜訪。」

雲琅張了張嘴，仔細想了一圈，「還……」

「你那小玉麒麟。」蕭朔將他攬了攬，抱進懷裡，「若是掉在了延福宮裡，我掘地三尺，也會幫你找出來。」

雲琅徹底沒了可擔心的，閉了嘴咂摸半晌，將臉埋進蕭朔衣料裡，扯了嘴角笑了笑，「也不用三尺，兩尺九寸就行了。」

蕭朔垂眸看他，也抬了下嘴角，「給你親個響？」

雲琅老大不好意思，乾咳，「不用不用，按你的……」

他說著話，氣息已不自覺弱下來，眼皮墜沉，身上也跟著軟了軟。

蕭朔將他抱緊，貼在雲琅唇畔，聲音輕緩：「安心。」

雲琅安心了，在他懷裡闔上眼睛。

蕭朔垂眸，看著雲琅躺在他懷間，眼底神光渙散，盡力掀了幾次眼睫，努力朝他聚了半個笑影，終歸無以為繼安靜合攏。

有人在地牢外高聲喊著，盔甲碰撞的聲音自牢門口傳過來，在青石磚牆上磕碰，匯成格外刺耳的嘈雜。

蕭朔靜坐了一陣，胸口些微起伏，臉上血色一寸寸褪了，單手撐住地面。

一路闖上來，將雲琅從爆炸中撲出去，要毫髮無損自然不可能。幸而雲少將軍處處藏碧水丹，他今早出門，在枕頭下面還摸出來一顆。

雲琅氣力已竭，又被夢魘懾了心神，狀況太差，竟也沒能看得出來。

蕭朔低咳了兩聲，沒再壓制，叫血腥氣衝上喉嚨，不受控地溢出來。

他原本已備了假死的藥草，真到不可為時，拚上傷些身體，總歸有穩妥退路。如今倒是正好用不上了。

些許震傷，總比假死損傷小些，臥床調理幾日便能養回來。

蕭朔已有妥當主意，將雲琅護在身後，聽著門外動靜，撐了稻草起身。

殿前司都虞候叫連勝引著，壓著侍衛司，咬牙急趕過來，「殿下！」

蕭朔抬眸，深望他二人一眼。

都虞候微怔，身旁連勝已瞬間領會，高聲道：「琰王與護衛找到了，都受了重傷！生死不知，快去找醫官過來！」

都虞候也跟著反應過來，忙出去高聲喚太醫。

蕭朔晃了下，被連勝撲過來扶住，「殿下，少將軍……」

蕭朔搖了搖頭，示意無礙，回頭看了雲琅一眼。

連勝死死壓著心底焦灼，看著蒼白安靜的雲琅，再看蕭朔臉色，咬牙低聲：「您放心，定然將少將軍與您一同平平安安送回府裡，出了錯，連勝提頭來見。」

蕭朔闔了下眼，又垂眸示意。

連勝啞聲：「殿下！」

蕭朔目色嚴厲，顯然不容他再多說一句。

連勝立了半晌，終歸橫下心咬緊牙關，凝神拿捏著分寸，一掌不輕不重擊在蕭朔胸口。

蕭朔一口血嗆出來，垂頭昏死過去。

連勝眼眶通紅，跪下來將他輕輕扶住。

下一刻，大理寺卿已帶著黑衣護衛，慌張衝到了憲章獄的門口。

冬日乾冷，天乾物燥。

不知何處迸出來個火星，轉眼燎著一片，撲之不及，燒沒了半個大理寺。

大理寺卿匆匆帶人趕去玉英閣，對著一片火海椎心泣血地頓足。又像是忽然想起了不知何事，掉頭衝去地牢，一路直奔了憲章獄。

「大理寺……大理寺失火，毀了要緊證物，不可輕忽。」大理寺卿看清眼前情形，臉色蒼白，上前攔住連勝，「幸而琰王殿下在，本官還有要事想問……」

「我家王爺帶護衛緝凶，都受了重傷，如今不省人事。」連勝冷聲道：「大人要怎麼問？撬開嘴逼人說話嗎？」

大理寺卿被他一頂，一陣惱火，「你是何人？膽敢在此放肆！來人……」

「大人。」都虞候忙將人攔下，上前躬身道：「這是琰王府的侍衛統領，見琰王重傷，故而激憤之下有所失態。」

都虞候示意殿前司入獄，將人小心安置在擔架上，「今日之事，我等都要在御前給說法，不如暫且後議，人命關天，才是要緊處。」

大理寺卿臉色變了數變，看向蕭朔，走過去試著叫了幾聲，又在鼻下探了探。

「左右將人送回府養傷罷了。」都虞候趁熱打鐵，低聲勸道：「大人有話，去琰王府上問不也是一樣？」

大理寺卿仍不死心，想要使蠻力晃醒蕭朔，才一伸手，卻被身後黑衣護衛猛然一扯。

大理寺卿不懂武功，踉蹌著摔開。

黑衣護衛攔在他身前，手中亮出匕首，牢牢架住了連勝的腰刀。

「放肆！」大理寺卿嚇出一身冷汗，臉色慘白咬牙切齒，「這等狂妄之徒！給本官拿下！」

黑衣護衛等連勝收刀，撤了匕首，回頭冷冷看了大理寺卿一眼。

大理寺卿被他一掃，竟忽然打了個激靈，立時噤了聲。

耽擱的這些工夫，醫官已被緊急扯了來。

大理寺離宮城尚有些路程，來的是殿前司與侍衛司的軍醫。這些軍醫替護衛看傷，也常處置京中突發事務，比宮中太醫見識廣些，匆匆告了聲罪，各自埋頭去診了脈。

黑衣護衛仍立在原地，提防著連勝，向獄中掃了一眼。

琰王情形盡皆可見，多半是在玉英閣內近距離遭了震傷，傷及臟腑，跌下來便沒了意識。

若是不被人搜到此處，再在憲章獄內無知無覺地昏上幾日，說不定便要有性命之虞。

軍醫診了半晌，情形大致如此，躬身恭敬道：「此等傷勢，當儘快回府先安置妥當，延醫用藥，臥床靜養……」

大理寺卿心中惶恐，仍篩糠似地抖，藉官服掩飾勉強遮了，仍不甘心，「可……」

「既然傷重，便勞殿前司將人送回去，請琰王府自行處置。」自他身後，又傳來一道聲音，「給殿前司讓路。」

大理寺卿愕然回頭，一陣氣急敗壞，「衛准！此處關你開封尹什麼事？」

衛准站定，「京內失火，幾時不干開封府的事了？」

開封府總掌京師民政、司法、盜亂，另轄徭役賦稅，只要是京中失火，自然在所轄之內。

大理寺卿被他噎住，張了張嘴沒說出話，又看了一眼黑衣護衛。

「你大理寺招來的禍事，開封府和殿前司都逃不了干係，到時大家一起在御前請罪。」

衛准仍如平日一般，冷冰冰生人勿近，負手分開紛亂人群，「我兩方尚不曾怪你，你倒來搶先胡亂指責撒潑。」

大理寺卿惦著玉英閣裡的東西，此時心中早亂了方寸，看著默然立著的黑衣護衛，咬咬牙道：「既然……既然有開封尹到場判理，本官不好不給這個面子。」

大理寺卿側了側身，「待琰王回去，將養幾日，清醒之後，本官再行拜訪。」

衛准與連勝對視一眼，稍頷了下首，不著痕跡示意。

連勝緊握著的腰刀鬆了鬆，帶了殿前司將人抬起，正要出獄，卻又被攔在牢門口，「慢著。」

「侍衛司騎兵都指揮使，也有見教。」

衛准回身，看向高繼勳，「莫非本府處置，尚有偏頗失當的地方？」

「開封府斷案，我等哪敢置喙。」高繼勳笑了一聲，「琰王素來體弱，卻自不量力硬要闖閣。我侍衛司阻攔不成，只得放行，既然此番傷重，抬回去養著也就罷了。」他已聽了手下稟報，一雙眼睛牢牢盯住雲琅，「只是不知……琰王分明隻身闖的玉英閣，這護衛又是哪裡來的？」

連勝心頭一緊，又握上腰刀，不及開口，身後殿前司都虞候已平靜道：「這倒奇了，琰王殿下離開殿前司時，身旁的確帶了個護衛，我等俱親眼所見。」

高繼勳原本已十拿九穩，不料竟被橫插一杠，一陣惱火，「胡扯！明明只琰王一個……」

「明明還帶了護衛。」都虞候垂頭恭敬道：「倒不知高大人如此指黑道白，是何用意？」

高繼勳被他一激，咬了咬牙根，冷冷嗤笑，「想不到，蕭朔才執掌殿前司，就能叫你們替他賣命到這個地步。不惜欺君罔上，也要幫他說話。」

「欺君大罪，豈敢輕認。」都虞候道：「只是眼見為實，也不敢任憑大人隨心塗抹。」

兩人皆各執一詞，僵持不下，獄內一時竟又膠著起來。

衛准神色平靜，不理會連勝催促目色，在旁聽了半晌，「二位吵完了？」

都虞候俯身，「不敢。」

高繼勳眼底沉了沉，正要厲聲叱責，已被衛准冰冷平淡的聲音打斷，「好。」

「既然吵到本府面前，便是要本府斷案。」衛准嚴肅道：「你二人誰有證據，盡可拿出來，當堂對質。」

高繼勳臉色微變，咬牙道：「本將軍有人證。」

「人證還不容易？」都虞候道：「我等也是人證，只有眼見，並無實證。」

高繼勳被他二人先後堵了個結實，立在原地，面色幾乎陰鷙。

衛准緩步過來，掃了一眼雲琅，緩緩說道：「俱無證據，難以宣判，又因被舉證之人傷重，允以監外待提。」

衛准抬頭，看向高繼勳，「大人可有意見？」

「既然連開封尹都有意偏袒，自然無人敢有意見。」高繼勳立了半晌，冷聲道：「只是這護衛是真傷重，還是假垂死，本將軍要親自看看，才能甘心。」

衛准是文人，並不知此中輕重，稍一沉吟，「可……」

「慢著。」連勝沉聲打斷：「在下小人之心，怕高大人趁把脈時，暗中做些別的不堪之事，不敢叫高大人親自觸診。」

高繼勳已蘊足了內力，只等一擊致命，被他當場說破，臉色愈加難看，「等閒內功深厚的，都能瞞過醫官，假作傷重之象。不准觸診，此人便仍有盜匪嫌疑，恕本將軍不能放人。」

連勝心中焦灼，卻無論如何不敢將此時的雲琅交到他手裡，寸步不讓，搖了搖頭。

高繼勳耐性耗盡，手扶在刀柄上，幾乎就要動怒。

千鈞一髮間，衛准已大致懂了幾人針鋒相對之處，稍一頷首，「既然如此，不如挑個大家都放心的人。」

衛准抬頭，朝大理寺卿一拱手，「姚大人，借您護衛一用。」

大理寺卿愣了愣，回頭看了一眼身後的黑衣護衛，欲言又止。

連勝皺緊了眉，倏而轉頭，看向衛准，「大人！」

衛准神色平靜，視線仍落在大理寺卿身後那一個黑衣護衛身上。

靜了片刻，黑衣護衛點了下頭，走過來。

連勝看著他，心中驟懸。

雲琅雖然已易了容，看不出本來樣貌，但體內經脈內力都是雲家特有的功法。內行上手一探，自然能知端倪。

連勝在外懸心吊膽地守了半日，找來了開封尹，提前點了那一把火，卻終歸不知王爺與少將軍都做了多少準備，是否提前應對了這一層發展。

連勝心中不安，上前一步想要說話，已被高繼勳攔了個結實。

黑衣護衛半蹲在獄門前，像是不知眾人各懷的心思，將雲琅虛垂手腕拿過來，執住腕脈。

雲琅身上冰冷，闔眼靜躺著，臉上不見血色，只鼻間還有隱約氣息。

黑衣護衛凝神診了一刻，起身道：「內勁全無，經脈瘀滯，應當是力竭昏迷之象。」

高繼勳攔著連勝，原本得意的神色忽然變了變，「怎麼會？」

「在下與諸位無冤無仇，不必說假話。」黑衣護衛看他一眼，「高大人家傳的清明煞，碎經脈毀丹田、廢人根基是把好手，若用來診脈，只怕不如在下。」

高繼勳臉色瞬間沉冷，寒聲道：「放肆！你——」

「高大人讓讓，下官是文人，聽不懂什麼清明穀雨。」衛准道：「既已查清，便送回琰王府。是延醫用藥，還是入宮請太醫出診，由琰王府自行處置。」

高繼勳慣了在朝中藉勢仗勢，一呼百應，此時竟被這些人圍堵，步步維艱，一時竟沒了底氣。

衛准目色平淡，靜靜負手，立在他面前。

僵持半晌，高繼勳咬緊牙關，慢慢挪了半步。

連勝沒心思同他計較，朝開封尹與大理寺卿施了禮，壓下心中無限焦灼，帶殿前司匆匆將人領出了大理寺地牢。

琰王府正門嚴嚴實實關了三日，第四天傍晚，終於重新見了人進出走動。

漆黑夜色裡，廊下風燈叫雪埋了大半，又被勁風割開雪層，剝出燭火的融融亮光。

書房內，梁太醫擦去額間汗水，長舒口氣。

老主簿懸著心，屏息看了半晌，躡手躡腳過去，「您看……」

「這個不礙事了。」梁太醫起了最後一枚針，「把他弄醒，老夫去看另一個。」

老主簿喜不自勝，忙不迭應了，正要小心將王爺喚醒，蕭朔已睜了眼，單臂自榻上撐坐起來。

「王爺！」老主簿忙扶他，「您小心些，傷還沒收口。」

蕭朔扯動腰側傷處，闔眼壓了壓，「不妨事。」

「不妨事。」梁老太醫坐在邊上，學著他的語氣，氣得吹鬍子，「一個兩個都拿碧水丹當糖豆吃，回頭老夫不替你調理，叫你們自己熬，看妨事不妨事。」

碧水丹藥力凶猛，能保人心力不散，但若是用了便放置不管，卻後患無窮。

蕭朔不常服碧水丹，對藥力敏感，又在服藥時震傷了臟腑。若非及時回府休養，以針灸藥石紓解，保不準還要再多躺十天半月才能養好。

「這不是多虧您在？妙手回春，醫者仁心。」老主簿如今一個兩個哄得熟透，笑呵呵朝太醫拱手，「如今誰若再敢懷疑您醫術，琰王府第一個不答應。」

「別急著說。」梁太醫被哄得順心，理了理鬍子，「還躺著一個呢！若是治不好那個，你們琰王府還是頭一個不答應。」

老主簿被他說中，訕笑了下，給梁太醫奉了杯茶。

蕭朔坐在榻上，緩過了那一陣目眩，睜開眼，看著梁太醫。

「看老夫做什麼？」梁太醫呷了口茶，「你的傷沒事了，這幾天別動氣、別爭吵、別上房。沒事就多活動活動，也別老躺著。」

梁太醫囑咐順了嘴，看他一眼，恍然，「對，你不上房，是裡頭那個。」

蕭朔被再三捉弄，平了平氣，出聲：「梁太醫。」

梁太醫掃他一眼，迎上蕭朔黑沉眸底壓著的情緒，莫名一頓，沒再扯閒話，「放心，你不是給他吃了化脈散？」

兩人一併被送回王府，梁太醫早讓老主簿請來了在府上坐鎮，緊趕慢趕，一手一個診了脈。蕭朔的外傷被處理得格外妥當，梁太醫也沒什麼可指摘的地方，只能叫人及時換藥，不叫傷側受壓。內傷攪和了碧水丹，雖然麻煩些，可也尚能處置。

雲琅的情形，則多多少少要麻煩些。

「若要就傷治傷，倒也容易。」梁太醫嘆口氣道：「他此次傷得不重，只是氣力耗竭，按理早該醒了。」

蕭朔蹙了蹙眉，接過老主簿端來的熱參湯，一飲而盡，視線仍落在梁太醫身上。

「偏偏他內力深厚，早能延綿不絕。少有像這次一樣，將最後一點也徹底耗盡的時候。」梁太醫說起此事，還覺得很是來氣，「叫他設法耗乾淨了給老夫看看，他又嫌累，每次都叫喚胸口疼。」

治傷時老主簿也看著了，小心替雲琅解釋：「小侯爺的確是胸口疼，不是叫喚……」

「他那傷日日都疼，月餘就要發作數次，五六年也等閒過來了，怎麼如今就不能忍一忍？」梁太醫吹鬍子，「就是叫你們府裡慣的，嬌貴勁兒又上來了，受不了累、受不了疼的，吃個藥丸都嫌搓得不夠圓。」

老主簿無從辯駁，只能好聲好氣賠禮，又給梁太醫續了杯茶。

梁太醫拿過茶喝了一口，又繼續道：「如今正好趕上內力耗竭，你又給他用了化脈散，錯過這一次，又不知要等到猴年馬月。」

梁太醫道：「不破不立，正好趁此機會下下狠心，將他傷勢盡數催發出來，一樣一樣的治。」

老主簿已憂心忡忡看了三日，終於等到梁太醫願意解釋，忙追問道：「能治好嗎？」

「怎麼就治不好了？」梁太醫發狠道：「病人不信自己能治好，大夫再不信，豈不是一點兒希望也沒有了？」

梁太醫重重一拍桌案，「就叫你們王爺想辦法！這些天不叫他下榻，叫他聽話，疼哭了也不准管他。」

老主簿剛潛心替王爺搜羅來一批話本，聞言手一抖，險些沒端穩茶，倉促咳了幾聲。

梁太醫這三天都操心操肺，凝神盯著這兩個小輩，生怕哪一個看不住了便要出差錯。此時見蕭朔醒了，也放了大半的心，「那個怕吵，躺在裡頭，你若想看便進去看。」

蕭朔仍坐在榻上，虛攥了下拳。

他能臨危篤定，此時太過安穩，卻反倒沒了把握。

蕭朔靜了片刻低聲道：「他——」

「這兩天難熬些，老夫給他灌了麻沸散，估計一時醒不了。」梁太醫苦雲琅久矣，難得有機會，興致勃勃攛掇，「你在他臉上畫個貓。」

蕭朔：「……」

梁太醫仁至義盡，打著哈欠起了身，功成身退。

老主簿叫來玄鐵衛，將這幾日寄宿在府上的太醫送去偏廂歇息，轉回時見蕭朔仍靜坐著出神，有些擔心，「王爺？」

老主簿掩了門，放輕腳步過去，「可是還有什麼沒辦妥的？交代我們去做，您和小侯爺好好歇幾天。」

「無事。」蕭朔道：「他這幾日醒過嗎？」

老主簿愣了愣，搖搖頭，「哪裡還醒得過來？小侯爺那邊情形不同，太醫下的盡是猛藥，我們看著都磣的慌。」

「您囑咐了，小侯爺怕疼，叫我們常提醒著太醫。」老主簿道：「太醫原本說左右人昏過去了，用不用都一樣，真疼醒了再說。我們央了幾次，才添了麻沸散。」

蕭朔點了下頭，手臂使了下力，硬撐起身。

老主簿忙將他扶穩了，「王爺……可還有什麼心事？」

蕭朔搖搖頭，「餘悸罷了。」

老主簿愣了愣，不由失笑，「開封尹同連將軍送王爺回來的時候，可沒說餘悸的事。」

此事鬧到如今，只消停了一半，尚有不少人都懸著烤火，等琰王府有新的動靜。

開封尹在府上坐了一刻，還曾說起琰王從探聽到襄王蹤跡，到趕去玉英閣處置，不到半日，竟能將各方盡數調動周全，原來韜晦藏鋒至此。

如今朝中，侍衛司與殿前司打得不可開交，開封尹與大理寺每家一團官司，諸般關竅，竟全繫在了這些天閉門謝客的琰王府上。

「明日上朝，我去分說。」蕭朔道：「他——」

蕭朔抬手，用力按了眉心，低低吁了口氣。

調動周全。

哪裡來的周全。

要將人護妥當，沒有半分危險，再周全也嫌不夠。蕭朔拚了自傷，逼連勝將自己擊昏過去，夢魘便一個接著一個，纏了他整整三日。

一時是開封尹趕得不及，叫大理寺卿設法搜身，困住雲琅不放。一時是連勝護得不妥，讓侍衛司找了什麼機會，暗地裡再下狠手謀害。

此刻醒了，見諸事已定，反而如墮夢中，處處都透著不盡真實。

「您忘了？」老主簿扶著他，低聲道：「回府時您醒過一次，問了小侯爺……我們說了沒事，您還不信，一定要叫我們將您抬去看一眼。」

老主簿平平常常送了兩位小主人出門，戰戰兢兢把人接回府。腳打後腦杓地帶人忙活，眼睜睜見著王爺被扶到榻邊，碰了碰熟睡的雲小侯爺，強壓的一口血終於嗆出來，栽在榻下再沒了聲息。

老主簿守在邊上，幾乎被王爺嚇得肝膽俱裂，一時已做好了兩人化蝶歸去，將王府一把火點了祭二人英靈的準備。

火把都找了幾根，才被梁太醫一碗水潑醒，扯著領子揪回來，緊急去找了要用的銀針藥材。

「下回再不可這般嚇人了。」老主簿比蕭朔更後怕得厲害，苦著心勸：「若不是梁太醫說了，您那是強壓的瘀血，昏過去是因為體力不支，我等都要……」

蕭朔闔了眼，「都要什麼？」

老主簿沒敢說，生怕再叫王爺受了驚嚇，「您先坐下，喝一盞茶緩一緩。」

蕭朔並未拒絕，由他扶著坐在桌前，接過滾熱茶水，在掌心焐了焐。

此次大理寺縱火、玉英閣焚毀，他與雲琅雖是其中關竅，卻也一樣並非自主，是被朝中形勢捲進其中。

皇上打草驚蛇，驚動了襄王，才會有開閣取誓書之事。

襄王派人取書，才逼得皇上派人先下手為強，一把火燒了大理寺。

若非雲琅當機立斷，他安排得再周全，也拿不到那份各方爭搶的血誓。

若不是他見了那大宛馬隊，忽然生出念頭，搶在雲琅前面追查，不叫雲琅另行涉險，也來不及趕去周旋，設法脫身。

絲絲入扣，步步踩在刀尖上，哪一處差了半分，都搏不出如今這般結果。

抑或是……這也仍是場夢。

蕭朔用力攥了茶杯，牽動傷處，額間薄薄滲了層冷汗，閉上眼睛。

這些年下來，他早已成了習慣，凡太好或太壞的都是夢魘，要將他困在其中不得解脫。

他也做過雲琅回來的夢，也夢見過兩人坦誠相見，夢見過諸般是非落定，府外雪虐風饕，府內燈燭安穩。

也夢見過兩人對坐燭下，閒話夜語，把酒問茶。

不可沉迷，不可沒入。

蕭朔胸口起伏，低咳了幾聲，無聲咬了咬牙。

倘若眼前諸般景象，竟也只是個夢，在夢裡試圖俘獲他的魘獸未免太過高明。

若隨老主簿去了內室，見了雲琅躺在榻上寧靜安睡，他便更無可能再掙脫出去。

「王爺？」老主簿終於察覺出他不對，皺緊眉，「您可是又不舒服了？」

老主簿跟了他多年，清楚蕭朔情形，當即便要再去叫梁太醫，被蕭朔抬手攔住，「不必。」

老主簿有些遲疑，半跪下來，仔細看著他臉色，「王爺。」

「府上可尋著了燒刀子？」蕭朔靜了靜心，「給我一碗。」

「小侯爺那次說的，上了戰場喝的那種烈酒？」老主簿一陣為難，「還不曾，那酒釀得粗劣，汴梁是不賣的。」

蕭朔閉了閉眼，用力靠向椅背。

「王爺，您傷處尚未收口，不可受壓。」老主簿忙攔他，有些著急，「這不是夢啊！您的確同小侯爺拚出了如今這般局面，那誓書叫開封尹看過了，是真的，給藏小侯爺的密室裡了。您護住了小侯爺，殿前司和咱們府上都沒事。什麼也沒弄丟，一個人都沒出事，都好好的。」

蕭朔闔了眼，低聲冷嘲：「我幾時竟有這般好運氣。」

老主簿話頭一頓，被蕭朔的話牽動心事，胸口驀地滿溢酸楚，竟沒能說出話。

「如今府外，」蕭朔道：「朝中是何態度？」

老主簿沒料到他忽然問這個，一怔，揣摩著道：「不很明顯，皇上……」

蕭朔平靜道：「皇上拿捏不準，一時竟也沒了處置。只將諸事擱置，說是大理寺不慎走了水，叫開封尹草草結案了事。」

老主簿張口結舌，看著這幾日都不省人事的王爺，「正是，您如何知道的？」

蕭朔：「京中無事，反倒比前陣子更為平靜。府外的確有些探子徘徊，但玄鐵衛嚴陣以待數日，卻無一人來探。」

老主簿瞪圓了眼睛，「正是……」

蕭朔用力按了下眉心，「大理寺卿日日來問，前幾次遞的還是自己的名帖，今日終於橫了心，送了一份集賢閣閣老楊顯佑的手書。」

老主簿錯愕無話，竟不知該不該應聲，愣怔在原地。

「樁樁件件，都如我所願。就連他的舊傷，也已有了轉機。」蕭朔咬牙，「叫我如何不覺畏懼，怕自己仍困在夢中？」

老主簿幾乎已被唬住，駭然琢磨半晌，竟也不很肯定了，遲疑道：「那您再願一個，老僕看看對不對……」

蕭朔強壓下焦躁，沉聲痛心道：「還有什麼可顧的？無非他仍老老實實躺在榻上，好好安睡養病。」他一向不放縱自己沉湎，終歸再忍耐不住，幾步過去，掀開內室窗前布簾，「就如這般……」

蕭朔：「……」

老主簿：「……」

老主簿大驚失色，「小侯爺？」

按梁太醫說的，雲琅此時就該老老實實躺在榻上睡覺，好好安睡養病。

老主簿寸步不離守在外屋，就這麼活生生守沒了人。對著空榻一時慌手慌腳，團團轉著在外屋找了幾圈。

蕭朔心頭驟懸，顧不上許多，抬手推開門，快步進了內室。

才踏進門，一盆化了大半的雪當即被帶翻下來，當當正正扣在了蕭小王爺的頭頂。

老主簿沒在床榻夾層裡找著雲小侯爺，驚慌失措抬頭，還沒來得及說話。

蕭朔叫雪扣了個正著，濕淋淋透心涼立在門前，摘了頭頂的盆，看了看。

梁上原本半蜷了個人影，被底下動靜吵醒，跟著一晃，半睡半醒間，腳下踩了個空。

老主簿蹲在外屋，嚇得一顆心活生生碎成十八瓣，「王爺——」

蕭朔鬆了手，叫盆掉在地上，上前兩步，抬手朝人影迴護著接穩。

雲琅腳滑，一跤結結實實砸在蕭小王爺懷裡，眼前冒著星星，昏沉沉咧嘴一樂。

蕭朔低頭，視線落在雲琅身上。

「王爺。」老主簿顫巍巍道：「您……」

蕭朔：「醒了。」

老主簿看著眼前情形，不大敢問，磕磕巴巴，「雲小侯爺……」

蕭朔此時不能動氣，用力闔了下眼，「叫他下不了榻，叫他乖，叫他哭不出聲。」

老主簿隱約覺得王爺記錯了梁太醫的醫囑，匆忙追了兩步，「王爺！等……」

琰王殿下不準備等，抱著天上掉下來的雲小侯爺，幾步進了內室，砰一聲重重合上了門。

雲琅掉得突然，眼前星星冒了一片，終於隱約清醒。

他已習慣了叫蕭朔動輒搬來搬去，咂摸一陣，忽然回過神，打了個激靈就要往下竄。

蕭朔手上使力，將人毫不費力箍了回來。

雲琅被仰面翻了個個兒，枕在蕭朔臂間，清了下喉嚨，「小王爺……」

蕭小王爺腦袋上還有零星雪花，尚乾的袍袖隔開了身上的冰冷濕漉，面沉似水，低頭看著他。

雲琅當機立斷，「雪是連大哥幫我弄的。」

蕭朔：「……」

「盆是御史中丞託開封尹帶進來的。」雲琅毫不猶豫，賣得乾脆俐落，老實交代：「梯子是外祖父幫忙找的。」

蕭朔：「……」

雲琅：「太傅幫忙扶著，工部尚書設計的機關，刑部尚書望的風……」

蕭朔無論如何想不到這裡還有蔡老太傅的份，走到榻邊，將雲琅放下，「誰出的主意？」

雲琅張了張嘴，輕咳一聲。

大理寺這一場鬧得不小，舉朝皆震，各方心中都無限疑慮揣測，來琰王府探傷問事的車馬就沒斷過。

老主簿按著王爺尚清醒時的吩咐，封閉了正門，嚴格由側門數著放人。兩三個來試探口風的朝臣裡，不著痕跡混著一個真火急火燎來探傷的，親自悄悄引去了書房。

蕭朔用了碧水丹，雖然昏睡不醒，卻只是要臥床恢復。外傷處理得及時，也不算太過凶險。來的都是靠得住的人，老主簿迎來送往，仔細解釋過王爺情形，又每每特意囑咐了小侯爺不可驚動，才將人輕手輕腳送進內室。

梁太醫在外間操心，老主簿以為雲琅不能打攪，始終在外面兢兢業業守著。半點不知道進了內室的人都被忽然醒來的雲小侯爺扯著，做了哪些準備。

蕭朔靜聽著雲琅招供，換下濕透了的衣物，拿過布巾，擦著頭面上的冰水。

雲琅坐在榻上，終歸心虛，決心日行一善，「過來，我幫你擦。」

「不必。」蕭朔道：「你手裡只怕還藏了個雪團。」

雲琅百口莫辯，「我——」

蕭朔將冰水擦淨，看他一眼，合理推測，冷聲道：「假作替我擦雪，趁我不備，將雪團塞進我衣領裡。」

「早化了！」雲琅被堵得沒話，一陣氣急，「刑法尚且問跡不問心！你這人……」

「問跡不問心。」蕭朔道：「我就該再去接一盆雪。」

雲琅張口結舌，一時竟無從反駁，愣在榻上。

蕭朔不準備叫他糊弄過去，扔了布巾，走過來，伸手扯了窗幔帷帳。

雲琅一陣警醒，反射抱頭合身，一頭便往床下滾，「慢著，你那傷不還沒好。」

「不礙事。」蕭朔將雲少將軍自床底撈回來，「老實些，梁太醫不准你下榻。」

雲琅愕然，「不准到這個地步嗎？」

「既是醫囑，便該遵守。」蕭朔將他翻了個面，「醫囑還說……」

雲琅聽著蕭小王爺說這一段了，剛剛對上，匪夷所思，「叫我乖，叫我哭不出聲？」

蕭朔靜了片刻，垂了視線，算是默認。

雲琅一時已有些懷疑梁太醫本行是治什麼的，被蕭朔單手按在榻上，徒勞撲騰，「等等，我覺得這醫囑不對，你再問問……」

蕭朔並沒看出醫囑有什麼差錯，坐在榻邊，解了雲少將軍的領口，掀開他兩片寢衣衣襟。

雲琅打了個激靈，不會動了。

蕭朔坐在榻邊，用力闔了下眼。

他終於從與夢境交錯的現實中徹底抽脫出來，心神明晰，看著榻上熱乎乎的雲少將軍。

燈火是暖色的，帶了溫度的光透過紗幔滲進來，混著窗外的凜冽寒風、夜雪呼嘯。

風捲雪，嘯上穹蒼浩瀚。

暖的光柔和安靜，落下來，覆著榻間眼前人。

真真切切，處處與夢魘不同。

雲琅不止耳後，整個人都熱得發燙，緊繃了一陣，終於下了決心，閉上眼睛。

蕭朔看著他胸前傷痕，拿過暖爐，看著雲琅，「做什麼？」

雲琅乾嚥了下，訥訥：「做……」

蕭朔覆著暖爐，將手暖透了，探進雲琅衣物內。

雲琅打了個激靈，撲棱一聲繃直，「幹什麼？」

蕭朔手下一頓，低頭看著他。

雲琅心知這話問得不合適，奈何終歸緩不下來，壓了壓眼前黑霧，面紅耳赤，結巴道：

「慢……慢一點。」

雲琅熟讀話本，知道這摸了便要抱，抱了便要脫，脫了便要行會被封禁的苟且之事。同蕭小王爺行這個……倒也沒什麼。

兩人已交心，自然再不忌諱這些。雲琅不說盼著，心中其實也多少期待緊張，還特意總結了溫泉熱湯的二十式祕笈。

只是眼下多少有些不是時候。

雲琅太多沉屙，身上經脈無一不傷、無一不滯。此前叫蕭朔散了內力，又被梁太醫拿住機會，灌下去一碗碗不知是什麼的猛藥，到了此時仍半點內力搜刮不出來。

他知道自己的情形，若無內力支持，只憑如今的身體狀況，蕭小王爺這邊稍刺激些，只怕都撐不住。

「你……把握些分寸。」雲琅渾身赧得滾燙，咳了咳，含混道：「要是把我親暈過去了，又要嚇著你。」

「……」蕭朔蹙緊眉，靜了片刻，「我不是要做這個。」

雲琅還在緊急複習顛鸞倒鳳十八摸，聞言愣了下，「唔？」

「你如今的情形，我是瘋了，還是生怕自己心魔不夠重？」蕭朔看他一眼，將雲琅按回去，「躺平，不可亂動。」

雲琅：「咦？」

蕭小王爺此刻的言行，未免多多少少有些相悖。

雲琅不很敢在這個時候胡鬧，噝了噝，小聲道：「不能動的嗎？」

不能動的雲琅也看過，其實不大喜歡，總覺得被人綁上，極不自在，心中也無論如何不能安定。只是……若蕭朔偏偏喜歡這個，覺得如此這般，便能安心些。

雲琅糾結半晌，咬咬牙根，壯烈闔了眼。

蕭朔眼睜睜看著他一副刀劍臨身，英勇就義的架式，停下動作，蹙了眉，「又幹什麼？」

「你……」雲琅用力抿了下唇，定定心神，咬牙道：「沒事，你是我家小王爺，不必忍著，我樂意罩著你。」

蕭朔微怔，迎上雲琅視線。

「只是也別太不准我動了。」雲琅訥聲道：「你多抱我些，你一揉我脖子後面，我就安心，你也多揉揉。」

雲琅把手腕亮出來，由他束縛，「你說情話我聽著也好，你多說幾句，哄哄我，免得……」

蕭朔聽了半晌，忽然明瞭，眸底跟著一顫，忽然再忍不住，俯身將他攏住，「雲琅。」

生性驕傲的雲少將軍，千寵萬縱嬌慣著長大，樂意幹什麼、不樂意幹什麼，不會有人比蕭朔更清楚。

要迫著雲琅，要雲琅做不願做的事，蕭朔其實從未想過。

但雲少將軍此時宛如獻祭的壯烈架式，卻還是灼得他心底滾熱。

蕭朔收攏手臂，將雲琅抱起來，叫他伏在胸口。

雲琅已叫他褪了寢衣，胸肩一合，心跳促得氣短，最後一句只剩了氣音：「免得……我忍不住揍你。」

蕭朔輕輕笑了一聲，「好。」

雲琅顫巍巍叫他抱著，將自己雙手擱在腿底下牢牢壓了，還不放心，接著念叨：「不然你將我綁上吧！」

蕭朔沒有出聲，親了親雲少將軍一路哆嗦到頂的眼睫，抬手覆在他頸後，溫溫一撫。

雲琅沒忍住，舒服得低嘆了口氣，身上果然鬆緩了些許。

蕭朔抵上他額頭，聲音輕緩：「抱著我。」

「不了吧？」雲琅不大好意思，羞赧道：「我怕我一緊張，抱著你拔地而起，一個過肩摔摺到地上。」

「無妨。」蕭朔道：「若是疼了，便立時喊我停下。」

雲琅一陣愕然，「還能停下的？」

蕭朔將他向懷裡護了護，從容道：「自然，你看的話本裡都不能停？」

「不能吧？」雲琅細想了下，「都是不給停的，最快的也要三天三夜……」

蕭朔：「……」

雲琅咳了咳，「不對？」

「無事。」蕭朔忍俊不住道：「你自看著解悶，我明日上朝，便諫言審文院封了那些篡文竊版的地下書鋪。」

雲琅：「……」

蕭朔見雲琅仍緊張兮兮地不動，索性拉了他手臂，環在自己身後。

雲琅不很習慣這般撒嬌似的架式，臉上脹得通紅，小聲道：「我八歲起就不這麼抱人了。」

「你今後盡可這般抱我。」蕭朔寵溺道：「待萬事了了，我便守在你一伸手能抱到的地方，寸步不離。」

雲琅愣了半天，自己想得滿臉通紅，扯扯嘴角小聲嘟囔：「小王爺做得一手好美夢。」

蕭朔眼底一熱，收攏手臂，「不會只是美夢。」

雲琅被揉了脖頸，又聽了好聽的情話，心滿意足。他如今精力十分不濟，打點起心力配合著蕭小王爺，將人手腳並用牢牢抱緊，舒服地咕噥一聲，閉了眼睛。

蕭朔闔眼，潛心找準他穴位，拿捏好手法，沿經脈施力推開。

雲琅打了個激靈，在他頸間悶哼一聲，別過頭強忍了，背後已瞬間飆出一層薄汗。

蕭朔低聲：「疼就出聲，不必忍著。」

「不出。」雲琅咬著牙較勁，「話本上人家都不出。」

蕭朔：「……」

蕭朔有心同他說實話，被雲少將軍滿心期待抱了滿懷，終歸說不出口，撫了撫雲琅髮頂，「那便咬我。」

雲琅寧死不屈，「不咬，我又不是野兔子……」

「咬出疤來，便是記號。」蕭朔道：「忘川河，幽冥關，彼此認得，再不會散。」

雲琅一怔，「真的？」

蕭朔近來常試著自行寫話本，靜默了片刻，鎮定道：「真的，你若不信，我來日把話本拿來了給你看。」

雲琅一向對這些神神鬼鬼的事連敬帶畏，尚在猶疑，背上穴道叫蕭朔一拿，幾乎疼得眼前一道白芒，一口咬在蕭朔肩頭。

蕭朔抱住他，溫聲慢慢哄：「忍一忍。」

「我知道。」雲琅喘著粗氣，叼著蕭朔肩頭皮肉，聲音含混：「第一次都疼……」

蕭朔啞然，將雲琅愈護進懷裡，以胸肩裹牢。

此前兩人獨處，一有閒暇，蕭朔也不少替他推穴理脈。可畢竟各方不便，都是隔著衣物，有時還要隔上幾層。

雲琅有護體內勁，哪怕再信任他，內力也會自行抵抗。蕭朔認穴再準，十分效果也只能餘下一、二分。

梁太醫此次下了狠手，要將傷勢發散出來，這一套理脈的手法，才第一次真正使到點上。

雲琅疼得發抖，眼前一陣陣昏黑，啞著嗓子：「這是前戲嗎？話本不是這麼寫的……」

蕭朔迫著自己不准心軟，一個穴位接一個穴位推拿，低聲道：「如何寫的？」

雲琅滲著汗，盡力回想，「那公子將手探進衣物，彼此赤誠，再無阻隔……」

蕭朔點了下頭。

雲琅一頓，接著向下，「自背後起，一寸一寸，輾轉撫遍。」

蕭朔點點頭，又換了下一處穴位。

雲琅錯愕半晌，喃喃自語：「摩挲推揉，牽拉提扯，無所不用。」

蕭朔牽扯他腰間大穴，手上推拉使力，藉機替雲少將軍正了正骨，將隱約錯位的幾處關節俐落矯正。

雲琅駭然，「就是這麼寫的！」

蕭朔靜了半晌，將手抬起，拭了雲琅眉間淋漓冷汗，「你的確半分不通床幃之事。」

「通還用你？」雲琅被他戳了軟肋，老大不高興，「我有時間通嗎？醉仙樓的小姑娘……」

將來到了耄耋之年，兩人開客棧賣酒，雲副掌櫃翻舊帳，只怕還忘不了醉仙樓的小姑娘。

蕭朔趁他說話分神，將雲琅護牢，藉引穴的力道，沿脊柱經脈推開。

雲琅還在想著「鳳帳燭搖紅影」，只察覺溫熱掌心自下至上一寸寸碾過，猝不及防一陣酥麻脫力，眼前驀地一片白芒，徹底再沒能說得出話。

蕭朔抬手，攬住無聲無息軟倒的雲少將軍，闔了下眼，吻了吻他的眉心。

雲琅氣息清淺，乖乖伏在他懷裡，靜得不動。

蕭朔沒有立時再尋穴位，按著雲少將軍飽讀話本中的描述，慢慢摩挲安撫，散去方才積起的沉傷蟄痛。

雲琅脫力軟了幾息，終於緩過口氣，睜開眼睛，「到哪兒了？」

「……」蕭朔摸摸他的髮頂，「床幃之事，不必當戰事一般，迅急緊迫到這個地步。」

雲琅耳廓發燙，咳了一聲虛張聲勢，「我自然知道。」

蕭朔點點頭，並不戳穿，「既然如此，你我如今到哪一步了？」

雲琅一時語塞，飛快倒著自己讀過的內容，找了一圈沒能對上，強自鎮定道：「到蕭小王爺親少將軍了。」

蕭朔微怔，抬眸看他。

「室內燭火暖融，只是念頭焚身，反倒灼人。」雲琅熱氣騰騰，揪著記憶尚新的一本亂背，「此時不知為何，竟有清涼雪意覆面，中間忘了，總歸正好滾做一處，床幃自墜……」雲琅背到一半，忽然回神，後悔不已，「不對，這是個靈異的話本，叫《黃蛇傳》。」

蕭朔前幾日恰看過這本，壓了壓糾正雲少將軍那蛇顏色的念頭，低聲道：「你為了這個，特意弄的雪？」

雲琅露了餡，肩背一繃，極不自在地咳了一聲。

太傅是最後一個走的，按梁太醫的說法，過不了一刻，蕭朔就能醒過來。

雲琅蹲在梁上，興致勃勃守著蕭朔進門，一守就是小半個時辰。

硬生生把自己守得睡了過去，雪也大半化成了冰水。

雲琅只覺得自找沒趣，坐在蕭小王爺腿上嘟囔：「本來以為你難解相思……」他的聲音太低，聽著已極含混。

蕭朔蹙了下眉，輕聲問：「什麼？」

「難解相思！」雲琅耳根通紅，豁出去了，大聲嚷嚷：「醒來第一件事，定然要衝進內室，同我討束脩！」

到時候好歹燭影暖融，雪花飄飄，他再從梁上蹦下來，給蕭朔親個帶響的。定然帶勁得很。

計劃得極妥當，這會兒全變成了一盆冰冰涼的雪水。

兩人從小到大一路吵過來，從來誰先生氣誰占理。雲琅眼疾嘴快，趁著蕭小王爺沒緩過神，立時不高興，「雪都化了！」

「……」蕭朔看著他，「我知道。」

雲琅咳了一聲，虛張聲勢坐得筆挺。

蕭朔不止知道，還被化了的雪扣了個結實。

進門時，他分明已想好了要貨真價實教訓雲琅一次，絕不心軟。此時叫雲小侯爺搶先倒打一耙，坐在榻前蹙了蹙眉，「如此說來，此事怪我？」

「不怪你？」雲琅硬撐著，理直氣壯道：「若是你早進來，我一盆揚了那雪，紛紛揚揚，跳下來蹦在你面前……」

蕭朔聽著雲琅翻扯，抬手按了按額角。

雲琅身上氣勢轉眼一軟，老老實實，「知錯了。」

蕭朔搖搖頭，低聲道：「你所言不差。」

雲琅心說蕭小王爺未免太好糊弄，伸手攀住蕭朔，「跟你胡攪蠻纏呢！當真幹什麼？」

蕭朔由他握著手臂，抬起視線，落在雲琅眉睫間。

雲琅緩過了方才那一陣疼，胸口還起伏著。他難得這般害臊，耳廓還泛著隱約淡紅，氣色難得比平日裡好了不少。

雲琅沒聽見回應，看著蕭朔神色與平日有異，抬手按上蕭朔的太陽穴，稍使了些力道，緩緩按揉，「又頭疼了？」

「無事。」蕭朔搖了下頭，向後坐了坐，「你──」

雲琅搆得實在費力，索性拿過蕭朔手臂，也有樣學樣環在背後，大剌剌靠了，接著專心致志替他揉太陽穴。

蕭朔氣息微滯，靜了片刻，抬手將人環住。

「我問了梁太醫，這毛病同罌粟毒也有關。」雲琅道：「這東西毒性特異，極傷人心神。拔毒後，雖然毒性除淨了，但損傷仍在。」

蕭朔頭疼的症候是這幾年添的，與所經之事、所失之人自然脫不開干係，但也只怕不盡然是心裡的毛病。

雲琅問過幾次梁太醫，還是這次陰差陽錯，問出來了當年御米之事，才想起了這一層。

蕭朔中毒是在宮中，拔毒也是在宮中。此事瞞得嚴嚴實實，老主簿都不知曉，梁太醫聽說時，險些氣得吹飛了鬍子。

如今蕭朔用的藥，大都添了寧神補益的，只要妥帖進補些時日，自然能緩解大半。

「梁太醫說，若你早幾年說，對症下藥，早不礙事了。」雲琅特意學了按揉的手法，頭一回用，力道斟酌得極謹慎，「我若早知你頭疼，定然不同你胡鬧。」

蕭朔握了他的手，低聲道：「多虧你胡鬧。」

雲琅一怔，「什麼？」

「沒事。」蕭朔不欲多說，搖了下頭，「只是偶爾覺得頭疼，並不礙事。你方才說得不錯，若我及時進來……該很好。」

雲琅只是沒理攪三分，聞言反倒赧然，咳了一聲，「唬你的，這你也信？」

「本就很好，風雪雖然凜冽，也能清心明目。」蕭朔道：「我站在門邊，你若自跳下來，便應了一個典故。」

雲琅自己都沒想出來這般雅意，聞言愣了下，「什麼典故？」

雲琅靠著蕭朔，忍不住猜，「蕭門立雪？雪中送炭？何當共剪西窗燭，玲瓏骰子安紅豆……」

「……」蕭朔看著他，「守株待兔。」

雲琅：「……」

蕭小王爺這腦袋只怕還不夠疼。

雲琅磨著牙，看著蕭朔總算不燙了的腦門，很想再給他來個更響的過過癮。

「是拿你玩笑，尋開心。」蕭朔溫聲說了一句，攬在雲琅背後，將他攏進胸肩裏牢，「你我劫後餘生，已經幸甚。我只是想，若如你說的那般，該更高興。」

雲琅被蕭小王爺一記戳心，沒能出聲，面紅耳赤往蕭朔的寢衣布料裡埋了埋。

「日後我會記住。」蕭朔道：「醒來第一件要緊事，便是見你。」

蕭朔擁著他，燭影下身形不動，氣息拂在雲琅頸間。

溫暖輕緩，浸著融融體溫，像是將周遭一切盡數隔絕乾淨。

雲琅陷在這片與世隔絕的寧靜裡，微微打了個顫，想要不著痕跡沉穩掩飾過去，卻已被蕭朔抬手護住肩背，「你睡不實，是因為沒有內勁護體，還是我不曾醒？」

雲琅一愣，咳了一聲，轉了轉眼睛飛快盤算，「是因為……」

「那便是都有。」蕭朔道：「我不曾醒，你心中不安。你沒有內勁護體，便不敢睡在榻上，在梁間反倒安心些。」

雲琅頗不自在，兀自嘴硬，「誰說的？我就愛睡梁上。你沒聽說過？江湖上正經的武林高人，半夜還睡繩子上呢！」

「是我疏忽，昏迷前差了這一句。」蕭朔沉吟道：「下次我會同梁太醫說，無論如何，將你我安排在一處。」

「還要什麼下次？一次就夠了。」雲琅不以為然，「咱們兩個行此下策，是因為手上什麼把柄也沒有，雖有高位，卻無實地。再來一回，你我是不是太沒用了？」

蕭朔靜了片刻，抬起視線，迎上雲琅目光。

「如今實地已成，你拿捏穩了侍衛司，也有了正經的朝臣助力。玉英閣裡的東西咱們拿了，兩方博弈，中間的平衡交接處咱們占了，將來你在御前周旋，我同襄王轉圜，都有倚仗。」雲琅看著蕭朔，半開玩笑，「蕭小王爺可是被磋磨得沒了這個心氣，路走得越順，勝仗打得越多，反倒心裡越虛？」

蕭朔平靜道：「自然不是。」

「當真不是？」雲琅繞著圈看他，「叫我看看，小王爺……」

「你不必設法試探我。」蕭朔握著他的手，覆上雲琅掌心冷汗，溫和笑道：「你擔心我，便大大方方說出來。」

雲琅一頓，肩背僵了下，沒說出話。

蕭朔道：「我知你這些天，不怕我計謀不妥、不怕我周旋不開，唯獨怕我屢經世事磋磨，所護之人護不住、所做之事做不成，折了心志。」

「人之常情，其實不必掩飾。」蕭朔焐著雲琅的手，察覺著他掌心慢慢轉暖，「你當初打仗，父王看著放心，其實也輾轉反側，幾次夜裡實在睡不著，揍我解悶。只怕你萬一初戰折戟，一旦打了敗仗，會損毀了你的銳氣。」

蕭朔撫上雲琅後頸，「你擔心我，自可明說。」

「同你說什麼？是我自己擔心，又不是你叫人擔心。」

雲琅悶著頭，「我自己胡思亂想，覺得擔心，是我自己的事。」

蕭朔聽著他繞來繞去，不禁啞然，輕聲道：「你擔心我，還不干我的事？」

雲琅咬牙，「不干。」

蕭朔怔了怔，抬眸看他。

「我這叫關心則亂。」雲琅難得較真，「我覺得擔心，和蕭小王爺是個什麼樣的人，心志如何、性情什麼樣，都沒關係。」

雲琅說得極慢，耳廓滾熱，一個字一個字慢慢道：「至於……蕭朔這個人。不摧不折，外有峰巒巍然，內有靜水流深。」

「我要同他求百年，不是因為過往之事，故人情分，不是因為如今形勢所迫，相濡以沫。」

「我知他信他。」雲琅抬頭，不閃不避迎上蕭朔視線，「見他風骨，心嚮往之。」

「求同進、求同退、求寸步不離。」雲琅道：「求推心置腹、求披肝瀝膽。」

雲琅朝他一笑，「琰王殿下，過個明路。」

蕭朔肩背猛然一悸，迎上雲少將軍清冽眸色。

他胸口激烈起伏了幾次，眼底至胸口一路發燙，滾熱熾烈，驅散了最後一絲盤踞陰雲。

蕭朔伸臂，攬過雲琅頭頸，吻得極盡鄭重，近於虔誠。

雲琅還不滿意，盡力側了側頭，含混，「回話……」

蕭朔闔眼，「求之不得。」

雲琅像是被他這四個字燙了下，微微一顫，閉上眼睛。

蕭朔找到他的手，交攏著細細握實。

【第五章】

多虧小王爺沉穩，接了當頭一鍋，轉手砸了侍衛司一個跟頭

一吻終了，兩人氣息都有些不平。

雲琅一樣渾身滾熱，強壓了幾次心跳，別過頭平了平氣。

他坐在蕭朔腿上，最後一點志氣已全交代了出去，再開口已磕磕絆絆：「現在……你自行反省一下。」

蕭朔斂去眼底澀意，清了清喉嚨，「什麼？」

「剛才是不是有什麼地方糊弄我。」雲琅道：「我覺得不對勁。」

蕭朔：「……」

雲琅摸索著身上，凝神品了品。

雖說經蕭朔一番折騰，此時經脈筋骨都舒服了不少，但總歸不是那一回事。

雲少將軍雖然未經人事，又在該有人引導的時候去忙了別的，可總見過戰馬打架，並不全然懵懂，「雖說每句都對得上，但定然哪裡出了岔子……你是不是趁我不懂，設法哄我了？」

蕭朔身形微頓，靜了片刻，「是。」

「真哄我了？」雲琅剛剖白完心跡，一陣心痛，「哄了多少？從哪兒開始哄的？」

雲琅向來自詡飽讀話本，一朝讓蕭小王爺坑了個結實，扯著他袖子，「不行，從哪兒開始不對的？快告訴我……」

蕭朔拗不過他，默然一陣，貼在雲琅耳畔說了實話。

雲琅：「……」

蕭朔：「……」

老主簿正在外間收拾，看著王爺披衣出門，一陣愕然，「這是怎麼了？」

「我與少將軍剖白心跡。」蕭朔坐在桌前，低聲道：「說好了從此要彼此坦誠，肝膽相照。」

「這不是極好的事？」老主簿匪夷所思，「您這是怎麼……」

「於是我便與他坦誠，說了實話。」蕭朔道：「除開最後，其實都不對。」

老主簿沒聽懂，茫然一陣，試探道：「於是您便又要來外間睡了嗎？」

「只是今日。」蕭朔蹙了蹙眉，莫名很不喜歡老主簿這個語氣，「我明日照回內室去。」

老主簿心說那可不，每個今日您都這麼說。

他看看王爺神色，不敢頂嘴，點頭，「是是。」

「那些話本。」蕭朔道：「給小侯爺送去，小侯爺要看。」

「怎麼是給小侯爺？」老主簿操心道：「小侯爺看了，您看什麼？恕老僕直言，您學會了，大抵要比小侯爺學會更要緊些。」

蕭朔皺了皺眉，「我自然也會看，他看是要……」

老主簿憂心忡忡，「要做什麼？」

「無事。」蕭朔靜了片刻，不再多提此事，「還有木頭嗎？同刻刀拿過來。」

老主簿為難，「有歸有，您已給小侯爺刻了一套生肖加一隻貓，還刻了一整套的戰車，下次再哄，怕是沒什麼可雕的了。」

蕭朔蹙緊眉，「那要怎麼辦？」

兩人吵了架，他自幼也只會給雲琅雕東西、買點心。如今雲少將軍的胃口叫府上如願以償地養刁了，對點心也已不很在意。蕭朔此番自知行徑孟浪，有心賠禮，更不知該如何著手。

老主簿看了看室內，悄聲道：「若是有機會同小侯爺說說話，可會好些？」

「他不同我說話。」蕭朔道：「也不想見我。」

老主簿心說好傢伙，又向屋裡望了望，「小侯爺如今走上一兩步，要不要緊？」

蕭朔搖搖頭，「我替他理過脈，稍許活動無礙。」

「好。」老主簿年紀大了，見多識廣，沉穩點頭，「您先坐穩。」

蕭朔不知他要做什麼，莫名坐回桌前。

老主簿醞釀一陣，瞄了瞄兩邊路線，挪走了中間隔著的木箱書桌。

蕭朔蹙眉，「做什麼？」

「有些礙事。」老主簿道：「清一清，方便小侯爺衝過來。」

蕭朔愈發莫名，「什麼……」

老主簿深吸口氣，放聲急呼：「快來人！王爺吐血了，噴泉一樣冒哇！止不住，快拿盆來！」

蕭朔叫他赧得幾乎動怒，咬牙沉聲：「胡鬧什麼？吐血幾時還要盆了，誰會信？噤聲……」

話才說到一半，內室的門砰一聲打開，雲小侯爺已一頭撞了進來。

撞得太急，沒能剎住，一溜煙順腿飄上了床邊暖榻，氣力方竭，一屁股坐在了王爺腿上。

老主簿笑吟吟功成身退，輕手輕腳走出書房，替兩位小主人嚴嚴實實合了門。

燭影輕搖，月色宜人。少將軍只穿了寢衣，臉色通紅，坐在據說噴泉一樣冒血的蕭小王爺腿上，咬牙切齒，「好傢伙。」

蕭朔堪堪抬手，將他攬住。老主簿事了拂衣走得急，竟沒了人證，蕭朔一時不知該如何解釋，頓了下，低聲道：「我……」

雲琅：「噴泉一樣，噗嗤噗嗤咕嘟咕嘟吐血。」

蕭朔有心糾正雲琅，老主簿原話並沒說得這般形象。迎上雲少將軍黑白分明的眼刀，將話嚥回去，「沒有。」

雲琅這般輕易被誆了出來，很是記仇，「好大一桶，一尺寬一尺深。」

蕭朔：「……」

雲琅萬萬想不到蕭小王爺學得這麼快，痛心疾首，「一桶復一桶，一缸……唔！」

雲琅沒了音，錯愕睜圓了眼睛。

蕭朔素來說不過他，低頭吻住了雲少將軍的滿腔怨氣，手臂使力，將雲琅向懷裡攬了攬。

雲琅被他親了幾次，仍緩不過來，轟的一聲，整個人便又燙了一層。

外間不比內室，沒到半點聲音都被氈毯融淨的靜謐安寧，窗戶雖銷得牢，仍能聽見外面的風雪聲。風雪呼嘯，燈在簷下輕晃，時而有玄鐵衛巡邏，踏雪踩過。

在這裡做這種事，莫名便添了層難以名狀的天知地知。

蕭朔只為叫雲琅消氣，察覺到臂間身體微僵，向後撤開，輕聲道：「不喜歡？」

雲琅清了清喉嚨，訥訥：「……喜歡。」

「只你我。」蕭朔道：「不會有人來打擾。」

雲琅自然清楚，挪了個舒服的姿勢，朝臉上搧了搧風，「知道。」

蕭朔靜看他一陣，拿過薄裘將兩人一併裹了，摸了摸雲琅的額頭。

室內有暖榻，其實不冷，雲琅身上卻仍涼得厲害。

臉上熱意稍許褪去，額間薄汗冰在掌心，濕冷就顯得格外明顯。

「不要緊，多吃兩頓飯就好了。」雲琅不以為意，扒拉開蕭小王爺的手，「你那藥浴的湯池修得怎麼樣了？若是剛壘了個邊，我來日便跳進荷花池裡頭自去泡。」

「大致修妥當了。」蕭朔不受他激，順勢將雲琅的手握了，暖在掌心，「我剛醒，府內事只大略知道，你好歹允我一日，不必這般急著舉身赴清池。」

雲琅被他從容噎成了孔雀，掛在東南枝上，一時語塞，「……」

蕭朔拿了備著的點心，挑了雲琅喜歡的，掰了一半，遞到他唇邊。

雲琅悻悻低頭，慢慢嚼著點心，忽然覺得不對，「以後莫非我次次吵不過你？」

自小兩人吵架，蕭朔便沒能占著半點上風。縱然鬧到了王爺王妃面前，小皇孫也因為措辭太嚴謹，說得太慢，往往還沒說完，已被雲琅搶先告完了狀。

如今沒了長輩裁奪，雲琅便已失了先手。蕭小王爺這些年過來，竟也修煉得愈發靈臺清明，辯口利辭。

雲琅吃了暗虧，胸中氣不平，一口咬下去，「好生耍賴。」

「要在朝堂周旋，自然要練言辭面皮。」蕭朔及時收了手，沒叫雲小侯爺咬個正著，將點心自己慢慢吃了，「你將就些，待湯池修好，坦誠相對時，我自不會同你說這些。」

雲琅隱約覺得這個「坦誠相對」用錯了地方，不及細想，已被蕭朔攬著抱了起來。

雲琅一晃神，拽住他袖子，「又要去哪裡？」

「回內室。」蕭朔耐著性子，「你如今沒了內勁護體，氣血既虛且怠，自然會覺得極疲倦。」

按梁太醫推測，雲琅此時本不該醒，少說也要再昏睡個兩三日。

雲琅已用了麻沸散，又被他設法推拿過穴位經脈，應當不至於疼到睡不著。在他身邊卻還不肯睡，多半是仍安不下心。

「明日我去上朝，無非走個過場。」蕭朔撫了下他的額頂，將雲琅輕放在榻上，「到不可為之時，假作傷勢發作，順勢退回府中就是了，不必擔憂。」

雲琅倒是清楚這些，展平了躺下去，躺了一陣，忍不住開口：「我只是在想……襄王一派是不是消停過了頭。」雲琅枕著胳膊，皺了皺眉，「事事都按著咱們的心意走，處處都和所料的一樣，我反倒覺得不安穩。」

「之前問過這幾日情形，我也有此一慮。」蕭朔蹙眉道：「本想明日上朝，去探探虛實，回來再同你商量。」

「若是有什麼坑挖好了等著，等你探出虛實，人也已在坑裡了。」雲琅失笑，「如今你我命都金貴，誰也不能輕易出去蹚險……你這毛病記得改。」

蕭朔坐在榻邊，將雲琅一隻手握了，靜了片刻，輕點了下頭。

「襄王處心積慮，看玉英閣內裡機關調整，已非一朝之力。」雲琅沉吟，「如今回頭看，凡是我們覺得奇怪的地方，只怕處處有這一股勢力的影子。」

雲琅已盤算了許久，此前在獄中未及細說，側了側身，「戎狄的探子入京，藉觀禮刺駕，宿衛宮變……」

雲琅話頭頓了下，剛要將最後一句嚥回去，蕭朔已緩聲接上：「宿衛宮變，禁軍叛亂，只怕不盡然是栽贓陷害，而是確有其事。」

他語氣平靜，雲琅細看了看蕭朔神色，輕扯了下嘴角，「是。」

「當年襄王為奪權謀朝，先扶持一個年紀輕些的皇子做傀儡，以為盡在掌握，卻反倒替他人做了嫁衣。」蕭朔道：「雖然如此，手中積存的實力，卻只怕比皇上更深厚得多。」

雲琅點了點頭，細想了一陣，「襄王一派，可有什麼人來過？」

蕭朔替他抻平薄裘，將人裹得嚴了些，「大理寺卿來過幾次，擋回去了。」

雲琅皺眉，「遞的誰的名帖？」

「前兩次大理寺，最後換了集賢閣。」蕭朔道：「若我料得不錯，此番上朝，楊顯佑大抵找我有話要說……怎麼了？」

蕭朔扶住雲琅，握了他腕脈，蹙了下眉，「此人不對？」

「他對不對，不算緊要。」雲琅道：「你不可去集賢閣。」

蕭朔原本也不準備去，此刻見雲琅神色，卻覺仍有內情，問道：「可是有什麼地方，我仍想得疏漏了的？」

「不算疏漏。」雲琅道：「襄王此人，你不瞭解。」

雲琅當初落在大理寺內，不知這是襄王勢力，只覺得一味逼迫，實在反常，混混沌沌撐著一口心頭血熬下來，回頭看時才覺出端倪。

當時在大理寺獄，那青衣老者提及蕭朔時，說的是「尚不在我們眼中」。

如今琰王手中握了殿前司，分明有意謀朝，又與皇上立場天然相悖，不死不休。

「楊顯佑在襄王帳下，不必管出謀劃策、不必管朝堂周旋，事事置身事外，尋不出半點錯處。」雲琅道：「此人唯一的用處，便是替襄王挑選鷹犬。」

「試霜堂是鷹犬，三司使是鷹犬，至於你我……」雲琅抬頭，視線落在蕭朔身上，「我先不論，他們若要降服你，用的絕不是金銀財寶、高官厚祿。」

蕭朔眸底微動，扶住雲琅脊背，「用的是什麼？」

雲琅幾乎要說下去，忽然察覺出自己彷彿被套了話，生生嚥回去，抿緊了嘴瞪他。

蕭朔垂眸，目光掃過雲琅單薄衣物，靜靜斂回。

其實已不必問。

雲琅身上的舊傷，體內盤踞不去的寒疾，每一處可見或不可見的傷痕，喝的每一碗藥，已將答案說得清清楚楚。

「不是叫你翻舊帳的。」雲琅瞪了半晌無果，只得作罷，快快道：「你提防著些，若落在他們手裡，我還要殺進去劫你。」

蕭朔輕聲道：「放心。」

雲琅仍放不下心，又翻了個身，「拿出來的那份血誓，的確沒錯？」

「大理寺卿丟了此物，急得火上房。開封尹趁機套話，假作要替他找，從他口中問出了誓書的大致情形。」蕭朔道：「趁來問案情，兩相對比過，與大理寺卿所說一致。」

雲琅點了下頭，抬手按按太陽穴，低低呼了口氣。

「如今看來，尋不到什麼破綻處。」蕭朔道：「我知你心事，事情越順利，反倒像是疏漏了哪一處。」

雲琅硬撐著腦袋，埋頭苦思，「莫非是那誓書上其實塗了無色無味的毒，誰碰一下，就容易被別人空口白牙糊弄……」

雲少將軍已睏得開始說胡話了，蕭朔單手罩在他眼前，輕聲道：「明日我去探看探看，會聽你的，不入楊顯佑的套。」

雲琅低聲道：「找個像樣的藉口，轉圜一二，別硬邦邦回一句不去。」

蕭朔覆著他眼前，「知道。」

「他慣會用大道理堂皇壓人，開封尹因為這個，被他套得死死的。」雲琅聽衛准抱怨了幾次，已理出規律，「你說公務繁忙，他說你只知埋頭做事，不知動腦。你說要去鑽研朝堂，探討國政，他說你只將心思放在這些事上，如何能成朝堂棟梁。」

蕭朔點點頭，「我尋個周全的說法。」

雲琅左右晃了幾次腦袋，沒能避開，裹著薄裘骨碌碌轉了兩圈。

蕭朔見他仍不肯睡，索性起了身，除下外袍，疊在了一旁。

「幹什麼？」雲琅眼前倏而沒了遮蔽，睜開眼睛，還記著仇，「自去外頭睡，今日太刺激，我還要緩緩。」

蕭朔回了榻間，依著邊沿躺下，揭開他攥著的薄衾，伸手將雲琅裹進懷裡。

雲琅已凍得手腳發木，此時被覆上來的體溫暖得一顫，沒說出話。

「外面睡不成。」蕭朔靜了片刻，盡力汲取老主簿留下的經驗，舉一反三，「窗戶壞了，雪夜風冷。」

小王爺敢胡說，雲琅都不敢信，「你那個安了八百個插銷的窗戶？」

「正是。」蕭朔道：「漏風。」

雲琅張了張嘴，油然生出敬意，「好生耍賴。」

「容我賴一夜。」蕭朔收攏手臂，撫了撫他的脊背，「明日向少將軍賠罪。」

雲少將軍極受不住人順毛捋，好容易撐起來的氣勢沒了大半，抿了抿唇角，紅著耳廓沒出聲。

他氣血太虛，沒了內勁護體，更覺難熬。

撐了一陣，終於向熱乎乎的蕭小王爺身上慢吞吞挨了挨。

蕭朔與他磋磨這些年，終於找著了訣竅，攏著雲琅肩頸脊背，一路慢慢順毛撫了，「雲琅。」

雲琅被他呼嚕得舒服，不自覺低嘆了口氣，往蕭朔肩頭埋了埋，「嗯？」

他心裡其實仍隱約不踏實，但蕭朔身上實在太暖，穩定心跳透過衣料，落在他的胸口，又像是什麼都用不著擔心。

雲琅勉強留著一絲清明，不墜進靜謐深淵裡去，「有話說話。」

蕭朔收攏手臂，輕聲道：「抱歉。」

雲琅意識已大半混沌，兀自警惕，「抱誰？」

「……」蕭朔吻了吻他眉心，「抱少將軍。」

雲琅滿意了，在蕭朔衣料和薄裘的糾葛裡刨了刨，給自己挖了個舒服的姿勢，沒心沒肺睡沉了。蕭朔護著他，闔上眼睛。

❖

次日一早，琰王自榻下沉穩起身，將睡熟了便張牙舞爪的雲少將軍塞回厚實暖被裡，收拾妥當入了宮。

本朝慣例，冬至後休朝，直到十五之前，有事都只開小朝會。

小朝會一律在文德殿，不必著朝服，也沒有三拜九叩面君之禮。說是上朝，倒更偏於奉詔入宮議事。

大理寺失火一案後，小朝會已連著開了三日，終於等來了重傷方醒的殿前司都指揮使。

「王爺傷勢如何了，可還要緊？」金吾衛奉命值守，常紀引著他入殿，低聲道：「吵了三天了，各執一詞。王爺進去後，難免遇上強詞奪理、無端攀咬的，切莫動氣。」

蕭朔垂眸，「有勞常將軍。」

常紀只是金吾衛將軍，論職權進不去文德殿，道了聲不敢，停在門口，「王爺。」

蕭朔停了腳步，等他向下說。

常紀低頭猶豫片刻，還是橫了橫心，低聲道：「皇上知道，王爺並沒帶人進閣。」

蕭朔腳步微頓，靜了片刻，「知道了。」

常紀提醒了這一句，已是極限，不再多說，朝他拱手施禮。

蕭朔神色仍平淡，稍一還禮，斂衣進了內殿。

殿內從失火那日吵到今天，仍各執一詞，一片烏煙瘴氣。

大理寺與侍衛司爭得不可開交，太師府煽風點火，三司使拉東扯西。殿前司請了三日的罪，開封尹呈報了結案文書，便再不發一言，在邊上看了三日的熱鬧。

大理寺卿被這群人咄咄逼得冒汗，看見蕭朔進來，眼睛一亮，「琰王殿下！」

蕭朔闖閣之事，其實可大可小，倒是有人趁機質疑抨擊大理寺監守自盜，反倒棘手得很。

大理寺卿往琰王府遞了一摞拜帖，此時見了蕭朔，竟都已覺鬆了口氣，「王爺，當日情形我等都是清楚的，您也見了……」

蕭朔並不理會他，走到御前，俯身行了禮。

本朝尚簡，不准宮殿豪奢。殿內暖榻不旺，為照應幾個年事已高的老臣，才又攏了幾個火盆。涼氣刺著雙膝，冷冰冰地一路向上。

皇上看著他，神色晦暗不明，遲了片刻才緩緩道：「都指揮使有傷，賜座。」

內侍搬來座椅，小心過去，要扶蕭朔起身。

蕭朔垂眸，仍紋絲不動跪在地上，「臣有話，要對陛下說。」

「有話就說。」皇上道：「這幾日誰不是有話便說？將這議政之地吵成了鬧市賣場，吵得朝堂威儀掃地，也不差殿前司都指揮使一個。」

蕭朔靜了片刻，搖搖頭，「臣這些話，想只說給陛下。」

「怕是只能欺瞞陛下吧？」高繼勳立在一旁，忽然出聲冷嘲：「琰王殿下，末將實在弄不清，你指使一個小小的都虞候欺君罔上，究竟有何用意，又動的什麼心思？」

蕭朔垂眸，跪得紋絲不動，迎著皇上審視。

「臣不敢瞞皇上！那日正是琰王隻身闖宮，我侍衛司勸阻不成，礙於身分，只得放行。」高繼勳道：「偏偏到了地牢，便成了兩個人，而那真要抓的賊人，卻被炸得無影無蹤！」

「更離譜的，此人可疑至此，竟然不能提審、不能佐證，叫琰王府護得嚴嚴實實。」高繼勳早做足了準備，咄咄逼人，「誰會不覺得蹊蹺？若真如琰王所說，此人只是你的護衛，你又何必迴護他至此？還是說那人其實就是賊人，受你指使，闖閣要偷什麼東西？」

他步步緊逼，皇上的視線也跟著愈發冷沉，落在蕭朔身上。

蕭朔不為所動，漠然叩首，「臣有話，要對陛下……」

「皇上！」高繼勳搶著高聲道：「琰王出身宗室，末將本不敢貿然頂撞，只是此事實在容不得草草了之！」

蕭朔撐起身，淡聲道：「如此說，高將軍是一定要我在朝堂之上說了。」

「琰王殿下。」一旁太師龐甘終於出聲，緩緩道：「陛下英明決斷，從不偏私。你若有話，當堂說了，又有何不同？為何非要單獨面君呢？」

蕭朔不為所動，抬眸看向御座之上。

「朕早已對你說過，朝堂之事，不論宗室親眷。」皇上皺緊了眉，沉聲道：「既然有話要說，當堂分辯，朕不會偏袒你。」

蕭朔靜了片刻，點了下頭，緩聲道：「臣三日前，帶殿前司例行巡守，在京中發現了可疑的馬隊蹤跡。」

「尋常時候，也有馬商將成群的大宛馬趕入京城，設法售賣。」蕭朔道：「但臣所見馬隊，蹄聲鏗鏘，匹匹驍勇，品相極佳。不用人特意驅使，便能自行成列。」

他的話一出，朝堂之上，已有不止一人臉色忽變。

大理寺卿面色慘白，失魂落魄晃了下，勉強站直。

皇上原本面沉似水坐著，聞言心頭猛地一沉，冷然掃了高繼勳一眼，「慢著……」

蕭朔如同未聞，繼續道：「臣心中疑惑，又怕打草驚蛇，故而命殿前司繼續巡邏，帶人跟去探聽，竟意外探得了一座賊窟。」

蕭朔靜跪著，語氣平靜：「這賊窟之內，有兩人正在商議，要偷取玉英閣內一件要緊之物。臣知此物與當年宿衛宮變有關，難以坐視，故而匆匆趕去。」

高繼勳萬萬想不到他竟真敢當堂說這個，臉色變了幾變，咬牙道：「琰王說這個，無非解釋了闖閣緣由，那所謂護衛……」

「臣離開殿前司時，身旁的確帶了隨行護衛，故而都虞候並未誆瞞陛下。」蕭朔道：「但臣闖閣時，也的確是一人上去的。」

高繼勳一喜，「陛下！他如今已自行招認了，陛下……」

「住口！」皇上厲聲呵斥了一句，蹙緊眉，看了蕭朔半晌，「先不必說了……你身上有傷，坐下緩一緩。」

蕭朔不為所動，黑沉眼底一片冷嘲，「萬一臣與那賊人有勾結，還要再跪下，不如說完吧。」

皇上被他這般冒犯，臉色難看了一瞬，強壓下去，「朕並非懷疑你……你多少也該知道，丟的東西事關國本，此事不容小覷。」

皇上壓了壓火氣，「朕是為了你好，這罪名是你擔得起的？你……」

「臣自知有罪，不敢申辯。」蕭朔道：「方才臣已說了，不止知道此物事關國本，也知道它與昔日端王府血案有關。」

皇上皺緊眉，低頭看著他。

高繼勳沉不住氣，「你知道這些又如何？那護衛……」

「那護衛是臣派去的。」蕭朔跪得平靜，「臣也想竊取此物，派了心腹去盜，陰差陽錯，竟與賊人撞了個正著。」

話音落定，整個內殿都跟著靜了靜。

高繼勳原本已十拿九穩，篤定蕭朔解釋不清，沒能想到他竟能另闢蹊徑至此，一時錯愕，「你……」

「可惜臣的護衛晚了一步，叫那賊人拿了東西。臣追上去時，侍衛司亂箭齊發，觸動了閣內機關。」蕭朔道：「臣其實並未看清賊人情形，當時險些喪命在火藥之中，被護衛撲開，才尋得生路。侍衛司以袖鏢暗害臣，又在臣即將追到賊人之時，忽然痛下殺手，與那賊人一併砸在了斷壁殘垣之後。」

蕭朔神色平靜，「臣不敢下閣，不得已向上摸索，誤墜入了密道之中。」

高繼勳臉色一陣青一陣白，「胡言亂語！明明……」

蕭朔磕了個頭，「臣知罪，請陛下責罰。」

皇上此時神色已極難分辨，視線暗沉，在殿內掃視幾次，眉頭越皺越緊，「開封尹。」

「刑法論跡不論心。」開封尹出班，俯身行禮，「按琰王所供，既未盜得財物，又未觸發閣內機關，沒有能處置的律例。」

「怎麼會？」高繼勳匪夷所思道：「擅闖玉英閣，不算罪名？」

「原本是罪名，該杖七十。」開封尹道：「但佑和二十五年，雲麾將軍擅闖玉英閣，只為探尋閣內機關，以破解西夏機關陣。先帝諒其報國之心，便免了這一條。」

高繼勳張口結舌，愣在原地。

「大人若對刑律有興趣，下官這裡有法典。」開封尹道：「至祐和二十七年，總共刪改十九條，條條在冊。若本朝再有增改，還請翰林院著筆，政事堂審議明印。」

「改了就算？」高繼勳咬牙，「先帝改得多了！當街縱馬不算罪，毀壞宮殿不算罪，捉弄朝中重臣也不算罪，條條都是為了……」

皇上一陣心煩，沉聲道：「此事罷了。」

高繼勳心頭一寒，急道：「皇上！」

「琰王之事，情有可原，不再另行處置了。」皇上不看他，看了一眼蕭朔，用力按按眉心，「今日到此，散了吧。」

高繼勳急追了幾步，仍想分辯爭論，皇上已由內侍扶起，離了內殿。

殿內靜了靜，漸有人開始低聲議論，時不時有視線飄過來。

蕭朔撐了下地面，蓄了蓄力，慢慢站起身。

殿角安坐的青衣老者從容站起，走到大理寺卿面前。

大理寺卿打了個哆嗦，低聲道：「楊閣老，下官公務繁忙，無暇去集賢閣叨擾。」

「恕老夫直言。」老者面目和善，一雙眼卻極銳利，亮芒一閃即逝，「大人只怕正是忙於做事，無暇動腦，才犯下這般滔天錯處。集賢閣有清心苦茶，不妨去靜一靜心。」

大理寺卿分明極畏懼他，欲言又止，只得咬牙道：「是。」

老者頷了下首，轉回身，掃了一眼開封尹衛准。

衛准抿了嘴，靜立片刻，「下官去揣摩。」

開封尹總與集賢閣擰著行事，不止一次受他教訓，索性也不浪費工夫，停了話頭自己背，「下官有揣摩朝政的工夫，不如去集賢閣跪一個時辰經，日日只知蠅營狗苟，如何能成朝堂棟梁。」

老者見他識相，不再多說，緩步走到蕭朔面前。

蕭朔抬眸，斂去眼底刀鋒般冷意。

楊顯佑，襄陽人，官至末相，致仕後賜集賢閣大學士。

襄王帳下，主招攬人手，降服朝臣。

雲琅在大理寺獄的那些日子，身上落的每一道傷，都有這位楊閣老的手筆。

楊顯佑穿著一身樸素青袍，鶴髮矍鑠，朝他拱手道：「琰王殿下，老夫奉旨坐鎮集賢閣，有規勸百官、勉勵朝堂之責。」

蕭朔垂首道：「我有急事，急著回府。」

「殿下既入朝堂，當知上進。」楊顯佑慢慢道：「埋頭做事、不求甚解，抑或是整日只知鑽營，都非為官之道。」

楊顯佑抬頭，視線落在他身上，「殿下是……」

「都不是。」蕭朔道：「本王出來，未與同榻之人打招呼。」

楊顯佑立在原地，一陣錯愕。他自先帝朝起為相，後執集賢閣，用為官之道規勸了不知多少朝中官員，從未見過這般理直氣壯的，一時竟沒能接上。

蕭朔：「我夜夜睡在內室，與他一處。」

「老夫知道。」楊顯佑勉強道：「此乃內帷之事，殿下……」

「昨夜他將我踢下了榻。」蕭朔道：「大抵是因為我睡前未親他，叫他不悅。」

楊顯佑：「……」

「今日寒冷。」蕭朔道：「我急著回府，要去抱他。」

楊顯佑：「……」

蕭朔一拱手，朝愕然立著的開封尹頷了下首，匆匆出了文德殿。

宮中，內廷。

老太師龐甘坐在旁側，參知政事垂首不語，樞密使左看右看，坐立不安。

金吾衛守在暖閣外，常紀進來，俯身道：「陛下，侍衛司騎兵都指揮使跪在殿外求見。」

皇上靠在暖榻上，一陣心煩，「叫他跪著。」

「是。」常紀忙應了聲，遲疑了下，「高大人說，有事要同皇上說，十分緊要。」

「什麼要事，又是琰王疑似同襄王一派勾結，還是琰王意圖謀反，有不軌之心？」皇上沉聲道：「不過是給出去了個殿前司，就值得他整日追咬著一個琰王不放！」

若非前幾日高繼勳信誓旦旦，說已掌握了蕭朔有心謀逆的證據，皇上也不會不理蕭朔所請，令其在殿上分說。卻不想這般篤定的情形，竟叫蕭朔理據分明地翻了案。

皇上已壓了半日的怒意，寒聲道：「若能咬出個名堂來也罷了！如今竟反被人家詰得一句話也說不出來，朕要他何用，給朕添堵嗎？」

常紀不敢多話，低了頭半跪在地上。

「依臣所見。」一旁參知政事忽然出聲：「此事只怕未必這般簡單。」

皇上倏而轉過視線，皺緊了眉。

參知政事坐正，慢慢道：「依琰王所供，當時情形，是侍衛司一路追捕琰王與護衛，那賊人反倒趁亂沒了蹤跡。至於是死是活，是否拿到了那東西，則並不清楚。」

「各執一詞罷了。」樞密使皺緊眉，「當時玉英閣內情形，就只有閣內之人清楚，琰王自然能這麼說……」

「不錯，當時閣內情形，外人皆不清楚。」參知政事垂著視線，「故而，琰王可能說謊，侍衛司也可能說了謊。」

樞密使心下微沉，跟著坐正了，還要再開口辯駁，皇上已沉聲道：「一個一個說！」

這幾日朝堂紛亂，已擾得人心神不寧，只覺事事蹊蹺處處可疑。如今只剩了這幾個心腹，竟還吵個不休。

皇上壓著煩躁，掃了一眼參知政事，「依你所說，侍衛司竟也有可能不乾淨？」

參知政事靜了片刻，低聲道：「皇上切莫忘了大理寺之事。」

皇上被他戳中心頭痛處，臉色驟沉，

「大理寺卿跟了皇上這些年，看不出半步錯處。論才平庸，論德爾爾，無非斷案勉強不出錯罷了，任誰也不會生出懷疑。若非景王那日無心一句，我們竟仍一無所查。」

「如今再回頭看，這些年大理寺卿所報對諸御史的監察、對朝中官員的彈劾，有多少是真、多少是假？」參知政事道：「以此反推，便更叫人不由得想，這些年來，又有多少其實忠於陛下的，卻被或發配或流放，或是斷送在了暗衛手中……」

「好了！」皇上厲聲打斷，用力按了按眉心，「此事……不必再提。」

皇上神色晦暗，眼底變換了半晌，低聲喃喃：「侍衛司……」

樞密使坐在邊上，眼看皇上竟有所動搖，再忍不住，「副相今日翻扯此事，無非是記恨你那學生當年被大理寺卿彈劾，在發配路上一病不起，與侍衛司何干？」

高繼動執掌侍衛司，是軍中一脈。如今軍中權力分屬本就動搖，經不起再生變故。樞密使不能坐視，急道：「侍衛司忠心皇上，無非辦事不力罷了，值得副相這般費盡心思？」

「提及此事，並非翻扯舊帳。」參知政事眼底沉了沉，又盡數斂下了，「只是侍衛司如今情形，實在與大理寺相似，由不得人不生懷疑。」

「你詰責侍衛司，無非是因為當初與戎狄和談之事，跳過了你政事堂。」樞密使咬牙，「你我政見不合，直對樞密院來就是，何必牽扯下屬禁軍統領！」

參知政事神色冷然，「照大人所說，當年與本相政見不合，衝本相來便是了。為何要與大理寺卿勾連，構陷政事堂？」

樞密使被他駁得面色青白，含怒起身，「你……」

「都給朕閉嘴！」皇上厲聲呵斥：「什麼時候了，一個個還在這裡為了點舊怨私仇，互相攻訐！若非朕當年被壓制得太死，難以淘換出得用的人，也不會在今日捉襟見肘，連外人也要拿來藉勢！」皇上再壓不住火氣，語氣冰寒：「只你們幾個勉強得用，如今竟也在這裡各懷心思，攀咬個不停……」

參知政事不再開口，起了身，跪下叩首請罪。

樞密使仍覺不安，「陛下！臣……」

「都給朕回去閉門思過！」皇上重重拂袖，起身出門，「叫腦子清醒清醒，再來說話！」

「陛下！」樞密使追了幾步，追之不及，眼睜睜看著皇上出了門。

樞密使心中焦迫，再看向一旁安坐的老太師龐甘，急道：「太師，侍衛司與我等素來一體，您就什麼都不說嗎？」

「說什麼？」龐甘掃他一眼，「琰王受的傷是假的，還是侍衛司朝琰王動手是假的？」

樞密使被問得一愣，無從反駁，急道：「縱然如此，可侍衛司絕非襄王一黨！豈容這般平白懷疑……」

龐甘起身，冷聲勸告：「皇上最忌諱官官相護，你若再替侍衛司分辯幾句，就不止侍衛司可能是襄王一黨了。」

樞密使如遭雷擊，怔忡立住。

龐甘不再多說，由內侍扶著，緩步出了內廷。

樞密使立在原地，臉色變了幾變，還是咬牙快步出門，上車回了樞密院。

琰王府內，虔國公坐在書房裡，喝了一盞茶。

「真是奇了。」虔國公擱下茶杯，「蕭朔去宮裡受審，被斥責的是侍衛司，禁閉的又成了參知政事和樞密使。」

雲琅捧著藥碗，笑了笑，「此事倒不奇怪。」

虔國公看了一眼裹得厚厚實實的雲琅，索性把手裡的暖爐也塞過去，問道：「怎麼回事？你給外公說說。」

雲琅失笑，踹了下一旁的蕭朔，「小王爺……」

「他說的太文謅謅，聽不懂。」虔國公皺眉，「一聽他拽詞就想動拳頭，也不知他娘和端王的脾氣，怎麼生出了這麼個書呆子。」

蕭朔擱下茶盞，剛要開口，「……」

雲琅一迭咳了幾聲，壓壓嘴角，把蕭書呆子王爺往後攔了攔，「前些年，樞密院的幾項條陳叫政事堂駁了，兩家因為這個結了仇……恰好那時候，樞密使同大理寺卿關係不錯。」

當初襄王扶持六皇子，楊顯佑的身分是擺明了的，大理寺卻是步暗棋。

越是平庸無能，反而越不叫人留意。大理寺卿靠這個，竟在皇上眼皮子底下安安生生做了這麼些年。這幾年來，依著襄王授意，大理寺卿偽造證據、彈劾了不少朝臣。如今朝中官員或昏聵無能、或明哲保身，與此事只怕也脫不了干係。

雲琅盡力挑著老人家能懂的說了，喝了口藥，「被彈劾的官員裡，就有參知政事最得意的一位學生。」

「此事老夫知道。」虔國公想起來，「參知政事原本還想招他當女婿，兩家都已相看下了聘帖，這人就叫大理寺彈劾定罪，發配出京了。」

「不巧的是，此人命短，病亡在了發配的路上。」雲琅點點頭，「從這以後，參知政事便同樞密使勢同水火。遇到什麼事，都要彼此攻訐一番。侍衛司是軍中派系，參知政事自然不肯放過。」

「不過今日，還多虧小王爺沉穩。」雲琅有心替蕭朔討些長輩誇讚，扯扯蕭朔袖子，一本正經道：「接了當頭一鍋，臨危不亂，轉手便砸了侍衛司一個跟頭。」

虔國公凝神聽了半晌，大致領會了，掃了蕭朔一眼，「還算有些出息。」

蕭朔微怔，起了身要道謝，被雲琅眼疾腿快踹中腿彎，不由自主坐回了榻上。

雲琅自小極熟練這個，把藥碗塞進蕭朔手裡，笑吟吟挨過去，「這般有出息，您誇誇他。」

「……」蕭朔按了下額角，將雲琅端回來，低聲：「不必了。」

雲琅置若罔聞，把人扯開，拉了虔國公衣袍，「他這些年都不容易。外公，您誇他一句，就說他做得不錯。」

虔國公訓慣了這個外孫，一時被雲琅扯得不自在，硬聲道：「有什麼可誇的？他是他爹娘的兒子，本就該……」

雲琅低聲：「外公。」

虔國公一滯，看了看蕭朔肖似端王妃的眉宇，靜了半晌，伸出手。

雲琅旁觀蕭朔挨揍慣了，下意識一撐榻沿，攔在了蕭朔身前。

虔國公：「……」

雲琅：「……」

「老夫是要拍一拍他的肩膀！」虔國公一陣氣惱，「莫非老夫次次抬手，都是要揍他？明明……」虔國公頓了下，難得反思半晌，有些錯愕，「老夫怎麼次次抬手，都是要揍他？」

雲琅心說當年端王心中只怕也有此問，咳了一聲，一點點挪著，讓開了半個身位。

虔國公罕少有這般回頭細想的時候，此時才覺得似乎的確苛刻過了頭，看了蕭朔半晌，「老夫這般苛責，你如何不知道說？」

蕭朔這些年都被訓斥著過來，自覺早已習慣，只是不願拂雲琅的好意，垂首道：「外祖父是對孫兒有所期許，自然要求嚴厲些，豈敢怨懟。」

「什麼叫豈敢怨懟。」虔國公皺眉，「哪天你敢了，就要怨懟了？」

蕭朔：「……」

雲琅好心歸好心，若叫外祖父動了火氣，揍起自己，免不了要波及無辜的雲少將軍。

蕭朔不著痕跡，離雲琅稍遠了些，起身告罪，「外祖父……」

話音未盡，虔國公已走過來，攬著他肩背，慢慢拍了兩下。

蕭朔話頭忽頓，怔在原地。他向來生疏這些，也不覺得有多少必要，此時才被拍了兩拍，胸口卻忽然騰起些極陌生的感觸。

虔國公身形魁梧，立在蕭朔身前，靜看著他，低聲道：「外公知道。」

蕭朔肩背微顫，倉促闔了眼。

虔國公畢竟說不出更多，深望了他一眼，不再開口，匆匆出了書房。

室內安靜，不見風雪。

蕭朔靜了良久，才終於將諸般心緒壓下去，回了榻前，照雲少將軍腦門上敲了個響的。

雲琅捧著自己的小藥碗，看得正帶勁，一時莫名，「打我幹什麼？」

「打你看熱鬧。」蕭朔道：「你如今該在榻上睡覺，不睡也就罷了，總該安心養病，費這個心做什麼？」

雲琅難得見蕭小王爺惱羞成怒，捧著碗，嘖嘖稱奇，「噫。」

蕭朔：「……」

雲琅如今沒有內勁護體，徹底沒了個能下手的地方。蕭朔壓了壓脾氣，拿過藥碗，舀了一勺抵在他唇邊。

雲琅老大不情願，「你嚐嚐，放了幾車黃連。」

「良藥苦口。」蕭朔道：「你這般拖著，等涼透了，還要更苦。」

雲琅自然知道，只是一勺一勺喝更無異於熬刑，橫橫心奪過來，一仰脖喝下去。

蕭朔將人攬過來，自榻前錦盒摸了顆蜜棗，塞進雲琅嘴裡。一手俐落封了口，一手按他喉間穴位，助雲琅將藥嚥實。

雲琅含著蜜棗，被蕭小王爺熟能生巧地按著灌了藥，心情一陣複雜。

蕭朔等他盡數嚥了，鬆開手，「怎麼了？」

雲琅恨不得咬他一口，「當年你就這般餵我藥，如今還這麼餵？」

「當初試的辦法也不少，這一種最好用。」蕭朔起身，去給他倒茶，「如今有何不同？藥裡好歹還放了甘草，主簿同梁太醫磨了一天。」

雲琅心說廢話，人家話本裡都是嘴對嘴餵的，餵完了還要膩歪一陣親一口，一人吃半顆糖。虔國公畢竟才出門不久，又是白日裡在書房，雲琅終歸不好意思說，面紅耳赤坐了半晌，忿忿嚥了剩下半顆蜜棗。

「還不曾問你，請外祖父來有什麼事？」蕭朔將茶端回來，吹了吹，自己試了下冷熱，「方才忘了攔，你若有話，我再去請一次。」

「沒什麼事。」雲琅自己給自己想得好不自在，照臉上搧了搧風，「只是請過來一趟。」

蕭朔稍一沉吟已明白緣由，「你想得比我周全，我如今對外稱傷重，外祖父的確該常來。」

「什麼比你周全。」雲琅失笑，「你今日坑侍衛司這一遭，我都沒想得到。」

朝堂之事，雲琅已大致知曉。玉英閣一案已徹底攪亂了京城這一潭死水，各方都在揣摩閣中情形，自然難免生出猜忌。

若是能抓住時機，甚至還能再叫這兩家都更不好過些。

「只可惜高大人是真不聰明。」雲琅和高繼勳打過幾次交道，對此人多少瞭解，接過茶水喝了一口，「如大理寺卿，還能勉強算是大智若愚，高大人乾脆連前三個字都能省下。」

雲琅道：「皇上之所以不疑心他，無非也是因為這個。你若要坑他，要留神些，別將事情做得太有腦子，反露了破綻。」

蕭朔點了下頭，「知道。」

今日常紀提醒得突然，他在朝堂上同侍衛司發難，就已做好了接下來的準備。

各方勢力滙聚，朝中官員又各懷私心，至此亂象已成。

縱然高繼勳再不情願，此事過後，也要狠狠栽個跟頭。

至於剩下的，此番過後，再按著雲琅的傷，一樁一樁，逐個清算。

蕭朔不欲同雲琅多說這些，壓下心底念頭，起身道：「你該歇著，回內室再睡一陣。」

「對了，下朝之後，楊閣老可來攔你了嗎？」雲琅還不睏，精精神神又想起件事，「說的什麼，你如何應付的？」

蕭朔靜坐一刻，搖了搖頭，「沒說什麼。」

「怎麼會。」雲琅特意跟開封尹打聽過，「這位楊閣老賊得很，話都叫他說了，忠君報國為朝為民，你說什麼都要叫他挑出破綻。」

雲琅好奇，「你報國還是報民了？」

蕭朔：「……」

「說說。」雲琅一片好心，往蕭小王爺身邊湊了湊，「開封尹快煩死了，叫他也學學。」

「……」蕭朔將雲琅抱起，放在榻上，「今日還有藥沒喝嗎？」

「什麼？」雲琅一愣，「都喝完了，我現在一晃都能往外冒苦水。」

蕭朔定了定神，「再喝一碗。」

雲琅：「啊？」

蕭朔出門，去要了碗補氣安神的藥，端回來擱在榻邊。

「好端端的，幹什麼再喝一碗？」雲琅格外警醒，「我不喝，你先說楊閣老……」

蕭朔肩背繃了下，耳廓返上一抹熱意，含了一口藥，吻上雲琅唇畔。

雲琅：「嗯？」

蕭小王爺垂了眸，抵著雲琅額間，每個步驟都極仔細，將藥含得不燙了，一點點餵著雲琅嚥下去。安神的藥沒那麼苦，些微苦澀綻在舌尖，輕輕一碰，拂開一片熱意。

雲琅從未領教過這般餵藥的法子，細品之下竟覺濡濕溫軟，柔和流連，心頭一慌，頓感不妙，「等等……」

蕭朔攏著他頭頸，向後稍撤開，拿過顆糖果子，慢慢咬下一半。

雲琅自覺已有些扛不住，按著心口，囫圇搖頭，「不要了不要了。」

蕭朔靜了靜，攬著他肩背，「還想問什麼？」

雲琅自小記性好，渾身發燙，昏昏沉沉混混沌沌，「今日上朝，楊閣老……」

蕭朔靜了片刻，輕嘆口氣。

雲琅：「啊？」

蕭朔含著糖，擁住雲少將軍的肩背。他也是頭次做這些事，耳後一樣滾熱，閉眼橫了橫心，在雲琅舌尖輕輕一咬。

細細小小的疼，幾乎更近於酥麻，混著沁甜，電流一樣絞著向上一扯。

胸口簌然一沸，蒸出分明熱意。

雲琅悶哼了一聲，軟綿綿化成一灘，順著蕭朔手臂淌下來。

蕭朔擁著他，低聲道：「楊閣老……」

雲琅奄奄一息，「楊閣老是誰？」

蕭朔撫了撫雲琅的脊背，將半顆糖餵給雲少將軍，將人抱起來，送回了內室。

內室安穩，燈燭溫融。

雲琅一時不察，被親得徹底忘了自己要問什麼，躺在榻上混混沌沌意識不清。

蕭朔合了門，正看見化在榻上的一灘。

他順手拿了條薄裘，將人裹實了放回去，握了雲琅腕脈。

雲琅還沒緩過勁，當即抬手，「夠了夠了。」

「……」蕭朔坐在榻邊，看著前兩日還心心念念顛鸞倒鳳十八摸的雲小侯爺，「那些話本，你莫非都還不曾看嗎？」

「看了！」雲琅一陣氣結，面紅耳赤要坐起來，「真上陣同話本能一樣？」

這種事與打仗不同，雲少將軍向來紙上談兵，如何知道不過親個嘴、餵個藥，竟就能刺激至此。雲琅身上仍綿軟，折騰半晌沒能掙動，氣息奄奄，「好生凶險。」

蕭朔看著他，沒將更凶險的湯池進展報給雲少將軍知道，握了他手腕放回去，將人撈起來，「今日小朝會，雖有意料之外，但與你我所推情形大體不差。」

雲琅隱約記得自己要問件有關小朝會的事，奈何腦中仍一團漿糊，只得暫且作罷，「皇上氣冒煙了沒有？」

蕭朔啞然，「雖不曾生煙，只怕也已冒火了。」

蔡老太傅來王府時，曾同雲琅提過，說朝堂並非鐵板一塊。

蕭朔這幾日不便去拜訪，派了人往返傳遞消息，再看朝中情形，果然與局外所見不同。尤其這幾日所見，只怕朝局不止不是鐵板，還左支右絀得厲害。

「如今看來，當初襄王便有意竊國。扶持皇子，是為了暗中清除異己、掌控朝堂。」

蕭朔拿過軟枕，替雲琅墊在背後，「卻棋差一招，叫他尋著空子，搶先坐上了皇位。」

「也不算他尋的空子，襄陽府畢竟離得遠，京城這邊若準備萬全，那邊終歸反應不及。當年……」雲琅頓了下，沒立刻說下去，靜了片刻，「當年……」

「當年先帝忍著錐心之痛，咬碎牙和血吞，選了社稷穩定。」蕭朔緩聲接道：「此事不必忌諱，我只是不喜被蒙在鼓裡，既想明白了其中緣由，便不會介懷。」

雲琅緩過神，笑了笑，一本正經地朝蕭小王爺抱拳，「君子之風。」

蕭朔看他一眼，難得地並未接話。

雲琅拱了半天手，有些莫名，「哪裡不對？」

「你日後誇我，選別處下嘴。」蕭朔坐了一陣，握著雲琅的手，塞回薄衾之下，「免得……」

蕭朔肩背繃了繃，神色鎮靜，不著痕跡斂去耳後熱意，「免得……我日後對你不君子時，不好解釋。」

雲琅微愕，咂摸一陣，忽然明白過味來，愕然瞪圓了眼睛。

蕭朔蹙了下眉，錯開視線。

他本不準備說這些，總覺多少輕薄孟浪。偏偏老主簿極力攛掇，只說雲小侯爺定然愛聽這個，甚至不惜賭咒發誓，不聽便倒賠十二兩銀子。

蕭朔被雲琅瞪著，幾乎已有些不自在，靜了一陣，「戲言罷了，你若不喜……」

雲琅一把攥住他，目光灼灼，「再說一句。」

蕭朔：「……」

雲琅原本還半睏不睏，看著蕭朔端肅冷清地坐在榻前，一字一句說這種隱晦撩人的情話，只覺立時精神了五六成，「快，如何不君子的？同我細說說。」

蕭朔看著半分不長記性的雲少將軍，默然一陣，將軟枕挪了，自己替過去，「休要胡鬧。」

雲琅興致勃勃，「怎麼是我鬧？明明你先……」

「如今朝事繁忙，我只得空看了三本，學得不多。」

蕭朔按住來了精神的雲少將軍，橫了橫心，低聲道：「要叫你老實，還是只會給你餵藥。」

雲琅：「……」

蕭朔作勢起身，「藥爐。」

「你方才說朝堂。」雲琅一屁股坐在蕭小王爺腿上，強自鎮定，一口氣道：「並非鐵板一塊。因為當今皇上是襄王扶持起來的，要在襄王眼皮底下運作，設法掌控朝堂，並不容易……」

蕭朔被結結實實坐回榻上，攬穩了雲琅，仔細放回去，「是。」

雲琅靠在他手臂上，緩了緩眼前金星，「大抵……如何分成？」

「各半。」蕭朔道：「但如今看來，我們這位皇上能掌控的朝臣，彼此間只怕也不盡融洽。未與敵抗，先自行打成一團，一團散沙罷了。」

「若不是一團散沙，也沒有我們的機會。」雲琅琢磨半晌，呼了口氣，「接下來的事，你又作何打算？」

蕭朔靜了片刻，握住雲琅手腕，叫他稍躺下來，舒展胸肩，「先帝已然盡力，能做的卻仍有限。原本襄王與皇上明爭暗鬥，互相傾軋，算是平衡之勢。」

「偏偏我們插了進來。」雲琅道：「三方勢力，鷸蚌相爭、漁人得利……」

「誰都要做漁人，也都當另外兩方是鷸蚌。」蕭朔撫了撫他頸後，「我打算去喝皇上的薑茶，先與你報備一聲。」

雲琅心頭一懸，倏而撐身坐起來。

「洪公公會替我看著，若有異常，立時暗中替換。」蕭朔道：「他既要驅使我，我便設法叫他驅使得更放心些罷了，不必擔心。」

雲琅皺了眉，看著蕭朔平靜神色，抿了抿嘴，「此事不易，你……」

「我會盡力。」蕭朔道：「如今形式不同，說些軟話，叫他安撫幾句，還是受得住的。」蕭朔垂眸，「若要我邊哭邊感激他，我便回來同你商量，一把火燒了汴梁城。」

雲琅：「……」

蕭小王爺今非昔比，不止會笑，還會開玩笑了。

雲琅憋了半晌，終歸沒忍住樂，大包大攬，「只管找我，放火點炮這種事，我可太熟了……」

蕭朔牽了下嘴角，扶著雲琅展平躺回榻上，摸摸他的額頭，「閉眼。」

雲琅原本還擔心蕭朔心境，此時見他已破除昔日心魔，懸著心放得突然，神思跟著恍惚一瞬，正覺暈得慌，索性依言闔了眼。

燭火一晃，靜靜滅成一室寧靜，暖融體溫覆下來，將他安穩裹住。

惱人的暈眩被溫韌胸肩熨貼著，淡了不少。

「今日，你苦心藉外祖父之事開解我。」蕭朔道：「為的什麼，我總還清楚。」

雲琅被他戳穿，老大不自在，「清楚就清楚，用不著提這個。」

「我再入宮，與皇上周旋，心中會記著外祖父。」蕭朔道：「有長輩關切慈愛至此，他再誅心，也難令我動搖。」

雲琅：「……」

蕭朔低聲：「怎麼？」

雲琅閉著眼睛，忍不住回頭想了想蕭小王爺這些年過的是什麼日子，被虔國公照後背拍了兩巴掌，居然就已關切慈愛至此了。

若是他再設法攛掇攛掇，哄虔國公替蕭朔做主，尋個機會，給兩人主持個過明路的禮數……

蕭朔不明就裡，見雲琅不語，以為他仍擔憂，抬手撫了撫雲琅額頂，「放心。」

「我如何放心？」雲琅壓下念頭，咳了兩聲，隨口扯道：「你總躺這麼靠邊上，一不小心，又要滾下去……」

蕭朔有心揭穿昨夜格外敦實的那一腳，聽著雲琅話尾倦意，姑且不同他掰扯，「我只躺一躺，你睡著了便走。」

「已這般忙了？」雲琅被梁太醫關著治傷，除了喝藥就是行針，聞言蹙了蹙眉，睜開眼睛，「有我能幫的嗎？北疆……」

蕭朔抬手，覆住他雙眼，「北疆傳信回來，初有成效，戎狄各部落已以淘金沙為生計，為劃分河沙區域，甚至已有過幾次部族衝突。」

雲琅細想了想，「撒金沙的時候，有意此多彼少些，人不患寡患不均。」

蕭朔輕聲道：「好。」

「我們此前商量的，殿前司的軍威要立起來。」雲琅摸索著了蕭小王爺的袖子，握了握，「戎狄使節回去時，記得給個下馬威。」

蕭朔：「好。」

雲琅仍覺畏寒，向他臂間偎了偎，「侍衛司……」

蕭朔靜等了一陣，沒能聽見下文，挪開手，「什麼？」

雲琅低低咕噥一句，咳了幾聲，將臉埋進蕭朔肩頭衣料裡，不再操心嘮叨了。

蕭朔收攏手臂，看了看終於支撐不住睡熟的雲琅，手掌貼在他後心處，護著緩緩推拿按揉。

【第六章】

這是哪家道理，哪處話本上是這般寫的？

侍衛司傷了雲琅當胸一劍，又將功勞盡數吞淨，搖身一變成了平叛主力，一路追殺不死不休。在御史臺獄，以私刑提審雲琅，兩夜一日、手段用盡。

樁樁件件，逐個清算。

熱意由掌心熨透衣物，落在雲琅的後心，散及空蕩蕩的經脈百穴，重新將筋骨焐得暖熱。

雲琅睡著，舒服得嘆了口氣，含混嘟囔了一聲。

蕭朔知他夜裡睡熟了便好哄，將人攬實，貼近輕聲道：「怎麼了？」

雲琅攥著他的袖子，一點一點往懷裡團。

蕭朔不願叫雲琅再折騰，本就躺得貼著榻沿，一動便要掉出去。此時被雲少將軍胡亂拽著，戾意散盡了，無奈低聲道：「莫亂動。」

雲少將軍從不聽這個，亂動著將人拽住，睡得香沉，胡亂往上親了一口。

蕭朔：「……」

雲琅學以致用，瞎蹭兩下，咔嚓一口咬下來。

蕭朔：「……」

床幔半垂，榻間朦朧。

蕭朔放輕動作起身，將尚在咂著嘴仔細回味的雲少將軍放回榻上，掩了薄衾，又將床尾的一床被鋪開蓋實。

「王爺。」老主簿輕敲了下內室的門，悄聲稟報：「開封尹託人帶了張條子，御史臺有信，蔡太傅說有要緊事，明日令您去一趟。」

蕭朔低聲道：「知道了。」

老主簿有些猶豫，「小侯爺睡安穩了嗎？若是沒有，倒也不急，您再躺一會兒也不遲。」

這幾日雲琅調理舊傷，沒有內勁護體，麻沸散和安神藥也不要錢一樣往下砸。按梁太醫的推斷，本該比往日精神差得多，一日少說也要睡上七、八個時辰。

可雲琅縱然已盡力配合，就只安臥榻上好好睡覺這一條，無論如何也做不到。

「他慣了警醒，越是體弱體虛、無內力傍身，心頭越絲毫不肯放鬆。日夜煎熬下來，早成了本能。」蕭朔道：「藥石不可醫，不必勉強，我多回來幾次便是。」

老主簿也多少猜測得到，一陣黯然，低聲道：「是。」

「他已睡安穩了。」蕭朔道：「如今看來，身子也已有所好轉，力氣很足。」

老主簿聽到最後一句，忽然懸了心，「您同小侯爺在榻上打架了嗎？」

「……」蕭朔：「不曾。」

老主簿揣測：「您又被踹下床了？明日我們叫人將內室的臥榻改寬敞些……」

蕭朔只跌落榻下一次，很不喜他這般說法，蹙了蹙眉，「沒有。」

老主簿一陣茫然，「不曾打架，又沒跌下來，您如何知道小侯爺力氣很足……」

蕭朔不願多說，取過支折梅香點著放好，抬手推開內室屋門。

帶著鼻尖被雲小侯爺氣力十足、在夢中一口咬出來的通紅牙印，神色冷清，翻閱搜羅來的朝中消息去了。

老主簿掛心著兩位小主人，特意端了清心解憂的煎香茶送來。停在書房門口，對著王爺鼻尖的牙印錯愕半晌，飛快退出去，將茶往廊下盡數潑了乾淨。

轉眼年關已至，接下來的幾天，京中顯而易見多了人走動。

汴梁街頭，大小勾欄五十餘處，百八十酒樓，處處熱鬧非凡。新酒啟封，屠蘇酒香從街頭溢到巷尾。每到此時，大醉街頭者不少，加上口角鬥毆、趁亂打劫的，禁軍日夜巡守京城，忙得焦頭爛額。

蕭朔執殿前司，受命巡邏，又要入宮面君，盡力尋回府的機會，竟再沒得空。

王府書房內，玄鐵衛引來了提著年畫的開封尹。

「大理寺的事，竟就這麼了結了。」開封尹擱了手中紙頁，斂衣落坐，「這幾日連小朝會也歇了，皇上不問，朝中不查……若不是幾位大人還在府中禁閉，這場火倒像是從未燒過一般。」

衛准執掌開封，奉命查這一樁縱火的案子，這些天日日來琰王府，已將路走得熟透。

今日照例來琰王府問案，衛准進了琰王府書房，坐在桌前，同老主簿道了謝，接過了一碗熱騰騰的鹽煎麵。

雲琅靠在暖榻上，看著曾經冷淡刻薄的開封尹，心情複雜，「案都結了，衛大人是拿什麼藉口來府上蹭吃蹭喝的？」

「皇上受侍衛司蠱惑，那日當著百官苛責了琰王，擔憂琰王心有芥蒂。令下官以問案為由，設法體恤。」衛准面無表情地說：「楊閣老未能將琰王引去集賢閣，為弄清那日情形，另尋他法，令下官前來試探。」

雲琅揣著暖爐，面對黑白兩道從容遊走的開封尹，一時竟橫生敬意，「如此忙碌……」

「況且。」衛准道：「下官幾日前拜訪琰王，見琰王鼻間印痕，很是豔羨。」

雲琅：「……」

閣老日日垂訓，衛准這幾日都在設法不去集賢閣，眼看著琰王用「臉上受了些小傷、不便露面」的說法回了楊顯佑，也很想學上一學。

楊上無人，衛准靜坐三日，沒想出妥帖的辦法，「下官請教琰王，琰王又不肯明告。」

雲琅：「……」

衛准誠心請教，理正衣冠，「故而，來貴府同雲將軍取經。」

雲琅耳廓通紅，咬牙打斷：「再給衛大人加碟酥瓊葉。」

老主簿笑呵呵應下，吩咐後廚烤饅頭片去了。

衛准說清了來意，朝雲琅一拱手，又坐回桌前，端了那一碗鹽煎麵，接了下人送來的竹箸。食不言寢不語，開封尹有了筷子，再不提府外情形，只管埋頭吃麵。

雲琅被梁太醫一套針法扎倒在榻上，此時不便動彈，抱著暖爐，思索一陣，「大人可知，大理寺卿有何額外處置？」

「監管不力，罰俸三月。」衛准吃淨最後一根麵，擱下碗筷，「事發之時在休朝期，大理寺卿又不在場，失職之責免半，合律法。」

雲琅沉吟著，向後靠了靠。

衛准看著雲琅神色，怔了怔，「此事可有不妥？」

「論律法，倒沒什麼不妥。」雲琅道：「但論此事，卻未免放得太輕了。」

衛准原本也有此一慮，被他提起，點了下頭，「確實。」

縱火那日，看大理寺地牢中的情形，各方反應都焦灼不定，蠢蠢欲動，顯然擅闖玉英閣是件極要緊的事。

偏偏這些天下來，竟都無端來了默契，倒像是沒人再記得閣中那份幾乎能要命的、當今皇上曾與賊人結盟定約的誓書。

雲琅端過碗藥，喝了一口，思索道：「我疑心過誓書真假，也想過玉英閣是否只是個幌子，實則另有謀劃。」

「跪經時，琰王倒是曾叫下官尋著機會，鼓動大理寺卿問過一次『那東西便不要了嗎』。」衛准道：「只是閣老答得滴水不漏，尋不出端倪。」

雲琅蹙了下眉，「如何說的？」

「事已至此，縱然名不正言不順，總歸木已成舟。」衛准逐句複述：「又能如何？」

衛准將此話帶給蕭朔時，也曾覺得奇怪過，「襄王一脈明明鑽營已久，如何竟這般容易灰心，說退讓便退讓了？下官也反覆思慮，想來大抵是閣老忌諱，不願明說，故而拿這些話搪塞罷了。」

雲琅這幾日始終覺得有地方不對，只是一時尚且捉不住閃念，擱下藥碗，點了點頭。

「罷了，總歸年關將近，過了年再說。」衛准到底不通這些，勉力想了一陣，終歸作罷，「殿前司實在雷厲風行，開封獄眼看又要塞不下，下官還要再回去升堂，不叨擾少將軍。」

雲琅啞然，「如何捉了這麼多人？」

「每年這時候開新酒，都有當街大醉的。」衛准焦頭爛額，「醉了便要吵，吵了便要動手。有人真醉，有人裝醉，趁著此時不肯講理，只管胡來，又能如何？無非在開封獄裡清醒一夜，教訓幾句，罰些銀兩，遣人送回家看著罷了。」

往年汴梁這時也有不少當街鬥毆渾鬧的，開封府自己的衙役巡街，一向管不過來，只能挑打得太凶狠過頭的，狠狠罰上幾個，姑且以儆效尤。

今年年關，殿前司接管了京城防務，有醉臥失態者一律依法收監，再不留半點情面。

衛准縱然有只知律法不識時務的名頭，一個個審下來，也已將升堂木拍得手疼。

「將軍見了琰王，多少勸上一勸。那些書生文人打架，一隻手便能拉開，拉開便是了，何苦要一路拉到開封獄去？」

雲琅幾乎已想出來了蕭小王爺的鐵面無情，清了清喉嚨，壓下嘴角笑意，「我勸勸他。」衛准拱手道謝，又謝過了老主簿招待，將新烤好送來的酥瓊葉以油紙仔細斂成一包，提著匆匆走了。

雲琅靠在窗邊，慢慢喝了兩口藥，又凝神理了陣思緒。

天要落雪，他胸口又有些悶，撥拉開了百十來個插銷，要偷偷開窗透一透氣，忽覺不對。回神抬頭，便正迎上了橫眉立目的梁太醫。

雲琅這些日子已被盯得嚴透，咳了一聲，當即躺下，「我絕對不曾亂動。您見了，地都沒下過，一直在這暖榻上。」

「你人倒是不曾下地。」梁太醫瞪他，「心怕是已飛到汴梁街頭的殿前司了。」

雲琅信誓旦旦保證，「定然沒有，才出了王府，溜達出金梁橋。」

梁太醫叫他氣得直吹鬍子，將人按住，不由分說起了封著穴位的幾枚銀針。

雲琅悶哼一聲，緩過眼前白光，奄奄一息原地散架，「……回來了。」

「叫你睡覺，你連眼睛都沒闔過。」梁太醫橫看豎看他不順眼，「當初誰對老夫說，若是得了空，定然高臥不起，睡上三天三夜的？」

雲琅躺得溜平，他這會兒當真有些想念汴梁街頭的殿前司都指揮使，咳了咳，挺不好意思，「獨守床榻，空枕難眠。」

梁太醫已被這兩個小輩折磨了多日，早練得金剛不壞，不為所動，重新在氣海穴下了針。

雲琅還在回味昨夜蕭小王爺在榻邊躺的那一炷香，猝不及防，身子一繃，沒了聲響。

老主簿守在一旁，他已不少見雲琅治傷，卻還是被眼前無異於受刑的情形駭得心頭一緊，快步過去，「小侯爺──」

雲琅胸口起伏幾次，冷汗順著鬢角淌落，眼睛反而亮起來，「不要緊。」

「如何不要緊？」老主簿看著他煞白臉色，心疼得團團轉，「您每次行針都避著王爺，如何得了？總該叫王爺抱著……」

雲琅眉睫間盡是涔涔冷汗，神色反而從容，握住榻沿，任梁太醫埋頭行針，「今日之後，就能叫他抱著了。」

老主簿一陣茫然，「為何偏偏是今日？年節未過，王爺今日只怕還要忙。」

「同你們王爺沒關係，是他自己的毛病。」梁太醫依次撚過諸枚銀針，抹了把汗，將銀針一枚枚起出來，瞪了雲琅一眼，「矯情。」

雲琅受他一訓，嘴角翹了翹，單手一撐，已自榻間俐落掠在地上。

老主簿在旁看著，忽然回神，心頭驟喜，「小侯爺，您的內勁復了！」

雲琅斂了衣物，朝老主簿笑了笑，好聲好氣哄梁太醫，「杏林聖手，醫者仁心。」

「你們琰王府是不是沒一個人想過第三句？」梁太醫瞪他一眼，「原本還該再封個幾日，徹底養養你這經脈氣海……還是算了，若再叫你躺上七天，你當真能給老夫撐著七天不睡覺。」

梁太醫行醫多年，也是頭一回見著這般的病人。

安神助眠的藥量已加到了極限，除非真想把人藥傻了事，否則斷不可再加。

雲琅給什麼藥喝什麼藥，叫不准下榻就足不沾地，也配合得很。

偏偏就是睡不著。

蕭朔什麼時候回了府，在榻前短短陪上一陣，雲琅也就能睡上幾個時辰。這幾個時辰裡，但凡門前窗外有半點聲響，哪怕只是玄鐵衛巡邏走動，也能叫他瞬間警醒，睜開眼睛。

「不肯叫你們王爺抱著行針，想來也是因為這個。」梁太醫接過老主簿遞的茶，一口喝淨了，沒好氣道：「沒看他這些天打蔫得厲害？罷了罷了，自己慢慢調理去，總歸好生養個幾年，也是一樣的。」

雲琅不辯解，由梁太醫點著訓，虛心賠禮認錯，「勞煩您了，定然好好養。」

梁太醫佯怒著又瞪他，看著雲琅分明好了不少的氣色，終歸沒提起氣勢，擺了擺手，「行了，出去散散心吧。」

老主簿在一旁凝神聽著，聞言微愕，不放心道：「才好了些，就能出去了嗎？」

「旁人若是受了他這等傷，自然不能，他出去逛逛，倒也無妨。」梁太醫懶得多管，收拾藥箱，「但凡習武的，冬練三九夏三伏，練得太狠，根基多多少少都有損傷。故而雖比尋常人扛得住傷，真觸及根基，自然疾如山倒……他卻不同。」

「你問問他，當年太醫院那些滋補的名貴藥材，都叫誰吃了？」梁太醫說起此事還覺來氣，「偌大個太醫院！要找個二十年的老參，竟還得去府庫擼袖子翻。」

雲琅不料他還記著這一樁舊帳，輕咳一聲，給老太醫捶了捶肩，「叫我吃了。」

梁太醫掃了雲琅一眼，拉過他一隻手，將一匣益氣滋補的玉露丹拍在雲琅掌心。

雲琅自小練武，先帝心疼，不想叫他這般辛苦折騰，卻架不住雲琅自己格外喜歡。

先皇后與先帝不同，覺得男兒本自重橫行，不該嬌生慣養，就該摸爬滾打著長大。

在宮中時，每每小雲琅練得精疲力竭渾身是傷，先皇后都不准人說情，只將上好的滋補藥材做成藥膳，叫雲琅不知不覺吃下去。

日日錘煉，又有藥力滋補護持，雲琅的根基遠比尋常人深厚得多，才能禁得住一而再再而三的變故。

「他只是傷得太狠，緩不過來，如今既已有了起色，自然能慢慢好轉。」梁太醫道：「悶得厲害，就出去透透氣。你心肺瘀滯雖有舊傷牽扯，大半卻在思慮過重，長此以往，老了有得你受。」

雲琅早被教訓成了習慣，人在榻前老老實實聽訓，一顆心已飛過了金水河，遛達上了龍津橋，嘴上應聲：「是。」

「榻間事也該有節制。」梁太醫操心操肺，「你此前仗著底子，養了些時日，外強中乾罷了。如今徹底倒了過來，若是氣血波動，小心嚇暈你家王爺。」

雲琅一顆心遛達過了橋，上了街市，在醉仙樓的屠蘇酒前繞了三圈，「是是。」

梁太醫瞭解年輕後生，知道什麼該緊要強調，合上藥箱，「真節制不住，到情動時，倒也不必太忍著。那玉露丹是滋補心脈的，若是緩不過來，服上一粒，調息一陣自然好了，不要大驚小怪地來找老夫。」

雲琅一顆心吨吨吨痛飲了三罈屠蘇酒，躺在房檐上美滋滋曬太陽，「是是是……」

梁太醫：「……」

梁太醫嘮叨了他半日，看著心早飛了的雲氏豎子，一陣頭疼，「給老夫出去！」

雲琅依言，三兩下利索收拾好自己，易了容貌，迫不及待出了府門。

✥

汴梁富饒，百姓樂業，街巷坊間人頭攢動，處處一派熱鬧氣象。

雲琅已有些日子沒痛痛快快透口氣，出了府門，反倒不急著去哪一處，只沿街遛達，饒有興致地四處張望。

「少爺，慢些走！」老主簿搜羅了一圈，叫誰跟著雲小侯爺都不放心，索性親自帶了人，抱著一領披風追上來，「披上這個，免得著了風。」

雲琅接過來，笑著道了聲謝。

這一領披風也是蕭小王爺特意找人做的，在府裡精細擱了幾年，這幾天才叫人拿出來。外層是上好的緞錦，摻了天蠶絲，白狐裘為裡，銀線繂著層疊流雲紋，格外輕便厚實。

雲琅繫了披風，沒接老主簿遞過來的暖爐，「您幫我拿著，冷了我便朝您要。」

老主簿愣了愣，細看雲琅氣色，終歸忍不住跟著高興，點了點頭，「好、好。」

這幾天雲琅內力空耗，雖然看起來同平時差不多，同王爺相處時也覺不出什麼異樣，可一人靜坐著時，身上就總帶著揮之不去的淡淡疏離。

老主簿心裡清楚，每每在一旁看著雲小侯爺，都在心裡暗急，偏偏無從下手。如今看雲琅眼中神采，那份瀟灑寫意分明又回來了，才真叫人喜不自勝。

老主簿壓著喜悅，跟著雲琅，心中懸著的石頭徹底落了地，「您要去找王爺嗎？此時殿前司沿城巡邏，要想碰上，怕是要找一找。」

「不用。」雲琅搖搖頭，「只是透透氣，不擾他辦正事。」

殿前司如今正是立威的時候，老主簿細想一陣，也覺妥當，忙點了頭，「也好，總歸等與侍衛司交接，王爺便能回府了。」

雲琅點了點頭，深吸口氣，壓著肺間叫寒意蟄得隱約刺痛，慢慢呼出來。

屠蘇酒香飄十里，混著新雪的明淨氣息，摻上點心甜香及爆竹隱約發嗆的餘煙，釀成辭舊迎新的汴梁。

朝野勢力勾心鬥角，暗潮湧動，百姓無知無覺，安居樂業的汴梁。

將士們爬冰臥雪鎮守北疆，誓死要守住的汴梁。

雲琅慢慢念著這兩個字，走了一段，忽然想起件事，好奇道：「您方才叫我少爺，府上如今給我的是什麼身分？」

老主簿沒料到他忽然問這個，一時語塞，「這個……」

雲琅也只是隨口一問，他藉此一轉，已想起件始終縈在心頭的蹊蹺，「府上倒不緊要，至少在朝堂上，我明面該是琰王派去玉英閣竊書的護衛……不對。」

老主簿怔了下，「什麼不對？」

「反應不對。」雲琅道：「那日在玉英閣的人，蕭朔被當朝詰問，侍衛司被處罰至今，為何沒人來找我？」

老主簿這幾日隨著蕭朔整理朝中情形，大致知道情形，聞言細想一圈，「找您與找王爺，有什麼不同嗎？」

「自然不同。」雲琅道：「對蕭朔處處有顧忌，對我則可以用刑、可以逼供、可以強審。」

老主簿皺緊眉，「少爺……」

「我只是一說。」雲琅笑笑，「不是真要去叫他們審。」

此前兩人在獄中，蕭朔提起安排，雲琅其實也想到過這一層，只是當時情形，倒也沒有更好的辦法。

蕭小王爺密不透風地護著他，雲琅其實已做好了到不可為之時，乾脆下點藥放倒蕭朔，去走一遭提審刑訊的準備。

「侍衛司手段，本就不拘昏了還是醒著，只要人尚有一口氣，都能逼出要問的話。」雲琅道：

「縱然蕭朔堅稱我傷重昏迷，若是皇上執意，也能將我提出來，用藥物促醒，再拷出始末。」

老主簿聽得背後發寒，眉頭皺得更緊，「您……受過這個？」

「此事倒不緊要。」雲琅不是想聊這個，此前困在榻上，他念頭也不盡通達，叫冷風一吹，卻忽然連起前後的反常來，「只是皇上對蕭朔，寬容得似乎過了頭。」

按理說，一份足以叫皇位變得名不正、言不順的血誓，如今就這般消失在了玉英閣裡，無論哪一方都該無所不用其極，盡力追查。

可他與蕭朔不過只昏睡了三日，這三天裡，凶神惡煞要逼出真相的各方勢力，竟然就達成共識般消停了下來。

「襄王一派明知那天並未派人竊書，卻不一味緊逼，反倒仍設法招攬蕭朔，是已決心將此事揭過。」雲琅踩著雪，一步一沉吟。

「皇上不為難蕭朔，由他說什麼是什麼，也是已決心將此事揭過。」雲琅蹙了眉，低聲問：「有什麼緣故，能叫他們寧願揭過這件事？」

老主簿知他是在思索，只是要人搭個話，想了想道：「總歸不會是忙著過年。」

雲琅失笑，搖了搖頭正要開口，腳步一停，一道閃電忽然自腦中劃過。

老主簿被他嚇了一跳，「怎麼了？」

雲琅心頭輕震，平了平氣息，站穩道：「只怕就是忙著過年。」

老主簿憂心忡忡看著雲琅，欲言又止，悄悄摸出了梁太醫塞過來的玉露丹。

雲琅闔了闔眼，靜心思索。

他此前身在局中，始終將心思放在誓書之上，總覺得要麼誓書有假，要麼是玉英閣是個幌子，是有心人設的什麼套子。

種種緣由，盡數想盡，偏偏尋不著半點線索。直到此時才忽然驚覺，忘了最簡單的一種可能。

各方都寧願將此事揭過，是因為有件更緊要、更迫在眉睫，絕不容分心的大事。

「開封尹說，那時候問了楊顯佑。」雲琅道：「楊顯佑的原話是『事已至此，縱然名不正言不順，總歸木已成舟，又能如何。』」

「是啊。」老主簿費解道：「這話不就是說，皇上都已經登基了，縱然有辦法揭穿他當初行徑，畢竟木已成舟，生米煮成熟飯。」

雲琅抬眸，「誰說楊顯佑這話，說的一定是當今皇上？」

老主簿一陣愕然，怔立在原地。

「這封血誓擱在我們手中，有無限用處。只要將它收好，就能在必要時刻要脅皇上，甚至是一條保命的退路。」雲琅問：「可襄王府拿著它幹什麼？只憑一個楊顯佑，就能要脅皇上做不願做的事，把蕭朔從文德殿撈出來，何必一定要一張血誓？」

老主簿心頭駭然，「是因為……」

「是因為他們要把這封血誓，拿給世人、拿給不知道它的人看。」雲琅道：「看了之後呢？就坐在襄陽府，等著皇上乖乖下罪己詔禪位？」

前後的蹊蹺反常，忽然在這一刻盡數連起來，成了一條明顯得不容人忽略的線索。

襄王今年反常進京，醒目到招搖的驃悍戰馬。

大理寺盜誓書，對蕭朔的反常厚待，對他的輕輕揭過。

各方看似平靜得近乎詭異，其下暗流洶湧，只怕險灘已至。

「倘若襄王的盤算，是先亮出誓書，揭穿皇上曾與賊人相與謀朝，再發動兵馬，行逼宮之時，名正言順奪位。」雲琅道：「如今……丟了誓書，偏偏逼宮之勢已成，兵馬已齊，時機迫在眉睫，容不得再分心尋找。」

雲琅抬眸，「楊顯佑對心腹同僚，會怎麼說？」

老主簿細細一想，心頭悚然，「事已、事已至此……」

「事已至此。」雲琅眸色清明銳利，「縱然名不正言不順，總歸木已成舟，又能如何？」

老主簿心頭巨震，立在原地。

「兩次行刺，皇上置若罔聞，不惜折損國威對戎狄示弱，為的原來是這個。」雲琅扯過條雪下枯枝，看了看，「時局已亂，不進則退，禁軍虎符該收回來了。」

老主簿喉間乾澀，嚥了下，「可要同王爺商量……」

「自然要叫他商量。」雲琅失笑，「可惜，屠蘇酒一時半刻只怕喝不成了。派個人去找琰王殿下，說他府上……」雲琅覺得這說法格外有趣，饒有興致，慢慢咬著字，「他府上那位少爺，心血來潮，有事找他。」

老主簿剛要應聲，忽然見著一道人影遠遠策馬過來，怔了下，「連勝將軍！」

連勝快馬趕到兩人面前，下了馬，朝雲琅行了個禮。

大理寺一案後，連勝就入了殿前司。他早有執掌殿前司的經驗，跟隨在蕭朔身側，已將各部署雷厲風行整飭了一遍。

如今他親自來找人，無疑是蕭朔有要緊的急事。

「殿下有事找少將軍，末將回府，府上說少將軍出來了。」連勝平了平氣，對雲琅道：「殿下說，是比喝屠蘇酒更要緊的事……請少將軍立即過去。」

「看來小王爺也有發現。」雲琅笑笑，「正好，我們兩個對一對，互通有無。」

老主簿壓不住心頭喜悅，連連點頭，「好好，您與王爺一同謀朝，定然萬無一失了。」

「謀朝？」雲琅撚了撚枯枝節間嫩芽，輕輕一彈，鬆開手，「我沒打算謀朝。」

老主簿微愣，抬眼看過去。

雲少將軍回身，披風掀開冰涼的細碎雪粒，旋身上馬，「皇上引以為傲的侍衛司暗兵靠不住，除了我，沒人能領兵平亂。真到不可為之時，給也要給，不給也要給。」

「給御史中丞帶話。」雲琅單手勒著馬韁，「想辦法，我在大理寺的弓劍，鎮遠侯府的槍，三日內備齊。」

老主簿胸口竟激起無限熱意，強自定了定心神，低聲應是。

「本該是他的東西。」雲琅：「樁樁件件，逐個清算。」

雲琅：「有我在，就要一樣一樣盡數搶回來。」

❖

殿前司巡街巡到醉仙樓，聽見馬蹄聲響。抬頭看時，已有人俐落下馬，將韁繩順手拋在了蕭朔手中。

近來侍衛司不少人在伺機找茬，都虞候見他臉生，心頭一緊，橫刀上前攔阻，喝斥道：「放肆！什麼人！」

「無妨。」蕭朔握穩韁繩，「撤下吧。」

都虞候愣了愣，仍握著刀，回頭看了一眼。

蕭朔將馬交給身後護衛，迎上來人，細看了看，「不妨事了？」

「早該不妨事。」雲琅有些天沒活動過筋骨，放開馬跑了一段，神清氣爽，「有沒有屠蘇酒？

要新開的，拿冰鎮上。」

蕭朔看著蹬鼻子上臉的雲少將軍，抬了下嘴角，將人拎進酒樓，「有參湯。」

雲琅一不留神，叫他照頸後輕輕一按，清了下嗓子，聲音不情不願一低：「……喝夠了。」

「再給你加碟酥酪。」蕭朔笑了笑，「上去等我，有事同你說。」

都虞候跟著蕭朔這些日，沒見琰王殿下有過半點笑意，此時眼睜睜看著他眼底溫然，一陣愕然，又悄悄照雲琅仔細打量了幾眼。

雲琅有了零嘴吃，心滿意足，朝都虞候一拱手便上了樓。

都虞候看他舉手投足，竟覺得隱隱眼熟，心中莫名跟著牽動，「殿下……」

「本官巡視至此，覺得疲憊，恰逢午時休憩，上去坐坐。」蕭朔吩咐道：「你帶人巡視，不得疏忽。」

都虞候忙收回念頭，低頭道：「是。」

蕭朔解了腰牌遞給他，略過醉仙樓酒博士的熱絡招呼，徑直上樓，進了琰王府素來定下的松陰居。雅間內，雲琅已摘了披風，照舊坐在了那一扇窗前。

他認得蕭朔的腳步聲，仍看著窗外景致，不用回頭，將手裡剛剝好的栗子拋過去。

蕭朔聽見風聲，揚手接了雲少將軍堪比暗器的栗子仁，合上門，「梁太醫說，你經脈舊傷累累，還該再調理幾日。」

「我天賦異稟。」雲琅順口胡扯，「現在生龍活虎，力能扛鼎，一頓飯能吃八個饅頭。」

蕭朔已有數日不見他這般有精神，看了雲琅半晌，點了下頭，「好。」

雲琅還在亂講，聞言一愣，「好什麼？」

「我去讓酒樓置辦。」蕭朔道：「一尊鼎，八個饅頭。」

雲琅：「……」

蕭朔神色坦然，回身就要出去吩咐。

雲琅眼睜睜叫他將了一軍，偏偏又生怕蕭朔真能幹得出來，眼疾腿快，過去將人面紅耳赤拽住了，「幹什麼，聽不出玩笑？胡鬧……」

「你也知道胡鬧。」蕭朔道：「才好轉些便迎風騎馬，若著了涼，有你好受。」

雲琅穿得厚實，又暖暖和和裹了披風，知道蕭小王爺只是操心成癮，不同他計較，將人一併拉到窗前坐下。

蕭朔被他扯著，斂衣坐了，拿過暖爐擱進雲琅懷裡。

雲琅由著小王爺操心，乖乖接了焐著手，又看了一眼窗外的繁華街景，將視線扯回來。

「忽然找你，是有些事同你商量。」蕭朔撥了撥爐中炭火，「本想回府尋你，巡街到一半便回去，總歸太過惹眼。」

雲琅饒有興致，「琰王殿下巡街，定然沒有敢找茬惹事的。」

雲琅才從府裡出來不久，他受衛准託付，想起還在開封府大堂上苦哈哈拍驚堂木的開封尹，咳了兩聲，壓壓嘴角，「新官上任三把火，盡忠職守，好生威風。」

「是你說的，叫我揚殿前司軍威。」蕭朔淡聲道：「如今不用了？」

「用。」雲琅不怕事大，「再多抓些，把開封獄塞滿了，還有左右軍巡獄。」

蕭朔不受他攛掇，掃了雲琅一眼，拿過熱騰騰的茶壺，倒了兩盞參茶，將一盞細細吹了遞過去。雲琅接過來，小口小口抿著喝，抬頭正迎上蕭朔視線。

雲琅既不曾給小王爺那杯加巴豆，也不曾把參茶偷偷倒在蕭朔坐墊上，被蕭朔這樣看著，一陣莫名，「看我幹什麼？」

「不做什麼。」蕭朔道：「只看看，喝你的茶便是。」

他這幾日忙得團團轉，分身尚且乏術，回府也只是略停一停，等雲琅睡熟了便要再走。

此時清清靜靜坐了，說上幾句閒話，看一看雲琅，奔走操持的疲累就已散了大半。

雲琅一愣，迎上蕭朔視線，忽然明悟，笑了笑，「閉眼。」

「不必。」蕭朔蹙眉道：「有正事，你……」

雲琅向來沒耐性，扯過披風，給蕭小王爺當頭罩了個結實。

蕭朔：「……」

「磨刀不誤砍柴工。小王爺，幾天沒歇息了？」雲琅欺近過來，拿了個坐靠放在蕭朔身後，將他按回榻上，「知道你有要緊事，恰好我也有事，理一理，慢慢說。」

蕭朔叫他一按，坐回暖榻，沒再開口。

雲琅回身，催了酒樓夥計將飯菜酥酪盡數上齊，將門鎖上，又要了盆熱水。

蕭朔叫雲少將軍蒙得結結實實，向後靠進座靠，靜心理著念頭。

雲琅的披風是他特意找人做的，厚實保暖，擱在內室香格旁，染了層極淡的折梅香。

眼前一片暖融寂暗，蕭朔闔了眼，肩背慢慢放鬆，太陽穴的脹痛也像是跟著隱約淡了些許。

「我見了開封尹，同他說了幾句話。」雲琅的嗓音混著捧水聲，比平日安穩了不少，「回頭再同你細說，總歸我眼下覺得，年關時要有翻天大事。」

雲琅與蕭朔待久了，知道怎麼說話最叫蕭朔放鬆，不同他打趣渾扯，慢慢道：「你我須得提前準備，摸清襄王在京中布置，聯絡助力。」

「按他一貫作風，只怕不止京中那些戰馬鐵騎。」雲琅道：「襄陽府太遠，據守尚可，應當不能作為呼應。我來時想了一圈，如今戎狄使臣遲遲不去，盤桓京中，只怕除了窺探我軍備實力，還另有所圖。」

「的確另有所圖。」蕭朔歇了一刻，掀開披風，「我找你，便是因為這個。」

這幾日殿前司例行巡查，執法鐵面無私，縱然有新官上任的殺威棒，卻也是有意震懾戎狄，以鎮北疆形勢。

此前幾天，巡查時已隱約見了端倪。今日蕭朔命人佯做放鬆，果然引得戎狄坐不住，開始在京中四處活動。

雲琅細聽了，眼睛一亮，「你都跟了？」

「不便打草驚蛇，跟得不緊。」蕭朔道：「摸出一家兵器鋪子、一家藥鋪、兩家茶肆。餘下的大致還有三到四處，警醒得很，叫他們甩脫了。」

「我的親兵借你，他們幹這個在行。」雲琅拿過布巾，擦淨了臉上清水，「如此說來，你早懷疑襄王要反？為何早不同我說？」

「只是隱約直覺，既非推測，也無實據。」蕭朔靜了片刻，「況且……」

「況且你也不想叫我插手，是不是？」雲琅笑道：「小王爺，打仗這麼好玩的事不叫上我，算你一次不仗義。」

蕭朔啞然，不用雲琅找茬，拿過參茶自罰了一杯。

這話雖不能說給雲少將軍知道，但平心而論，他的確動過與梁太醫合謀，設法讓雲琅將這一場風波睡過去的念頭。

襄王謀反，雖說底牌盡數在襄陽，此次未必齊出，卻也定然做了周全準備。

雲琅戰力不必有絲毫顧慮，身體卻未必經得起動盪。

「你今日有意易了容，當著人騎馬過來。」蕭朔擱下茶盞，抬頭道：「我便知你不肯坐覷……」他一怔，剩下的話已叫人結結實實堵住。

雲琅一手撐在他身後，同所看的話本一個字不差，單膝抵在榻前，將蕭小王爺威風凜凜親沒了說話聲音。

酒樓的暖榻太高，蕭朔看著雲琅踮了腳搖搖欲墜，伸手將人扶了，「撤了易容做什麼？」

雲琅洗淨了臉上易容，露了本來眉眼，才看得出原本氣色。

這幾日養得妥帖，雲琅臉色已比此前好了不止一點，用熱水洗過，更顯得清朗明淨，睫根像是還盈著潤澤濕氣。

蕭朔抬眸，視線落在雲琅格外俊秀的眉睫間。

「我鎖門了，此處清靜，叫你看個真人。」雲琅熱乎乎站直，「放心，我做這個最熟，臨走再易上就行了。」

雲琅展了展肩背，清清嗓子，仔細揣摩著話本分寸，「罰參茶有什麼意思？你我之間，自然得罰這個。」

蕭朔定了定神，抬手攬住雲琅，將人放在腿上，「好。」

雲琅：「……」

蕭朔抬眸，將懷抱再度收攏，一臂護在雲琅身後，擎住雲琅脊背肩頸。

雲少將軍這些天泡在藥裡，撬開唇齒，舌間還含著清苦藥香。

醉仙樓前，看見雲琅一路打馬過來，他才忽然醒悟，自己的私心全然用錯了地方。

雲琅要的不是安穩躺在榻上，不能動內力，不涉險地，不傷性命。

「的確該罰，來日同你賠禮。」蕭朔稍稍放開，叫雲琅緩一緩氣息，低聲道：「只此一次，絕不再犯。」

「什麼？」雲琅被他親得神思不屬，熱騰騰坐在蕭小王爺腿上，昏沉沉犯迷糊，「你這是第幾本的？好生厲害。」

蕭朔：「不在書裡，你若要看，我寫下來。」

雲琅悚然一驚，「不用了、不用了。」

蕭朔看他半晌，不動聲色壓了下嘴角。

幸而有雲少將軍襯托，他這幾日雖沒抽出空讀話本，虛張聲勢，尚能應付得來。

蕭朔碰了碰雲琅滾熱耳廓，定了定神，慢慢道：「此處……可也要吹一吹？」

雲琅轟的一聲：「……」

蕭小王爺段數一騎絕塵，雲琅無從抵擋，張口結舌半晌，按了胸口一頭栽倒。

蕭朔將他撈住，塑回人形放在榻上，從頭到腳捏一遍，「長了些分量，養得很好。」

雲琅：「……」

「這些天我做了幾件事，與你報備一聲。」蕭朔不再與他胡鬧，輕聲道：「前日我入宮面聖，皇上對我仍有戒備，但不算深，更多是招攬試探，大抵也有蔡太傅在宮內助力之故。」

「襄王出來得不是時候，卻未必全無用處。」蕭朔道：「皇上如今雖不再提起你，卻無非只是忌諱我，仍以為我與你勢不兩立罷了，還不是萬全之策。有襄王摻和，事情便又有了轉機。」

雲琅燙得神思不屬，「什麼雞？」

「……」蕭朔端過一道五味炙小雞，給雲少將軍細細撥了些在小碗裡，配上焯過的清脆筍絲，用剛烙好的薄餅仔細捲好了，「張嘴。」

雲琅咬住捲餅，慢慢咬著吃了，定定心神坐起來，「接著說。」

蕭朔收回手，繼續有條不紊替他布菜，「除此外，我還去了趟延福宮，只是翻來覆去搜過幾遍，沒能找到什麼東西。」

蕭朔停了下，又道：「找到了你在御花園亭柱上刻的字。你幾時在那上面刻字罵我的？聽延福宮的宮人說，你將那柱子起名蕭朔，動輒回來拿袖箭戳著洩憤。」

「……」雲琅咳了一聲，「時時。」

蕭朔手上頓了頓，抬眸看他。

「年少不懂事。」雲琅訥訥：「你不准我下河，戳十下。你不准我去冰上釣魚，戳二十下。你不陪我去看燈……這個沒戳，你後來給我買了個小走馬燈，特別好看，我給掛那亭子上頭了。」

雲琅說起這個，還有點惦記，「走馬燈還在嗎？上頭的畫是不是都不清楚了？那東西尤其金貴，風一吹就掉色，娘娘當年老是叫人幫我重畫。」

蕭朔靜了片刻，掌心覆上雲琅頸後，「我會再給你買。」

雲琅一怔，明白過來，笑了笑，「……也好。」

當年搜他住處的是侍衛司和大理寺，一面要翻出憑據攀咬他罪證，一面要搜他手中有沒有什麼保命的倚仗，哪家也不會手軟。

雲琅潛進皇宮的幾次，也本能避開了延福宮，沒去看破敗荒草，舉目狼藉。

「不該叫你去翻的。」雲琅有點後悔，「想想也是，先皇后就算有遺詔，應當也是交託給了什麼人，不會放在宮裡，等人去這樣翻扯。」

蕭朔原本便不是去翻遺詔的，只是想替雲琅找到那個丟了的小玉麒麟，仍沒能尋到蹤跡，便也不同他提，「你要什麼樣的燈？」

雲琅一時不爭氣，挺不好意思，飛快偷走了蕭小王爺新捲好的幾張餅，「什麼都行……不說這個了，矯情。」

「好。」蕭朔看他眼底微紅，沒再說下去，又道：「我還去找了景王。」

「你一個人當了幾個人用？」雲琅正悄悄吸鼻子，聞言微愕，「楊閣老看著你這麼在宮裡亂跑，沒氣得舉著竹簡砸你嗎？」

蕭朔搖了搖頭，「楊閣老如今已不想見我了。」

雲琅：「啊？」

「我去找了景王。」蕭朔鎮定繞過，將話頭引回來：「他不信我，不與我交實底，說只有見了你才肯說實話。」

雲琅好不容易跟著繞回來，聽得感慨，「他就這麼原話同你說的？」

蕭朔點頭，靜了片刻又道：「當年他也這麼說。」

雲琅一怔，「你當年也去找他了？」

「去過。」蕭朔壓了幾次，終歸忍不住沉了臉色，憤恨道：「你拿來砸人的白石頭，都讓他偷著藏起來了。」

雲琅心情複雜，「你們連這個都要收著嗎？」

況且……別的不論，蕭小王爺當年在宮內宮外，未免被欺負得過了頭。叫蔡太傅橫刀搶了一次也就罷了，竟還能叫蕭錯搶在前頭。

雲琅實在心軟，拉過小白菜一樣的琰王，順著後背，好心安撫：「說不定他也沒幾顆，還要留著上香。」

「他拿了十七顆。」蕭朔因為這個，本就極不想去見景王，偏偏雲琅囑託不便不去，咬牙低聲：「我同他商量，給我一顆，他竟都不肯。」

雲琅：「……」

「我同他說。」蕭朔記恨，「給我半顆，我謝他五年，銘感五內，死了也會記著來找他。」

雲琅：「……」

「小王爺。」雲琅問：「你也是這麼原話同他說的嗎？」

「是。」蕭朔垂眸，「他不知為什麼躲進了宮，五年都沒再見我。」

雲琅坐了良久，身心敬服，同蕭小王爺抱了抱拳。

「此事揭過。」蕭朔提起此事便心煩，不想多說這個，「總歸我此次去……做了些事，也算報了昔日之仇。」

他找雲琅來，要緊的是襄王之事。偏偏兩人不謀而合，已想到了一處去，不必再多說，心裡也已有數，「我聽皇上口風，發覺大理寺是襄王一脈，是因為景王一句無心之語。你若去見他，需謹慎些。」

「好。」雲琅心裡有數，將傢伙摸出來，「擇日不如撞日，過會兒你我一起出去，你去巡街，我就去問問景王。」

蕭朔道：「此時不妥。」

「為何不妥？」雲琅茫然，「我自然不用這個樣子去，你放心。」

雲琅帶了傢伙，俐落重新易容過，看看與此前差的不多，將披風拿起來，「你不也該巡街了？你我各自忙活，夜裡榻上再碰頭商量。」

「的確不妥。」蕭朔靜了片刻，將他按住，「你我不可一同出去。」

「你不是對大理寺給我過明路了嗎，說我是你家護衛……」雲琅蹙眉，問道：「莫非我今日來得不合適？」

蕭朔搖了搖頭，「你今日特意張揚，縱馬前來，是為了叫人知道，我對身邊這個護衛極為信任親厚。他日若有戰事，我統兵即是你統兵，只要我為將，手下便任你調動。」

雲琅心說這豈不是非常妥當，看了看蕭小王爺臉色，繫上披風，追問道：「還有什麼事是我不知道的？」

「沒有。」蕭朔盡力鎮定，起身道：「不妥的並非此事。」

蕭朔按住雲琅，低聲道：「我先走，你在樓上等一刻再出去。」

雲琅心中愈生疑竇，索性扯了蕭朔，一併出門風風火火下了醉仙樓。

酒樓外，殿前司都指揮使所屬的一隊兵士還在，正湊在茶攤上，悄聲議論。

雲琅看著蕭朔臉色，不准他過去，兩人不著痕跡隱在了茶攤角落。

「方才上去的是誰？」一個副尉低聲道：「是前陣子大理寺審訊，說的那個王爺的護衛嗎？探玉英閣那個……」

「不是。」另一人白他一眼，「你知道什麼？是琰王府上的少爺。」

「哪來的少爺？」副尉茫然道：「琰王府不是只有一個王爺嗎？」

「王爺不能在外面行走，不能遇上兄弟知己？」第三人道：「若是遇上了帶回府，以客禮款待，不就成了少爺？」

副尉恍然，連連點頭，「是是是。」

雲琅隱在茶攤後，聽得還挺舒坦，看了一眼蕭小王爺，摸了個早買的小泥人塞給他。

蕭朔在手裡仔細握了，喉嚨輕動了下，欲言又止。

「怎麼了？」雲琅好奇，他還很喜歡這個說法，笑著打趣，「不是挺帶勁？你琰王府的少爺，琰王的貼身護衛……」

話音未落，茶攤邊上，校尉已實在聽不下去這幾人胡扯，反駁道：「你們懂什麼？那不是少爺，也不是護衛。」

雲琅：「……」

「那是什麼人？」副尉愕然，「莫非是殿下失落民間的幼弟？」

「不是！」校尉沉聲：「端王與王妃恩愛不疑，不准胡扯此事。」

副尉也只是順口一說，察覺失言，忙自掌了嘴。

校尉剛與金吾衛喝了酒，靜了片刻，低聲道：「那是殿下的……同榻之人。」

副尉駭然，「真的假的？」

「自然真的。」校尉道：「那日殿下上朝親口說的，金吾衛就在邊上。」

副尉來了興致，他們方才也只見了來人身影，只覺瀟灑得緊，與琰王殿下的確般配，忙湊近了，「快說說……」

校尉清了清嗓子，不緊不慢，拿過茶盞喝了一口。

蕭朔靜坐片刻，看著扶了額頭的雲琅，低聲道：「以訛傳訛。」

「千真萬確。」校尉低聲道：「殿下夜夜睡在內室，與他一處。」

眾人凝神聽著，瞪圓了眼睛。

校尉悄聲：「殿下做錯了事，還要去榻底下睡覺。」

眾人倒吸一口涼氣。

「那日楊閣老不是找殿下嗎？」校尉道：「殿下說，若是晚回去一刻，就不讓進家門了，必須趕緊回府。」

眾人駭然，齊齊低「哇」了一聲。

蕭朔再聽不下去，將雲琅拉過來，低聲：「空口亂傳罷了。」

「空口無憑，方才王爺與同榻之人進了酒樓。」校尉低聲：「我奉命在外面值守，不知為什麼……裡面忽然要了熱水，還鎖了門，不准人打擾。」

副尉不解，「要熱水做什麼？」

「能做什麼。」校尉瞪他，「難不成還能是那位同榻之人心血來潮，要鎖上門洗個臉嗎？」

蕭朔：「……」

「熱水送進去，門就鎖了。」校尉抱拳拱手，繼續說道：「以我揣測，王爺出來，只怕還要一兩個時辰。」

蕭朔：「……」

「做殿前司的，就要有這份眼力。」校尉自豪道：「我毫不猶豫，當即便頭也不回離開，下來喝茶了。」

蕭朔眼前一黑，按了按抽痛的額角，想要解釋，手中衣袖猝不及防一空。

雲少將軍面紅耳赤，扯回了自己的袖子。流雲身法使到極處，踩著房檐向上拔了幾番，自牆外扎回了那一間雅室。

格外有眼力的校尉剛出茶攤，便被都指揮使撞了個正著。

擅離職守、私下議論不實傳言。校尉受罰了一頓茶錢，哭喪著臉閉牢了嘴，帶人沿街拖醉漢去開封府了。

雲琅燙得站不住，癱在窗前，緩了緩耗空的內力，扒著窗沿向外看。

殿前司混在熱鬧人群裡，一路巡街，執法果決乾脆，已漸漸走得看不見影。

雲琅看了半晌，抓了把窗前新雪按在臉上，嘆了口氣。

蕭小王爺好沒趣，竟分毫不在意「一兩個時辰」的要緊事。

看著他回雅室，竟也不跟上來，就這麼去嚴厲訓了屬下成何體統，叫人領了罰。

好歹上來喝一個時辰的茶、聊一個時辰的天，中間再趁機親兩口……也行啊。

雲琅漫歸漫，認定了與蕭朔結百年，自然百無禁忌，縱然不好意思，卻沒什麼一定不能做的事。偏偏蕭小王爺飽讀話本，融會貫通、學以致用，能將他親得不分東南西北，竟還古板到了這個地步。

這等大好機會，竟也不知坐實一下。

叫人知道了，以訛傳訛，也不知京中又要有哪些坊間逸聞。

雲琅還記著當年有關琰王是否於床幃之事有虧的傳言，很是憂心了一陣蕭朔的名聲，盡力散了臉上熱意，又在雅室裡坐了一刻，打點精神起身。

他才要出門，忽然被窗外一處勾欄引了視線，在窗前看了一陣，悄悄下了樓。

⁂

汴梁街上人頭攢動，由早至晚不歇。天暗下來，就又添了賣燈燭花火的，酒樓又有歌舞聲飄出來，街道坊間愈發熱鬧。

殿前司巡了一日，過到金梁橋，恰好到了交接的時候。

「殿下可要先回去？」都虞候看著蕭朔神色，試探道：「天色已不早，今日那位少爺……」

蕭朔蹙眉，「縱然晚了，他也不會不准我回府。」

「……」都虞候才聽了部下議論，忙收了心思，低聲道：「是。」

都虞候遲疑半晌，小心翼翼道：「那不准您睡在榻上……」

蕭朔沉聲：「也不曾。」

都虞候欲言又止，看了看蕭朔，垂手往前走。

蕭朔這一日都被看得煩躁，再忍不住，停下腳步，「你們想的都是些什麼？我與他……」

都虞候盡力體察琰王心思，「清清白白，只是尋常友人見一面，斷無關係。」

「不是！」蕭朔蹙緊了眉，「我與他兩情相悅，莫非就只能睡在榻下、不准進門？這是哪家道理，哪處話本上是這般寫的？」

都虞候幾乎不能將王爺同話本聯繫起來，愣愣挨了一通訓，也覺不妥，忙閉了嘴。

蕭朔自覺方才失態，皺了皺眉，壓了壓語氣：「我與他……雖兩情相悅，卻不曾有那般狎昵叛道之事。」

他聲音並不高，四周親兵護衛聽了，卻都眼睛一亮，忍不住飛快豎起了耳朵。

都虞候身兼重任，橫了橫心，「是是，能與王爺兩情相悅，定然極知進退、識大體。」

蕭朔臉色好看了些，「不錯。」

都虞候：「絕不會同王爺胡鬧，把王爺關在門外、趕出臥房。」

蕭朔默然片刻，看雲琅並不在四周，咬牙道：「……正是。」

都虞候摸對了門路，鬆了口氣，笑道：「縱然因為什麼事與王爺生了氣，也定然妥當解釋，好生商量，不會胡攪蠻纏，動輒不講道理……」

蕭朔：「……」

都虞候愣了下，「王爺？」

要巡的街已只剩最後兩條，到了陳橋便能交接。

蕭朔不再與這些人閒聊，翻身上馬，自朝前去了。

天色見晚，月上梢頭，街邊的燈籠也已盡數亮了起來。

上元節祭祀太一神，汴梁素來有風俗，自年前便開始籌劃，到十五那一日，滿城都會是璀璨花燈。外城正中，那一架鼇山已隱約假造出了端倪。

十餘丈的竹架高挑，以牛皮筋綁縛，中間兩條鼇柱直通上去，有金龍攀附盤踞。等到上元節那天，龍口會點上最亮的兩盞長明燈，鼇山掛滿的燈也會一起點亮，萬燈千盞，熠熠生輝。

蕭朔駐馬，靜看了一陣，重新抖韁催馬，繼續朝陳橋大營過去。

走了一段，他忽然稍稍勒馬，向旁側看了一眼，「去過景王府了？」

「還沒有。」雲琅拎了韁繩，同他閒閒並轡，「方才看見些熱鬧，跟去看了一會兒。」

蕭朔微怔，看了雲琅一眼。

「沒去闖禍。」雲琅看他提防神色便忍不住樂，從袖子裡摸出張紙條，攥成小團彈過去，「別急著交接，這幾個地方，你派人去查查。」

蕭朔不著痕跡，將紙團隱在掌心，「你發覺了剩下那幾股戎狄暗探的蹤跡？」

蕭小王爺向來心思敏銳，雲琅很是沒趣，轉頭看燈，「你著重查有刀劍兵器、能八面迎客的地方，自然不錯，只是還疏忽了一處。」

蕭朔問：「什麼地方？」

雲琅有意不急著說，向上指了指，「這燈你認不認得？」

「……」蕭朔平了平氣，看他一眼，「槊絹燈。」

雲琅不想他竟還認得，頗詫異地看了蕭朔一眼，抬頭道：「這燈以百煉鋼作骨，燈弦全是細韌鐵線。外面蒙一層厚實絹布，風一吹迴轉如飛，有橫槊的金鐵之聲。」

蕭朔似有所悟，抬頭掃了一眼。

「我在樓下勾欄，見了一夥雜耍伎人，耍的是萬點流星。」

雲琅道：「就是將火藥填在精緻絹布裡，點燃藥線，叫火星燒開絹布四濺，點點流螢一般，煞是好看。」

「燈骨燈弦，全仗絹布綳成形狀。」蕭朔道：「若是裡面藏了火藥，絹布燒毀，自會散開迸射，傷人遠勝刀劍。」

雲琅點點頭，「我跟去大略摸過了，找著些端倪，剩下的藏得太嚴，還要慢慢追查，就退出來找了你。」

蕭朔聽他說得輕巧，蹙了蹙眉，又細看了一眼雲琅。

「看我做什麼？」雲琅道：「幾個戎狄暗線，若還能叫我傷著，我也不必領兵了。不如回府只管設個溫柔鄉，將你往榻底下哄……」

「胡說什麼？」蕭朔低聲：「不可妄言。」

「是我先妄言的嗎？」雲琅還沒翻他舊帳，先挨了蕭小王爺教訓，硬生生氣笑了，「縱然以訛傳訛、三人成虎，也得先有個起頭的才行吧？琰王殿下，你究竟是怎麼回的楊閣老？同我說說？」

蕭朔被他戳中軟肋，肩背綳了下，沒了動靜。

【第七章】

不論什麼事，小王爺回來，叫他在窗戶底下蹲著

雲琅張望一圈，沒看見那個校尉，看著蕭小王爺面沉似水，滿心好奇，「都指揮使鐵面如山，給人家的處罰令還沒撤下來？」

「他今日往開封獄送了十七人。」蕭朔面無表情道：「開封尹將他扣了，叫他在大堂邊上，幫忙拍驚堂木。」

雲琅一頓，心服口服。

汴梁每到新年，直至上元節，按例都會舉城狂歡。像這般巡街時扯走的，大半都是真喝得爛醉、當街鬥毆的，雖未必全都破法，卻畢竟違律，送去開封獄倒沒什麼不對。

正逢冬季，夜間寒冷。任憑這些醉鬼橫臥街頭，只怕要在雪地裡倒頭昏上一夜。不如去開封獄睡一宿，醒透了酒，警訓告誡一番打發回家，反倒更穩妥些。

於民有利，於律法無傷，唯一受罪的便是拍驚堂木活活拍瘋了的開封尹。

御史臺最嚴苛的御史來了，也尋不出半點能彈劾蕭小王爺的錯處。

雲琅看熱鬧不嫌事大，壓了滿腔幸災樂禍，朝蕭朔拱手，「若開封尹半夜去砸咱們家門，千萬叫我看熱鬧。」

蕭朔知道雲琅有心揶揄，卻終歸叫那一句「咱們家門」熨貼了心肺，掃了雲琅一眼，不與他計較，「回府等我，今日事了，我自會同他們說清緣故。」

「這種事急什麼？」雲琅還挺想同蕭小王爺尋個機會，試試兩個時辰的事，聞言失笑，「無非幾句閒話，說說怎麼了？我也沒小氣到這個地步，一句也不准人講。」

蕭朔道：「不准。」

雲琅愣了愣，「啊？」

「你的事，不容世人嚼口舌。」蕭朔不願多說這個，蹙了眉道：「天不早了，回府去等我。」

雲琅怔了半晌，看著蕭朔叫燈火映得有些冷厲生硬的側臉，心底反倒像是探進隻手捏了捏，跟著無端一軟。

蕭小王爺能容他上房揭瓦，能容他縱馬來尋。

容他有意在人前張揚晃悠，設法搶了來日掌兵之權。

偏偏沾了點狎昵輕佻的意味，才偏了半點，就分毫容不得了。

雲琅拎著馬韁，走在汴梁街頭。回頭看時，竟忽然不知自己究竟是惱他這古板迂腐的脾氣，還是其實一早就已因為這個，才會動輒設法胡鬧招欠。

就只為了叫蕭小王爺冷著臉、將自己從街上一路揪著領子，連拖帶扯地拽回端王府去。

雲琅有滋有味想了一陣，決心不與蕭小王爺計較，側頭看了看汴水。

夜燈璀璨，光華流轉，汴水映著流火，一派繁華。

良辰美景。

想……當街伺機輕薄蕭小王爺一口。

雲琅被自己的念頭嚇了一跳，忙搖搖頭，「罷了罷了，我走。」

蕭朔看他臉色變來變去，皺了皺眉，「什麼？」

「沒事。」雲琅有賊心沒賊膽，清心明目，熱乎乎搖頭，「我不想在開封府大堂拍驚堂木。」

他前言不搭後語，蕭朔聽得莫名，還要再問，已被雲琅當胸扔了盞燈過來。

最尋常的蓮花燈，汴梁人人都會做。將竹子破成細條，繫牢兩頭壓彎，用紙糊上，層層疊壓，成蓮花形狀，能放在河裡飄上很遠。

雲琅扔來這一盞，卻又與尋常的有些不同。

蕭朔將燈拿在手中，藉著路旁燈籠看了看，看清了這一盞並蒂蓮河燈燈芯的瀟灑字跡，心底竟跟著不覺一熱。

「你我幾年沒賞過燈了？」雲琅扯扯嘴角，「託襄王老賊的福，今年的燈怕是也賞不成了，尋個機會，把這個往汴水放了罷。」

「上面只寫了你心悅我。」

蕭朔將花燈收進袖中，「我尚未回應，不算至誠，要寫完才可敬河神。」

「你敬河神，河神不敬你。」雲琅嘆了一聲，「只望今年蕭小王爺放河燈，切莫再一失足連人帶燈掉進河裡，要我去撈。」

蕭朔：「……」

雲琅看他緩和下的眉宇，頗覺有所成就，閒話後笑吟吟道：「好了，你且忙你的，我去景王府看看。」

「慢著。」蕭朔道：「府上……」

雲琅向來隨心而動，借了匹馬來尋蕭小王爺。說了話、給了東西，功成身退，在鞍上一踏，身形已沒入夜色。

府上託連勝帶消息過來，說湯池已修好了，今夜便加熱水藥浴，都是梁太醫叫人研磨的上好藥包，頭次最見功效。

蕭朔有心叫雲琅早些回府，只是話才說到一半，眼前已沒了人，手中只剩下條雲少將軍扔過來的韁繩。

黝黑駿馬由他牽著，背鞍上空空蕩蕩，茫然打了個響鼻，湊過來，當街叨了一口蕭朔那匹馬的厚實馬鬃。

景王府一樣就在京中，只不過景王是個正經閒王，府邸遠在南熏門邊上。御街走到頭，過了國子監與貢院，還要再過看街亭，才能隱約看見外牆。

華燈凝月，直到御街盡頭，一路的琳琅花燈才少下來，重見了清淨月色。

雲琅斂了披風，自樹影裡出來，停在景王府門外。

四下夜色冷清，就只有景王府燈火通明，花燈滿滿當當掛了一牆，中間還添了不知多少上清宮請來的紙符，盡是招福招財多子多孫。

雲琅大略繞過半圈，尋了個順腿的地方，落在景王府內，往懷裡順走了兩張丹砂符紙，掃了一圈府中大致路徑。

觀景亭內，月色正好。

景王蕭錯拎了罈屠蘇酒，悄悄溜出了臥房，不叫人伺候，坐在亭欄間美滋滋邊品邊吟詩。剛喝到第二杯，雪亮匕首已自身後貼上來，橫在頸間。

景王駭然一驚，酒意瞬間散了大半。

月下人影看不清，烏漆墨黑，嗓音低得聽不出音色：「要腦袋嗎？」

景王嚇出滿背冷汗，叫夜風一吹，透心冰涼，「要要要……」

匕首向下壓了壓，身後人又道：「大理寺卿之事，你如實說來，留你一條性命。」

景王一滯，乾嚥了下，「什麼……大理寺卿？」

「王爺一句無心話，叫襄王失了一張要緊底牌。」身後人低聲道：「如今莫非是想說，話皆是胡說的，其實不認得大理寺卿？」

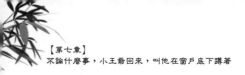

景王心頭生寒，一時腦中空白，僵坐著不敢動，卻愈發閉緊了嘴。匕首冰涼，貼在他頸間皮肉上，力道拿捏得極穩，稍進一分便可見血。

景王噍了噍，顫巍巍道：「壯壯壯士……」

身後沉默一刻，匕首作勢向下一壓。

「義士！」景王當即改口：「瀟灑臨風！皎若玉樹！舉觴白眼！對酒當歌！人生幾何……」

身後人靜了片刻，似是抬手按了按額頭，撤了匕首。

景王心頭一喜，閉緊眼睛壯足膽子，哆哆嗦嗦抱起酒罈要砸。

他文不成武不就，膽識又不過人，酒罈才勉強舉過頭頂，已被來犯的義士刺客穩穩接了下來。

景王一陣慌亂，睜開眼睛匆忙要跑，藉了月色，隱約看清來人。

雲琅拎了酒罈，撿了只沒動過的琉璃夜光杯，倒滿嚐過兩口，蹙眉潑了，「什麼破酒？」

景王叫王妃管得嚴，好不容易設法出來偷口酒喝。此時見他這般揮霍，眼睛幾乎瞪出來，心痛難當哆嗦著指他，「你你你……」

雲琅倚欄坐了，好整以暇抬頭。

景王你你你了半晌，看著雲琅手裡把玩的雪亮匕首，默默慫了，過去自找地方坐下，「你不是叫蕭朔打成肉泥了嗎？」

坊間皆傳言，雲琅叫人從刑場搶進了閻王府。那琰王半分不憐惜自家血脈，將人拷打得幾乎碎了，拼也拼不起來。

碰巧有人見了，某天夜裡清靜時，琰王府出了輛馬車，勉強將人抬去了致仕那位梁老太醫的醫館。如今是死是活，都不很明瞭。

有的說還吊了一口氣，日日在後頭靜室躺著。也有人說早趁月黑風高，拿破草蓆捲了，埋在了杏林深處那片無主的墳塋。

景王打聽得詳細，一度很是緊張惶恐，還特意跑去告訴了蔡老太傅。

「……」雲琅看著他，「不曾，蔡太傅沒再找你？」

「自然找了，還打了我二十下戒尺，罰我以訛傳訛，誇大其詞。」

景王怏怏不樂，「我這手心都打腫了。」

雲琅看他半晌，嘆了口氣，將來時的念頭盡數遣散乾淨了，把酒罈扔回了景王懷裡。

景王忙將酒罈牢牢抱穩，莫名其妙，「幹什麼？」

「沒事。」雲琅揉揉額頭，「想多了……喝你的酒。」

來景王府前，他特意去了趟金吾衛右將軍的府邸，同常紀問清了大理寺卿之事。

照常紀所說，皇上原本極信任大理寺卿，甚至在雲琅回京就縛，又被投進大理寺獄後，也未生出疑慮。

直到那日，景王入宮伴駕，閒聊時忽然提了一句，大理寺卿與三司使的秀才試竟是同年同鄉。景王奉命修天章閣，收納朝中官員籍貫履歷，看見這個倒也並不奇怪。只是他說者無心，皇上聽者有意，反溯推查，竟查出了不少蛛絲馬跡。再聯繫起大理寺將雲琅倉促搶了下獄，這才挖出了大理寺卿這一樁深埋著的暗棋。

此事前因後果，雖全說得通，卻畢竟太過湊巧。

以景王的脾氣秉性與天資，能做出這種事、說出來這般巧妙的話，只怕八成是背後有人支招。

雖說當年交情不錯，卻畢竟多年不見，知人知面難知心。雲琅不欲冒險，才假作刺客唬他，想要設法替蕭朔試探景王一二。

「如今看來，是我想多了。」雲琅按了額頭，靜坐一陣，「那句話……是先皇后教給你的？」

景王詫異道：「你如何知道？」

雲琅看他一眼，耐著性子拿過酒罈，又給自己倒了杯酒，慢慢品了一口。

……先皇后。

自回京後，他始終盡力不叫自己想這個，有時幾乎生出錯覺，彷彿就能這麼不再記起來了。

此時叫景王這個夯貨牽扯出來，才知不僅半分沒忘，反倒記得清清楚楚。

「確實是先皇后教的。」景王坐在他對面，大抵也知此事不容聲張，聲音壓得比平常低，隨夜風灌過來，「當年你走以後，先皇后便將我叫去，教了我這句話，叫我背牢。」

「先皇后說，賢王當局者迷，輕易不會懷疑一個有從龍之功的下屬，但賢王也生性多疑，只要一句話，就能叫他察覺出端倪。」

景王背誦道：「還說……這話不能早說，也不能晚說。早說了，新帝勢力還不足以同襄王抗衡，只怕要動盪朝局，晚說了……」

雲琅靜聽著，見他不往下說，抬了下頭，「如何？」

景王握了握酒杯，看了一眼雲琅，「你知不知道？我這天章閣修了五六年了，就那麼一個小破閣，拆了蓋蓋了拆，御史臺彈劾了我十二次。」

景王說起此事，還覺格外惱火，「那個御史中丞怎麼回事？簡直一塊石頭！咬都咬不動，世上怎麼會有人迂腐到這般地步。」

雲琅眼看他拐遠，輕咳一聲。

景王叫這一聲咳嗽提醒，收了心思，將話頭拐回來，「總歸……先皇后說了，叫我不論要不要臉，必須一直拖著，拖到你回來。」

雲琅垂了視線，靜坐一陣，抿了口酒，「等我回來做什麼？」

「你要麼不回來，若是回來，定然是為了別的什麼人。」景王嘆氣，「要麼是蕭朔，要麼是朔方軍，要麼是蕭朔和朔方軍。」

「為了他們，你遲早會自願就縛，到時候多半要落到大理寺的手裡。」景王道：「先皇后說……你生性驕傲凜冽，一身銳意，寧死不折。襄王降服人的那些手段，使在你身上，只能得到一個死了的雲將軍。」

雲琅慢慢攥緊了手中酒杯，眼底一攪，又盡數斂進深處。

景王看著他神色，猶豫了下，又低聲道：「先皇后還說……」

雲琅笑了笑，「還說什麼？」

「還說……先帝有先帝的打算，為祖宗江山、為朝堂社稷。」景王道：「有些事，她雖不盡贊同，身為皇后執掌六宮，卻必須要與先帝站在一處。」

景王看著雲琅，「那時先皇后將你硬押在宮中養傷，又搜出你身上虎符，交給大理寺硬結了案，其實清楚你有多難過。」

雲琅啞然，「我從沒因為這個生氣。」

「先皇后知道。」景王點點頭道：「先皇后說，你心裡其實什麼都清楚，所以不生她的氣，也不生先帝的氣。可你難過，於是這一樁樁事就都變成了刀子，叫你自己生吞下去，一刀一刀剖穿了心肺臟腑。」

雲琅如今與蕭小王爺交了心，已不願再困於這些過往，笑了笑，「心肺臟腑也早長好了。」

他弄清了景王的立場，心中便已落定大半，並不打算再多耽擱，起身道：「喝你的酒吧，我還得回府。回去晚了，蕭小王爺說不定要疑你將我扣下，來你府上要人。」

往事已矣，雲琅少有歸心似箭的時候，沒了耐性多留，起身出了觀景亭。

「先皇后說！」景王被押著背了少說幾頁字，急追了幾步，扒著亭柱飛快囫圇背，「你若因為沒趕上喪禮，沒能回來守孝，總耿耿於懷，便是叫端王家的孩子染了迂腐古板的破脾氣！莫怪她看你來氣，去夢裡打你的屁股……」

雲琅背對著他，微微一頓，重新站穩。

「端王是叫人以全府性命威脅，為保妻兒，才會自歿於獄中，不怪你救援不及。端王妃自盡宮前，也全不是因為先帝昏聵不理，而是賢王早交代了鎮遠侯，將嫂嫂攔死在宮門外，更要以攜劍闖宮為名汙她與端王有謀逆之心，要將端王府滿門抄斬！」

景王知道雲琅脾氣，深知話頭一停他便要走，大口深吸氣，「還有……還有雲家！證據是先皇后親手掀的，案是先皇后親手翻的，鎮遠侯府舉族投了賢王，無辜者早除了籍事先遣散，有罪者明正典刑，沒有枉死的！累累血債一分一毫也不在你身上！」

景王喊得眼冒金星，仍不敢停，追著雲琅喊：「還有那個大理寺卿！先皇后說了，叫你莫怕，誰敢欺負你，她便趁夜入夢，親自去找那人算帳！」

雲琅扶了假山石，靜聽著景王一口氣當胸連捅十八刀，扯了扯嘴角，低聲道：「知道了。」

「還有！」景王摸出一方明黃織錦，追上來，遞給雲琅，「這個是先皇后給你的，說若有一日襄王謀逆，刀兵相見，你該用得上。」

雲琅頭也不回，將那方織錦接了，「還有嗎？」

景王立在原地搜腸刮肚，盡力想了一遍，「……沒了。」

雲琅點了點頭，將織錦仔細疊好，揣進懷裡。

他已沒了半分心思多留，四下裡一望，草草尋了處順眼的圍牆，徑直出了景王府。

夜色愈深。

老主簿帶人燒好了熱騰騰的湯池，只等著兩人回來下藥包，守著門張望了半個晚上，終於見了回來的雲琅。

「小侯爺！」老主簿忙迎上去，「您不同王爺在一處嗎？連將軍回來了一趟，將您的親兵帶走了，說是有要緊事，可辦妥了沒有？」

雲琅叫他攔住，定了定心神，「蕭朔在辦，怕要晚些回來。」

老主簿一怔，藉著風燈光亮，細看了看雲琅神情。

雲琅被他看了幾眼，有些無奈，笑了下，「餓了。有吃的嗎？勞您大略上些。」

「有有，後廚一直備著。」老主簿忙點了頭，略一猶豫，又試探著扶了雲琅，「可是在外頭遇了什麼事？王爺……」

「不關王爺的事。」雲琅道：「我去內室歇一歇，勞您幫我守著，不要叫人打擾。」

老主簿應了聲，仍神色不安，「不論什麼事……都不准擾嗎？」

「不論什麼事。」雲琅笑道：「小王爺回來，叫他在窗戶底下蹲著。」

老主簿不再追問，替他扶了門，低聲應了是。

雲琅穩穩身形，進了書房內室，和衣躺下。

老主簿悄悄進來了幾趟，照王爺素來的吩咐，點了一支折梅香，將燈熄得只剩一盞，輕手輕腳放在了桌案上。

暖融靜夜迎面覆攏下來，雲琅在沁了暗梅香的月影裡睜開眼睛，躺了一陣，又重新閉上。

……先皇后。

先帝寬仁慈祥，自小便縱寵他，相較之下，先皇后反倒是更嚴厲的那個。

小雲琅的天資再高，練武也是水磨工夫，須得日日打熬筋骨，難免有耐不住無聊、忍不得枯燥，累得爬不起身的時候。

先皇后從不准他耍賴，每每將小雲琅轟出去，傷了疼了便上藥，上過藥緩過來，又將他接著拎回演武場，再往腿上綁了鐵塊去走梅花樁。

雲家以武入仕，先代家主隨開國太祖皇帝打天下，由貼身侍衛一路拚殺到了鎮國大將軍，受封鎮國公。

本朝沒有世襲罔替的規矩，若後人不能再憑本事掙來功勞，襲的爵也要隨之降階。傳到先皇后一代，已只剩了鎮遠侯的爵位。

先皇后是家中長姊，將幾個弟弟連拉帶拽管教成人，慣了雷厲風行，從不知心軟為何物。後來入了宮，一時不慎叫家裡出了個不肖子已很是糟心，絕不准雲琅再如他老子一般不爭氣。

小雲琅聽這段家族履歷的時候，正叫先皇后按在榻上揍屁股，邊挨揍邊聽，疼得一嗓子從延福宮喊到了文德殿。

先皇后太過嚴厲，小雲琅一度還很是叛逆，收拾了小包袱抹著眼淚，決心今後都去找先帝一起睡。後來先帝的確偷偷將他藏起來，讓小雲琅在文德殿睡了三個晚上。又和小雲琅一起老老實實坐著，叫先皇后訓了半個時辰。

雲琅想了一陣，扯扯嘴角，輕吁了口氣。

現在想來，還很是懷念先皇后的巴掌。

先皇后只在讀書習武上對他嚴厲，逼他不准懈怠、不准學紈絝子弟的荒唐習性，卻從不在別的事上苛責他。

小雲琅淘氣，在宮裡到處亂跑，剪了先皇后的袍子去撲鳥雀，過了幾天才叫宮人發現。先皇后知道了，不止沒訓他，還特意叫人拿了竹筐樹枝，帶著小雲琅在宮門口撒了黍米，拿絲線繫住樹枝、撐著竹筐，教會了他第一個誘敵深入一舉擒之的陷阱。

那天捕來了三隻家雀，小雲琅不捨得玩，興沖沖揣在懷裡跑去找端王叔的小兒子，叫門檻絆了一跤，盡飛散了。

蕭小皇孫平白受了無妄之災，按著往日習慣不論緣由先同他賠了禮，還連著給雲琅送了好幾天母妃親手做的點心。

雲琅想著軟乎乎、茫茫然的小皇孫，沒忍住，輕笑了一聲。

先皇后當初其實不大喜歡蕭朔，嫌端王的孩子太迂直刻板，又不知為什麼老是跟著小雲琅，轟也轟不走。

後來蕭朔漸漸開了竅，先皇后勉強看順眼了，卻又不知為什麼，每每看了便來氣，總想拎過來拍上兩巴掌。

……現在想來，大抵先皇后才是最先看出蕭小王爺那些心思的。

看蕭朔不順眼，總覺得端王家的小子心懷不軌，要將雲琅拐走的是先皇后。

遂了雲琅的執念，親自毀了一手拉扯的雲家，給了端王府一個交代的，也是先皇后。

宿衛宮變，先皇后年事已高，卻仍能親率宮人死守，護衛禁宮，滅敵殺賊。

可那之後……就再分不清誰是敵、誰是賊。

端王歿了、端王妃歿了，雲琅身心傷透，藥倒了綁在榻上掙命，蕭朔跪在文德殿前，一身縞素，渾身血債。

血脈相連的鎮遠侯府，投了心思深沉的六皇子。

六皇子身後，還蟄伏著心思更深沉的襄王勢力。

半步都無從選，半步都選不得。

先皇后攬在其中，苦苦撐了一年，聽著邊疆一封連一封拿命換來的捷報，終於和著血狠了心，親手將鎮遠侯府推上了死路。

雲琅用力喘了幾口氣，側過身，攥住胸口那封明黃織錦，無聲蜷緊。

鎮遠侯府獲罪，他牽連其中，盡力安排妥了諸般事項，再拖不下去，只能潛出城逃命。

蕭朔替他開了城門，他在城郊破廟與六皇子定了血誓，一路趕去北疆平叛。

第三日，京師戒嚴，鴉雀無聲鐘鼓不鳴，直到凌晨，城內寺廟宮觀忽然響起長鳴鐘聲。

三萬鐘聲，帝后崩。

雲琅騎在馬上，聽著綿延鐘聲，心中恍惚，竟沒能逼出半分知覺。

不眠不休走了三日，看見樹下稚子嬉鬧，拿樹枝支籮筐，撒了黍米誘捕鳥雀。

雲琅扯著韁繩，慢慢走到無人山澗處，想要摘幾個野果，忽然一口血嗆出來，一頭栽下了馬。

雲琅躺在榻上，閉緊眼睛，盡力壓著亂促氣息，無聲蜷緊。

先皇后最煩人矯情不爭氣，最喜歡看小雲琅持槍勒馬，威風凜凜統兵打仗。

他自小受先皇后教養，最聽先皇后的話，將心力盡數放在與蕭朔一同掙命上，從不准自己鬆下來半口氣。

如今終於熬過那一場噩夢，走到雲開見月，他同蕭朔合力，藉先帝遺澤與舊臣合力，已將能窒死人的濃霧生生撕開一個口子。

已不必再進退維谷、不必再一定要選一個、捨一個了。

想護的人已能設法護住，原本該有的東西，也能設法奪回來了。

他已讓御史中丞取回自己的槍和長弓，做回先皇后最喜歡的少將軍，如今矯情起來……先皇后就該夜來入夢，親自教訓他一頓。

就該來看看他。

雲琅疼得微微發抖，他不願叫別人看見這個，死死咬了下唇，將哽咽用力吞回去，忽然聽見身後一聲極輕嘆息。

「小王爺。」雲琅忍著疼，輕扯了下嘴角，「你該在窗戶下頭蹲著。」

「今夜大雪，我蹲了半個時辰，叫雪埋了。」蕭朔合了門，將身上雪色撣淨，「況且……我有要事。」

「什麼要事？」雲琅背對著他，閉了眼睛盡力笑笑，「明日再說，我今日累了，要睡覺。」

蕭朔靜看著他，摘了披風，擱在一旁。

他回來時，聽老主簿憂心忡忡說了雲琅情形，已大致猜出緣由。

先帝，蔡太傅，虔國公，父王母妃……雖也都是長輩，卻畢竟有所不同。

雲琅養在先皇后宮中，受先皇后教養。

這一身叫旁人豔羨的深厚功底，千里奔襲一擊梟首的打法，都是先皇后一點一點親自打磨出來的。就連恩仇快意、凜冽瀟灑的脾性，也受先皇后耳濡目染。

雲琅自回來後，每每提起先皇后，向來將那一段過往藏得嚴嚴實實，輕易不肯觸碰半分，他也看在眼中。

「我不知景王會同你說這些。」蕭朔道：「若早知道，拆了他府上圍牆，也會陪你同去。」

雲琅失笑，「景王招誰惹誰。」

蕭朔平靜道：「招你，惹我。」

雲琅一頓，叫蕭小王爺說得無言以對，埋進枕頭裡，悶頭樂了一聲。

他不願在蕭朔面前矯情這些，胡亂蹭了蹭臉上不知有沒有的水痕，打點精神，撐坐起來，「好了，別惦記人家景王府的牆了……先皇后的確有東西留給我們倆。」

雲琅自懷裡摸出那一方織錦，也不看，甩手掌櫃遞過去，「你看吧，說若是襄王謀逆了便用得上，我猜大略是什麼朝中勢力、各處準備。」

雲琅翻了翻老主簿送來的點心，掰了一塊，嚼著嚥了，「我素來沒耐性看這些，你看完了，再給我講……」

話未說完，蕭朔已伸手將他溫溫一攬，裹進懷裡。

蕭小王爺叫雪埋了半個時辰，身上還未暖和過來，明淨的新雪氣息撲面覆落，將他裹牢。

雲琅一頓，沒了動靜。

「你已約束了自己這些年。」蕭朔輕聲道：「如今縱然覺得難過，先皇后也不會怪你。」

雲琅在他肩頭靜了良久，閉上眼睛，笑了笑，「那怎麼行？」

雲琅聲音格外悶，埋在蕭朔微涼的衣料間，一點點攥了他的袖子，扯扯嘴角，「不怪怎麼行？我剛還求先皇后，今天夜裡來打我的屁股。」

蕭朔迴護住他，靜了一陣，「今夜不妥。」

雲琅：「……啊？」

「今夜不妥，你與先皇后商量商量。」蕭朔道：「換明晚行不行？」

雲琅心情複雜，吸吸鼻子，紅著眼圈坐起來，摸了摸多半是凍傻了的蕭小王爺。

「並非唬你。」蕭朔握了他的手，從額間挪開，「今夜……先皇后若來了，怕要索我的命。」

雲琅：「啊？」

蕭朔拭淨他睫間水汽，撫了撫雲少將軍的髮頂，頓了片刻，「我曾反覆想過，為何先皇后無論如何看我不順眼。後來發覺蔡太傅也看我便來氣，便多少想通了。」

雲琅還在想索命的事，看著蕭朔，心事重重，「想通什麼了？」

「想通我的確活該。」蕭朔垂眸，在雲琅唇角輕輕落了個吻，溫聲道：「他們最疼的孩子，叫我搶回了家。」

雲琅猝不及防，叫他一句話徹底戳透了，自前胸豁疼到後心。

雲琅倉促屏了息，再扛不住，眼底濕氣決堤一般湧出來。

「你若實在太想先皇后。」

蕭朔輕聲道：「便今晚求先皇后入夢，不做旁的事了，我守著你。」

雲琅止不住淚，氣息叫鹹澀水意攪得一團亂，盡力平了幾次，「若不然……呢？」

蕭朔搖了搖頭，將他護進懷裡。

雲琅這一場傷心忍了太久，追其根由，當初雲琅身上的濃深死志，有一半都來源於這一場進退皆維谷的死局。

這是雲琅心底最後一個死結，如今形勢好轉，終見轉機，又被景王誤打誤撞捅破，才終於發洩出來。

昔日先皇后大行，蕭朔其實就守在榻側，已代雲琅盡過了孝。清楚先皇后從沒怪過雲琅半分，盡是歉疚牽掛，滿心不捨。

只是雲琅自苦，鬱結經年難消，將自己死死困在癥結之下。

走不出，掙不脫。

蕭朔不願叫雲琅再有半點委屈遷就，搖搖頭，低聲道：「沒事了。」

話音未落，老主簿急匆匆跑過來，「王爺，湯池的藥泡好了，照您的吩咐，還給小侯爺備了冰鎮的葡萄漿……」

雲琅：「……」

蕭朔：「……」

蕭朔將雲琅攏住，回身道：「不必……」

「慢著。」雲琅訥訥：「必。」

蕭朔微怔，低頭看了一眼傷透了心、走不出掙不脫的雲少將軍。

「先皇后。」雲琅閉眼誠心，低聲道：「明日再來揍我。今日蕭小王爺拖我去泡湯池，到時連他一起揍。」

蕭朔：「啊？」

雲琅心誠則靈，「先揍他，後揍我。」

「……」蕭朔想不通，「為什麼？」

雲琅有心細解釋先揍後揍在力道上的分明差別，想要再打點起精神，迎上蕭朔靜沉黑眸，心頭一口氣鬆了，竟倦得再坐不起來，「回頭……再同你說。」

蕭朔看他神色，將雲琅伸手圈過，穩穩帶起，「好。」

雲琅扯了下嘴角，朝蕭朔盡力一樂，索性徹底卸了力，閉上眼睛。

蕭朔診了診雲琅腕脈，聽著雲琅的呼吸漸轉平復清淺，放輕力道，想要將他放平。

雲琅幽幽嘆息，「湯池。」

蕭朔：「……」

雲琅記仇，「葡萄酒。」

蕭朔本以為他已不支昏睡，攬住雲琅後頸，拭了他額間薄汗，「先皇后若當真入夢，前來揍你，如何分說？」

先皇后只想他活得好，雲琅其實明白，只是這一層無論如何翻不過去，此刻終於揭過，雲開月明，側了臉含混嘟囔：「不分說，我想她。」

蕭朔撫了撫雲琅額頂，吻了吻雲少將軍的清俊眉宇，將人連薄裘一併抱起，嚴嚴實實護在懷中。由剛帶人備好湯池的老主簿引著，出了書房。

老主簿帶人修了數日的湯池，盡心盡力，若不是梁太醫見勢不對攔得快，險些便叫人掛了朦朧紗幔，點了旖旎燈燭。

此時將兩位小主人引過來，老主簿還很是遺憾，自覺氣氛還遠不到位，「可要些絲竹琴曲？似有若無，縹緲又不縹緲。」

「……」蕭朔掃了一眼興致勃勃要起哄的雲琅，「不必。」

老主簿同雲小侯爺對視一眼，皆惋惜地嘆了口氣。

「送一碗牛乳來。」蕭朔道：「要熱的，加些蜂蜜。」

雲琅自十歲起就再沒碰過這種哄小孩子的東西，老大不情願，打了個哈欠，「蕭小王爺幾歲了？我不喝。」

雲琅叫薄裘裹著，已察覺到溫泉熱烘烘的潤澤水汽，與肌骨間匿著的寒意兩相對沖，微微打了個激靈。

他已將那一陣乏歇過去了，叫冷熱一激，清明不少，「好歹泡湯池，也不搭些帶勁的，麻飲小雞頭，旋炙豬皮肉，冰雪涼水荔枝膏……」

蕭朔由他胡亂點菜，將人輕輕放下，「誰說只是拿來喝的？」

雲琅張了張嘴，不急開口，迎上蕭朔溫靜黑瞳，腦中念頭不自覺頓了一瞬。

老主簿侍候在湯池邊上，正要出門叫人準備，聽見這一句，心頭驟懸，「王爺不可！梁太醫說了，小侯爺如今底子弱，扛不住太野的，當即便會暈過去。」

雲琅：「……」

蕭朔：「……」

蕭朔不知老主簿整日都在期待些什麼，將雲琅扶穩，抬頭道：「是叫他先墊一墊胃，葡萄釀喝著不覺，其實性烈，免得明日又喊胃痛。」

老主簿愣了半晌，乾咳一聲，訕訕低了頭閉緊嘴，快步出去吩咐了。

蕭朔知道主簿關心則亂，並不追究。

扶著雲琅，叫他在被熱水烘得微燙的石板上躺好，「歇一刻。」

雲琅還在惦記一碗牛乳的野法，熱乎乎往毯子裡縮了縮，心猿意馬點頭。

蕭朔在他額間摸了摸，拿過暖玉枕，墊在雲琅頸後。

「我是來泡湯池的。」雲琅由他擺弄，低聲嘟囔：「又不是來湯池邊上睡覺的。」

「你如今體虛，內寒勝於外溫，不可直接下去泡。」蕭朔解釋道：「要緩一緩，否則下去泡湯也不會好受。」

雲琅不知原來還有這些說道，悻悻躺平了，在微燙的乾淨石板上來回翻面烙了幾次。

蕭朔看他折騰，有些啞然，伸手握住雲琅裹著的薄裘。

「別搗亂。」雲琅專心致志烙自己，「暖一暖……」

翻到一半，叫蕭小王爺伸手撈了個滿懷。

雲琅身不由己，一頭翻進了蕭小王爺臂間，格外想不通，「這是搗亂的時候嗎？還不趕快叫我暖和暖和，好跟你鴛鴦戲水？」

老主簿尚未回來，此時四下無人，雲琅頂著張大紅臉，放肆著胡言亂語：「醒時同交歡，醉後不分散，酒力漸濃春思蕩，鴛鴦繡被翻紅浪……」

蕭朔眼看他篡改前人詩句，終歸聽不下去。

「若蔡太傅此時在，只怕要拿戒尺打你十下手板。」

雲琅難得這麼豁出去，被他抱得結結實實，心蕩神搖，「蔡太傅除了聽我亂背詩，是看不見咱們倆抱在一塊兒膩歪嗎？」

「……」蕭朔抬手，捂住了雲少將軍這張嘴，單手剝開他衣襟。

雲琅仍想說話，在蕭小王爺的掌心底下動了動嘴，不情不願，「嗚。」

他只知道鬧，全然不知這般輕輕磨蹭，熱意攙著唇片涼軟，貼在掌心是何等感觸。

蕭朔氣息微滯，看了雲琅一眼，挪開手，「少說幾句。」

「少說幾句就睡過去了。」

雲琅還心心念念盼著葡萄釀，「我若睡在湯池裡，那還能做什麼……」

蕭朔靜看了片刻掌心，攥了下，慢慢道：「也可。」

雲琅聽見他出聲，回神：「啊？」

「無事。」蕭朔道：「你急著暖身子，此事不該找石板。」

雲琅愣了愣，不及反應，已叫蕭小王爺細細剝了外袍，整個攬進懷裡。

雲琅不及防備，貼上他胸口熱意，微微打了個激靈，「怎麼這麼燙？」

蕭朔視線在他唇畔停了一瞬，托著雲琅肩頸，叫他盡數卸了力。

雲琅還不放心，要去摸蕭朔是不是在雪地裡凍得發了熱，好不容易挪著抬起隻手，便被蕭朔握住，「沒事。」

雲琅覺得分明不像沒事，「胡鬧，我看看。」

他一動彈，身上大半分量落進蕭朔懷間，身體相貼，忽然一頓。

蕭朔盤膝坐定，單手攬著他，輕嘆，「少將軍。」

雲琅：「……」

蕭朔慢慢道：「你——」

「知道了！」雲琅惱羞成怒，「這湯池裡是不是下了淫羊藿？」

蕭朔看他半晌，將全無自知之明的雲少將軍稍挪開些。

「只有舒筋活血的，你我還用不上這味藥。你既管殺不管埋，好歹收斂著些。」蕭朔道：「我若叫你殺透了，情難自禁時，你再暈過去……」

雲琅眼下已燙得幾乎當場暈過去，走投無路，面紅耳赤地向後挪了挪。

蕭朔眼看他幾乎要挪進湯池裡，伸手將人扯回來，叫雲琅靠在池邊，貼著肩臂半近不近地偎了，「我今夜調了你的親兵，去查了那一夥雜耍伎人。」

雲琅此時正想聊點正事，如逢大赦，鬆了口氣，「查得如何？」

「追出兩處據點。」蕭朔道：「其中一處不是戎狄人。」

雲琅目光亮了亮，「是襄王派人聯絡的地方？」

「離陳橋很近，是一家書鋪，已開了好些年。」蕭朔點點頭，「全城鋪開搜查，近在咫尺的，反倒不曾發覺。」

「燈下黑，越近越找不到。」雲琅常遇上這種事，「我當初千里追襲，剿滅敵首，都跑出去快百里，才發現跑過了，那個戎狄頭子還在我後面呢！」

襄王平素不入京城，在京中的聯絡據點定然極隱蔽，既要穩妥，不能有分毫張揚醒目，卻也要能遞出消息，不使京中諸般事務無人主持。

能在禁軍陳橋大營邊上扎根這些年，安穩過了一輪又一輪的核查，定然極不容易叫人察覺。

「能藏這麼久，當真藝高人膽大。」雲琅好奇道：「究竟如何傳的消息？」

「那書鋪老板極謹慎，除了接消息，從不與襄王或戎狄任何一方接觸，故而難查。」

蕭朔道：「每隔十五日，他會去進一批書，按特定擺法上在架上。」

雲琅此時不願動腦，懶洋洋靠著蕭朔，打了個哈欠，猜測道：「書名第一個字拼起來是一句話？橫著一排……」

「……」蕭朔看著他，「他日若有消息要傳遞，叫旁人來做，你切莫插手。」

雲琅聽出他這不是好話，惱羞成怒，拍蕭小王爺大腿而起，「怎麼了？排成一排多有氣勢！戎狄識中原字本來就少，一進門看見一排書，頭還不夠大的！」

蕭朔點了點頭，順著他說：「於是殿前司巡查時，看見書鋪架上，一橫排書名首字連起來，竟是一句『我是襄王，今夜造反』。」

雲琅：「……」

蕭朔慢慢道：「於是，殿前司決心反擊，將下面一排擺成了『做你伯父的夢』。」

雲琅：「……」

老主簿輕推開門，端來加了蜂蜜的熱牛乳，又加了幾碟精緻點心。

蕭朔接了，讓老主簿回去歇息，又吩咐了守住暖閣，不准旁人進來，有事在門外通報。

回頭時，雲琅已經樂得眼前一黑，一不留神掉進了湯池裡。

蕭朔一眼沒照應到，看著漾開水紋，心頭一懸，和衣跳下泛著藥香的水裡，「雲琅？」湯池的水已染上醇厚藥色，滾熱蒸著，霧氣朦朧，看不清其下情形。

水紋漸平，仍不見人。

蕭朔蹙緊眉，在水中摸索，「你掙一掙……雲琅！」

藥池為泡藥浴，泡全才不虧藥性，修得並不算淺。

起身時雖沒不過胸腹，可若是失足滑跌了，不及防備嗆了水，驚慌時卻未必能站得起來。

蕭朔心中焦急，再顧不上揶揄雲琅，自水中仔細尋找。

他走到池邊，衣襬忽然被人用力一拽。不及回神，已被蹲在池底憋了半天氣的雲少將軍拽牢，帶著一身熱騰騰水汽，迎面撲了個結實。

蕭朔不及防備，退了半步，倉促將人牢牢護住。

「就是藏起來嚇唬你，嚇傻了？」雲琅壓不住樂，抬起隻手，在蕭小王爺眼前晃了兩晃，「當年咱們兩個去放河燈，不也這麼玩。」

蕭朔驚魂甫定，一手攬在雲琅肩背，慢慢收緊，「當年這般玩鬧時，我便叫你嚇得驚悸了三夜。母妃問過太醫，做了個枕頭叫我抱著，才漸睡好。」

「……」雲琅記頭不記尾，輕咳一聲，訥訥：「是嗎？」

「你那個寶貝枕頭是這麼來的？」雲琅忽然想起來，「我都沒敢碰過，你不是向來極稀罕？怎麼這些日也不見你捏捏抱抱。」

蕭朔心跳仍劇，閉了閉眼睛，稍平下氣息，將雲琅抱過來，從頭到腳細細捏了一遍。

雲琅：「……」

蕭朔停了片刻，重新握回他胳膊，捏了捏，「瘦了。」

「瘦你伯父。」雲琅切齒，「流雲身法是要身輕如雲的，你再這麼餵我，也不必叫什麼流雲拂月，改叫烏雲蓋頂算了。」

蕭朔受他一記怨氣，心頭反倒定了，替雲琅解了一身濕淋淋衣物，搭在一旁。

「當真嚇傻了？」雲琅見他不開口，彎腰看了看蕭朔臉色，「這個也不行？罷了罷了……下次不同你鬧了。」

雲琅扯著蕭朔，呼嚕他後背，「收收驚。你也不必這般緊張我，我水性你還不知道？扎個猛子，游上一兩個時辰，都是等閒小事，哪會在這種地方嗆著？」

「水性再好，該擔心還是要擔心。」蕭朔看他半晌，慢慢道：「若是你跌下去時一時不慎，崴了左足，又因慌亂，右腿抽了筋，兩隻手撲騰時磕在了一處，頭撞上池底。」

雲琅半點溫存念頭沒了，鬆開手看著蕭朔，心情複雜，「小王爺，你那些夢魘要都是這麼咒我的，我可就不幫你治了。」

蕭朔將後面的話嚥了回去，凝眸看了雲琅一陣，將他攬過來，輕輕吻上眉宇，「若是……你醉了酒，偏要去河裡放替別人祈福的河燈，一失足卻踩了空。」

雲琅心頭一跳，愕然抬頭。

蕭朔拿過熱騰騰的牛乳，扶了雲琅坐在池邊，將碗抵在他唇邊。

雲琅想通了是怎麼一回事，坐了半晌，終於再忍不住切齒，「先、帝……」

他顧不上的那幾年，明明瞞得好好的事，也不知道先帝到底跟蕭朔嘮叨了多少。

蕭朔抬眸，靜看著雲琅咬牙低聲嘟囔，撫了撫他的額頂。

雲琅面紅耳赤坐了半刻，橫橫心重回九歲半，閉上眼睛就著他的手吨吨吨喝淨。

胃裡暖熱，便比之前妥貼得多，四肢百骸冷熱衝突的隱隱痠痛竟也像是跟著緩了不少。

雲琅舒舒服服嘆了口氣，抬手要拿布巾，蕭朔已擁住他吻下來。

與此前的那些吻都有些不同，蕭朔身上仍是燙的，掌心也燙，貼著他的後心，將熱流一點點沿著脊柱激上來。

微促的氣息噴灑下來，碰上一處，便在一處染上熱意。

蕭朔擁著他，手臂幾乎已是某種忍耐不住的禁錮姿勢，力道偏偏極克制，仍只鬆鬆圈著他。只要雲琅一掙，便能順勢脫開鉗制，順道把蕭小王爺頂個踉頭。

雲琅泡在泛著藥香的熱水裡，叫琰王殿下這般介於行凶與被行凶地試探吻著，忍不住動了動，輕嘆口氣。

蕭朔肩背微繃，胸口起伏幾次，向後撤開。

雲琅扯住他，照蕭小王爺結結實實咬了一口，抬手緊抱上去。

他入京前，滿京城都說琰王暴戾恣睢，為所欲為，想做什麼便做什麼，隱約已有無法無天般架式。如今看來，蕭小王爺這個脾氣，卻分明是要活活將自己忍死了事。

當年變故後，雲琅在宮中養傷時，的確在上元節偷跑出去過。他本想去看看蕭朔，卻不敢去，一個人喝得大醉，去汴水放了祈福的河燈。

金吾衛不敢離他太近，遠遠追著護持。見雲琅竟墜進了汴水裡，嚇得神魂俱裂，飛撲過去將人救出來，送回了文德殿。

「我的身手，就算醉成泥，還能失足掉下去？」雲琅瞞不住，索性半點不瞞，攥著蕭朔的衣領，咬了牙低聲：「傻子，我是醉昏了頭，想去撈你。」

蕭朔呼吸驟然一窒，抬眸定定看著雲琅。

湯池滾熱，霧氣蒸騰，兩人身上都是淋漓水意，一攪就是滿池漣漪。

六年前的雲少將軍能隻身闖敵陣，絞開重圍擊殺敵酋，能千里追襲，一場漫天大水淹了遼人的鐵騎。茫茫草原，滾滾黃沙，任何風吹草動都逃不過雲琅的眼睛。

醉得昏沉了，竟連水裡是影是人也分不清。

蕭朔用力闔了下眼，火花在胸口劈啪灼過，又被狠狠壓下去，「雲琅。」

蕭朔低聲：「我並非……你如今身子尚有傷。」

「因為這個？」雲琅問：「我身子好了，你就敢把我按翻在榻上、把我捆起來，對我這樣這樣那樣那樣了？你要等我不害羞，那得等到猴年馬月？」

蕭朔叫他戳中心事，靜了片刻，輕聲道：「你曾勸諫我，房中之事，不可沉迷捆綁束縛。」

雲琅愁死了，「我那時候又不知道房中之事歸我管！」

蕭朔：「……」

「你自己琢磨。」雲琅壓著火，扯了自己的衣帶，將蕭朔眼前牢牢縛住了，又去扯蕭小王爺的衣帶。

蕭朔想要攔，腰間一扯一空，已叫雲琅搶了先手。

蕭朔靜默一陣，不再出聲。

雲琅看他不掙扎，皺緊了眉，「你不害怕？」

「怕。」蕭朔道：「你話本練到第幾冊了？」

雲琅：「……」

「怕只怕……雲少將軍看了不少，卻全未領會貫通。」蕭朔道：「只怕雲少將軍比我的膽子大，勇武到這一步，下手捆了人，卻只能抱著沒頭沒腦亂親。」

雲琅：「……」

「你如何知我不敢冒犯你。」蕭朔被衣帶覆著雙眼，垂了頭，慢慢道：「我好容易將你一條命扯回來，金貴些、不敢磕不敢碰怎麼了？等你好了，只怕我敢，你卻又……」

「誰說我不敢！」雲琅嚥不下這口氣，硬著頭皮，「站直了！」

蕭朔輕嘆一聲，配合站直。

總歸雲少將軍什麼都知道什麼都不會，縱然捅破天，大抵也做不出什麼事。

蕭朔有心叫雲琅過一次癮，並不攔他，立在湯池裡，將雙手背在背後，等著雲琅來捆。

水流無聲輕攪，隨著水中人的動作，輕緩流動。

酥酥癢癢。

蕭朔等了半晌，雙手仍空著，蹙了蹙眉，「雲琅？」

「沒好呢。」雲琅沒好氣含糊道：「叫我幹什麼？」

「叫你一聲。」蕭朔道：「看你是不是偷偷擦了水，換了衣物出去，叫我這般在池水裡站上三天，自己先將襄王之亂平了。」

雲琅：「……」

蕭朔不知他在做什麼，抬手要解眼前衣帶，被雲琅攔住，「慢著。」

蕭朔停下動作，等雲少將軍吩咐。

「你……幫我把那一碗蜂蜜牛乳也拿來。」

雲琅道：「最後一下，我壯壯膽。」

蕭朔大略記得位置，摸索幾次，將仍溫熱的沁香蜜乳端過來，餵雲少將軍一口氣豪飲乾了。

雲琅心滿意足，叼著什麼東西用力一咬，「行了，看看。」

蕭朔已隱約猜出了些大概，解下衣帶，沉默看著眼前情形。

蕭朔靜了靜，心情有些複雜，「你……」

話到嘴邊，又嚥了回去。

雖說與預料截然不同，但平心而論，雲少將軍也的確很敢作敢為。

蕭朔一手端著空碗，將衣帶隨手散進水裡，按上額角，用力揉了揉。

雲琅已琢磨了好些天，費了大力氣，拿衣帶將自己捆了，自力更生五花大綁地坐著。

威風凜凜，打了個奶嗝。

水氣嫋嫋，熱意氤氳。

蕭朔沉默半晌，擱了手裡的碗，半蹲下來，摸了摸雲琅的髮頂，餵了他一顆酥酪夾心的琥珀牛乳糖。

雲少將軍被摸了頭，含著糖，愣然看著琰王殿下，「這都不下手？你究竟是不是當真……」

「你這個綁法。」蕭朔攏過他頸後，「要我從何處下手，在水裡頂著你翻跟頭嗎？」

雲琅：「……」

蕭朔抬眸，看了一眼滾燙的雲少將軍，在池水裡將捆成球的人攬住，圈在懷中。

「不是……這麼綁的？」雲琅叫他抱了，好不自在，熱騰騰低頭，「綁這個同捆俘虜犯人還不一樣嗎？不就是拿繩子捆上，打個結，如何還有這麼多說道……」

蕭朔聽著他小聲嘟囔，眉宇緩了緩，溫聲道：「你若要學，我去尋春宮圖。」

雲琅聽見這三個字都臉紅心跳，偏偏還格外有興致。

掙扎半晌，賊心終於壓過了賊膽，「好。」

蕭朔心底其實隱隱有些憂慮，擔心以雲少將軍在此事上的天分，縱然看了春宮圖，只怕也未必開竅、或是又將竅開到了什麼旁的地方。

背後輕拍了一巴掌。

……自家的少將軍。

蕭朔用力按了幾次額角，不留太多期許，將人攬過來，細細摸索繩結。

水中感觸與平時不同，雲琅微微打了個激靈，橫了橫心，正要昂首挺胸引頸受戮，已被蕭朔在背後輕拍了一巴掌。

雲琅一陣氣結，「怎麼還打？」

「老實些。」蕭朔道：「勒紅了。」

雲琅向來瀟灑，生死受傷都算等閒事，實在半點在乎不起這個，「又不疼……」

他看看蕭朔神色，猶豫一陣，還是將後頭的話嚥了回去，順著蕭朔的力道放鬆下來。

蕭朔扶著雲琅，掌心護著他身上被衣帶絞出的微紅痕跡，稍稍好奇，「今日怎麼這麼聽話？」

「怕你心疼。」雲琅今日豁出去了，索性放開了些，不嫌熱地同蕭朔擠了擠，「你是不是不願意看我綁這個？」

「要論怎麼綁。」蕭朔看他半晌，靜了一刻，「若是這般，五花大綁捆了，只等上秤。」

雲琅看他沉吟，就知這人又要揶揄自己，惱羞成怒，「你說不出好話是不是？」

蕭朔輕嘆，改口道：「你我一同上秤。」

雲琅端著架子，不冷不熱的，「好端端的，上秤幹什麼？」

蕭朔：「秤了斤兩好賣，賣的錢買話本，回府一同看。」

雲琅頗受他這般亂七八糟哄，又將架子端了一刻，咂摸得差不多，沒繃住一樂。

蕭朔靜看著雲琅，將明淨笑意攬進眼底，攏了攏他溫熱後頸，繼續替他解身上的捆縛。

雲琅捋順了毛，舒舒服服靠著，倦意又上來，打了個呵欠。

「歇一刻。」蕭朔扶著雲琅，讓他枕在自己肩上，「你今日攪了心神，若覺得累，便不必迫著自己說話。」

雲琅怔了一刻，笑了笑，「倒不是。」

方才折騰半晌，渾身都已濕透了。雲琅叫蕭小王爺攬著，露在水面上的地方有些冷，向蕭朔胸肩愈靠近了些。

雲琅閉了眼睛，放鬆下來，在蕭朔頸間埋了埋，「自回了府，我每日見你，都忍不住想同你多說些話。」

「有用的也好，無用的也罷。」

雲琅道：「平日裡也能見旁人，不知為什麼，只想同你多說些。」

蕭朔微頓，抬手護住雲琅，慢慢揉著他的頸後。

雲琅很受用這個姿勢，呼了口氣，又挪了挪。

蕭朔肩背微微一繃，低聲道：「你……」

雲琅微怔，「什麼？」

蕭朔扶著他，用力闔了下眸，「……無事。」

【第八章】

小王爺，這些年你這麼忙，大理寺卿知道嗎？

雲少將軍管殺不管埋到了極點，賊心大得能裝下一套春宮圖，賊膽一戳就跑，碰一碰都能赧得面紅耳赤化進水裡。

偏偏又全無自覺，渾然不知這樣坦誠相貼，任何一分感受都與平日不同，幾乎被放大到了極限。這樣低聲說話，胸腔貼著輕輕震顫。氣流拂著頸間皮膚，酥癢微麻，比體溫還要熱些。

些許的熱意憑空逸散，混著未乾水跡，隱約涼潤，又叫池水的蒸氣柔和包攏。

雲少將軍死結打得精妙，蕭朔摸索良久，終於解了衣帶，鬆開手，叫溫熱池水帶著散開，「梁太醫可說過，若到情難自禁時，有什麼處置辦法？」

雲琅一愣，他隱約記得梁太醫說過，只是當時心思早飛了，半句沒能記住。

「彷彿、大概、似乎、也許……」

蕭朔看他眼神飄忽，一陣頭疼，低聲道：「罷了。」

若是來日當真在床幃之事上有什麼變故，只怕大半也是被雲少將軍這樣折磨之下，硬生生磨出來的。

蕭朔靜了心神，盡力將心思清了，將雲琅放下，叫他暖洋洋泡在池水裡。

藥性難得，第一次泡效果最好，要趁此時將舊傷發散出來，免得積在筋骨之下，日復一日再難剔除。

池水裏加了上好的鎮痛草藥，雲琅泡了這一陣，大抵也已慢慢生效，不至像前幾次那般疼得錐心。蕭朔留雲琅坐穩，去拿了早備好的藥油，連冰鎮著的葡萄釀一併端過來。

雲琅百無聊賴拍著水，見了葡萄釀，眼睛一亮，「准我喝幾杯？」

「平日不准你飲酒，今天給你破些例，不醉即可。」蕭朔道：「你在景王府飲了屠蘇酒？」

雲琅興致勃勃坐起來，冷不防叫他戳了痛處，咳了咳，「就只三口……」

「不是訓你。」蕭朔道：「他家的酒不好喝，叫我摻了水。」

「……」雲琅萬萬沒想到這一層，「什麼時候？」

「那時同你說過，當年結的仇，我用我的辦法討了。」蕭朔道：「幾日前，我叫人將醉仙樓的屠蘇酒買來，摻了水，裝成酒坊馬車在他府門口叫賣，賣了他五十罈。」

雲琅想不通，「景王都沒去報官，說自己叫人訛詐了嗎？」

蕭朔倒了杯葡萄釀，遞在雲琅唇邊，「他覺得那酒不好喝了？」

雲琅叫他問住，細細想了半晌，一陣匪夷所思，「沒有……」

「他自詡風雅，卻一杯就倒，半分不懂酒，只知道買最貴最好的。」蕭朔道：「我這酒他能一氣連喝三碗，何等氣魄，憑什麼報官？」

雲琅叫蕭小王爺問得無言以對，愕然半晌，心服口服拱了拱手，就著蕭朔的手風捲殘雲吸了大半杯葡萄釀。

「今日不說他。」蕭朔想起此人便心煩，蹙了蹙眉，「他牽動你心神，來日還要找他算帳。」

「好，不說他。」雲琅痛飲了葡萄釀，渾身舒暢呼了口氣，想了半晌忽然失笑，「不過你我一同長大，我倒還真不知道……蕭小王爺原來這般知酒。」

「我不知酒，只知你。」蕭朔從容道：「無非回想一番，凡你喜歡的，皆是上品罷了。」

雲琅不及防備，叫他一句話當胸戳中，按著心口，「啊！」

蕭朔已叫雲琅胡鬧習慣了，不作理會，拿過瓷瓶，在掌心倒了些藥油，「過來。」

雲琅幾乎已忘了藥池是做什麼的，此時見蕭朔手中拿了個頗為可疑的小瓷瓶，心頭一懸，睏意散了大半，「什麼東西？」

「你不是怕疼。」湯池邊修了坐處，蕭朔坐下來，擱了瓷瓶，「用這個，能叫你不疼些。」

雲琅在話本裡見過不少脂膏，很懂這個，看著蕭小王爺手裡那據說用了就能不疼的東西，很是警惕，「當真不疼？」

雲琅：「啊！」

「多少仍會有些。」蕭朔道：「總歸難免，你忍一忍。」

雲琅乾嚥了下，「話是這麼說……」

話雖這麼說，可小王爺竟半句話也不安慰，實在冷酷霸道得緊。

雲琅也看過這一類的，細想了想，竟又有了些心事，「我疼了能喊出來嗎？」

「為何不能？」蕭朔此前也替他理過舊傷，從沒見雲琅像現在這般，有些莫名，停了手上工夫，「你若不好意思，我叫外面離遠些。」

「自然不好意思！」雲琅面紅耳赤，咬牙道：「這哪是能給人聽見的？」

蕭朔當年入宮請安，中間隔了個御花園，都聽見過雲琅氣壯山河的慘叫聲。此時見他竟也知道不好意思，愈發奇了，「你那時不還從延福宮一嗓子喊到了文德殿嗎？」

「那怎麼能一樣……」雲琅氣結，起身就要同他掰扯，忽然反應過來。

雲琅張了張嘴，乾咳一聲，訥訥道：「這是……藥油？」

蕭朔看著雲琅，舉過去叫他聞了聞。

「我不聞！」雲琅徹底想歪了，面紅耳赤沒臉見人。

「一個破藥油，裝這麼漂亮的瓶子幹什麼？」

「給你用的，怕你挑不好看。」

蕭朔抬手，及時將順水淌走的雲少將軍撈回來，「你當是什麼了？」

雲琅惱羞成怒，一口咬在他肩膀上。

蕭朔了然，點了點頭，「放心，我若想對你不軌……」

他靜了片刻，又覺得這話實在冒犯不端，並不說完，將雲琅攬在懷裡。

雲琅扯著耳朵聽了半天，沒聽見下文，「然後呢？」

蕭朔自覺狎昵太過，搖了搖頭，開口道：「你……」

雲琅眼疾嘴快，結結實實將他嘴封上，「就想聽這個，快說。」

蕭朔靜坐一刻，將雲琅那隻手挪開，「若想對你不軌，這瓷瓶裝的脂膏……只怕不夠。」

雲琅自作自受，轟的一聲。

蕭朔耳後也頗熱，不再多說，慢慢道：「有些疼，抱著我。」

雲琅燙熟了，動彈不了，奄奄一息往下淌。

蕭朔將人撈住，吻了吻他的眉心，將雲琅覆在自己胸前。

燭火輕躍，柔暖流光從壁上提燈處灑下來，落在雲少將軍新傷疊著舊傷的身上，淌過仍消瘦的兩扇肩胛。

蕭朔擎住雲琅肩背，半攬著他，叫他坐穩，一處一處仔細量穴。

推拿鬆解，按摩穴位。

平日裡做慣了的事，此時坦誠得過分，水流聲裡，竟憑添了不知多少曖昧。

雲琅呼吸微促，抱住蕭朔，無聲收緊手臂。

「若有不適，立時同我說。」蕭朔道：「不必忍著。」

雲琅含混應了一聲，吸著氣笑了笑，「你幫我擦擦汗。」

蕭朔兩隻手都沾了藥油，索性將人抱穩，輕吻上雲琅汗濕的額間。

一點一點，輕得彷彿蜻蜓點水，暖得像微風拂面。

雲琅繳械，溺在溫存到極點的吻裡，眨去眉睫間的隱約濕氣，閉上眼睛。

蕭朔吻他的眼睛，吻他輕顫的睫根。蒸騰的熱氣裡，雲琅額髮濕淋淋散下來，緊閉著眼睛，顯得比平日裡更年少些。

恍惚間，相隔的這些年也跟著模糊，隱約竟像是被憑空抹淨了。

他將假酒賣給景王，坑了景王的銀子，拿回來給雲琅買葡萄釀。

他們一併偷著將府上能裝人的大花瓶扛出去，也不懂行情，叫瓷器販子秤好了按斤兩賣。換來的錢給雲少將軍買話本，叫雲琅高臥在榻上，逍遙遙翹著腳看。

雲琅跑去坊市上閒逛，回來的時候興沖沖攥著成對的泥人，翻進端王府找他，懷裡還揣了上好的脂膏。

先帝先后尚在，端王府未毀，有長輩親族，有三兩友人。

閒時弄劍，醉臥鬥茶。

雲琅胸肩輕悸，忽然落下淚來。

「我們自己去掙。」蕭朔由他發洩一般地狠狠落淚，吻上被鹹澀水意沁得冰涼的唇畔，並不深入，溫柔輕觸，「都掙回來，再去見他們。」

「見了他們，你再告狀。」蕭朔收攏手臂，輕聲道：「告我沒能照顧好你，合該領罰。」

雲琅囫圇搖了搖頭，仍緊咬著牙關，將哽咽盡數吞回去，將臉埋進蕭朔肩窩。

蕭朔替他推過了背上穴位，要將雲琅擁著翻過來，才一動手，已被他握住了手臂，「蕭朔。」

蕭朔低頭，靜聽著他說。

「別忍了。」雲琅咬緊牙關，「我不甘心。」

蕭朔蹙了蹙眉，低聲道：「什麼？」

「我早該進你的府門，早該入你的家廟，叫你扛回來捆著成親。」雲琅胸口起伏，用力抵住蕭朔肩頭，「早該用不著為這麼點事不好意思，早該同你在榻上打了八百架，早該知道臉皮比城牆厚，知道到底該怎麼綁……」

「……」蕭朔摸了摸他的後頸，「倒也未必。」

雲琅緊攥著他，橫了橫心，激將法使到極處，「你若再忍，我便當你不行。」

蕭朔：「……」

雲琅豁出去了，抹了把臉上水痕，鐵了心訛住了進退維谷的琰王殿下。

蕭朔靜坐半晌，終歸扛不住雲少將軍的威脅，輕嘆一聲，將人攬回來。

滾燙處一硌，雲琅措手不及，睜大了眼睛。

蕭朔抵著他額間，「雲琅……」

熱意自心神深處激出來，劈啪點燃火花，一路向上，灼得呼吸都煎熬著像是上刑。

「你知我若不忍。」蕭朔慢慢道：「會對你做什麼？」

雲琅引頸受戮，「愛做什麼做什麼，由你，我……」

「我會將你制住。」蕭朔道：「不用綁的……到那時候，你身手再好，也逃不脫。」

蕭朔胸肩起伏，攏著雲琅肩頸，垂眸道：「你該知道脂膏怎麼用……你說疼，我便吻住你，不讓你出聲。」

蕭朔的嗓音有些啞：「吻你時，不會如現在這般溫存。你會喘不上氣，我卻不放，任你將我咬出血……」

雲琅臉紅心跳，眼前一陣陣泛白，不自覺討饒，「別說了。」

蕭朔被他天天撩撥，此時竟還有了「不上了雲將軍便是不行」的憑空汙衊，冤得五月便能飛雪。他終歸不放心雲琅的身子，有心給雲琅個不輕不重的教訓，立立規矩，由雲琅扯著手臂，將人攬實，低頭在他唇畔貼了貼。

雲琅今日氣血已翻騰到極處，一個激靈，倉促抬手，不及按上胸口，已一頭栽下去。

蕭朔扯住他手臂，「雲琅？」

雲琅闔著眼，臉上血色褪盡，唇色淡白，無聲無息滑進水裡。

蕭朔蹙緊眉，一把將人攬住，自水裡撈出來。

雲琅濕淋淋滴著水，軟綿綿掛在他胳膊上，沒了動靜。

書房內室，日色暖融。

雲琅平躺在榻上，眼睫翕動了幾次，忽然睜開，一個激靈蹦了起來。

老主簿守在門外，聽見動靜，忙迎進來，「小侯爺……」

雲琅懸著心，「我睡了幾日？」

「什麼幾日？」老主簿愣了愣，回道：「您昨夜被王爺抱出來，用了玉露丹便睡熟了，只睡了一夜啊！」

雲琅微怔，坐回去，按了按已平順的心口。他已習慣了自己一昏過去便是幾天幾宿，如今看來，雖說從頭開始治費時費力，卻分明已見成效。

雲琅坐了一陣，想起昨夜的事，臉上熱了熱，頗不自在，「小王爺……沒說什麼？」

老主簿搖搖頭，「王爺昨日出來，叫我們急去請梁太醫。」

老主簿知道雲琅面皮薄，不抬頭，盡力說得隱晦，「我見您情形，猜測著大抵是您與王爺……情難自禁，王爺又太過火了些。便先叫王爺給您服了玉露丹。」

昨夜雲琅只是一時心血所激，背過了氣，含服玉露丹理順後，自然便無礙了。

蕭朔不放心，在榻邊坐了一夜，守到雲琅睡得安穩，才去了殿前司大營。

「都怪王爺，不知分寸！」

老主簿哄慣了小主人，當即替小侯爺說話，「王爺對您做了什麼？」

雲琅坐了半晌，心情複雜，「親了一口。」

「這種自然不能算。」老主簿道：「還做什麼了？定然要提醒王爺，今後不可這般胡來。」

雲琅：「……」

老主簿愣了愣，「小侯爺？」

雲琅：「沒了。」

老主簿：「咦？」

雲琅有些唏噓，「小王爺有什麼話要帶給我嗎？」

老主簿一時分不清雲琅說的話是真是假，猶豫半晌，點了點頭，拿出一柄緈了金絲的白絹玉骨扇，「王爺說，叫把這個給您，叫您時時看著，提醒自己。」

雲琅大略猜得到上面寫的是「慎言」、「克己」之類的，訥訥收了，揣進了袖子裡頭。

老主簿還要給王爺報信，見雲琅醒來無礙，忙吩咐了後廚將熱粥端過來，又叫玄鐵衛去尋了王爺回府。

雲琅拿激將法激了蕭朔，萬萬沒想到自己竟能這般不爭氣，悵然坐了一陣，摸出扇子打開。

老主簿安排妥當，端了飯食回到內室，見雲琅竟已俐落洗漱穿戴妥當，「小侯爺，您今日也有事嗎？」

雲琅咬牙，「離府出走。」

老主簿：「啊？」

雲琅決心離府出走一整天，收拾好了包袱，繫上披風，從老主簿端著的托盤裡揀了幾塊喜歡的點心包上。

走到門口，又轉回來，撿起了榻上扔著的摺扇，唰的一聲合上，氣沖沖揣進袖子裡。

老主簿替小侯爺收著王爺的禮物，只知道是王爺寫給雲小侯爺日日自省的話。始終不敢打開，此時忙探出腦袋，趁機看了一眼。

白絹做面，鎏金緙邊，暖玉為骨，墜著格外精緻的淡色流蘇。

扇面上，王爺親筆飽蘸濃墨，端端正正寫了兩個大字，贈言給了雲少將軍。

不行。

⊕

開封尹攥著驚堂木，睏得睜不開眼，晃悠悠回到後堂，叫端坐桌前的人影嚇了一跳。

「雲將軍？」開封尹回頭，看了一眼門外全無察覺的衙役，「如何……」

「不必看，我走的窗戶進來。」雲琅坐在桌前，倒了杯茶，沉著臉色自斟自飲，「借衛大人處待一日。」

衛准一怔，看他神色，斟酌著一同坐在了桌前。

雲琅喝了半盞茶，摸摸袖子。想要再拿出那把扇子細看一眼，想起上頭的字，咬牙切齒又塞了回去。

他先激將，又叫琰王殿下一口親暈了過去，自然是他理虧。

可蕭小王爺年紀漸長，也實在愈發得理不饒人。

雲琅越想越氣，解了包袱，恨恨咬了一口帶出來的點心。

「雲將軍與琰王……有了嫌隙？」衛准為官刻薄，除非公務，從不與同僚走動閒談。此時叫雲琅逼到眼前，只得盡力道：「當此之時，不同以往。」

衛准已從蕭朔處大略得知了襄王之事，這幾日留神盤查汴梁，竟驚覺處處危機四伏，絕不可同往日而語。

殿前司這幾日行蹤詭異，查探的情形並未與任一方通氣，不止侍衛司蒙在鼓裡，連開封府衙役巡街交接，也顯然有所保留。

衛准隱約猜出緣故，昨晚整夜未眠，將開封府各處防務思量了一遍。

「明日便是年關，若有變故……只怕就在明晚。」衛准望了一眼雲琅，低聲勸道：「襄王蟄伏太深，皇上探不清深淺，以為憑侍衛司暗兵便能相抗，其實……」

衛准頓了一頓，「到時怕是只有琰王與雲將軍能力挽狂瀾，此等關鍵，縱然稍有嫌隙，也該暫放在一旁，先精誠合力才是。」

「如何放在一旁？」雲琅揣著扇子，一陣氣結，「罷了。」

雲琅與這等連同榻之人都沒有的說不通，壓了壓耳後滾熱，喝了口茶，「方才大人說，襄王蟄伏太深，是知道些什麼？」

衛准一怔，皺了皺眉，閉上嘴。

「若不曾記錯，大人此前，還連楊閣老背後是誰都不知道。」雲琅暫且不去想如何折騰蕭小王爺，將點心就著茶水，慢慢吃了。

「如何才過了這些日……對襄王蟄伏的情形，竟就這般清楚了？」

衛准自知失言，悔之不及，沉默一陣，「將軍要知襄王處情形，下官知無不言。」

「襄王情形，我大略知道。」雲琅笑笑，「就只好奇衛大人。」

衛准僵坐著，握了茶杯一言不發。

「當初我闖玉英閣，小王爺去救，我二人一同落進大理寺憲章獄。」

雲琅看他一陣，「聽連大哥說，高繼勳當堂發難，一定要叫人測我脈象，否則便不肯放人。」

此事蹊蹺，雲琅始終記著，奈何開封尹滴水不漏，如今終於尋著機會，「並非懷疑大人，只是如今朝野情形難測，在我與小王爺這裡，非友即敵。」

雲琅看著衛准，慢慢道：「若有衛大人的朋友，潛在襄王身側，暗中仗義出手幫了我。來日見面卻認不得，不慎傷了……」

衛准被他這句話牽動心神，神色變了變，倏而抬頭。

「我直問了。」雲琅道：「那日給我把脈的黑衣護衛，大人可認得？」

衛准怔坐半晌，嘆了口氣，「雲將軍心思縝密。」

雲琅不急著開口，喝了口茶，仍靜看著開封尹。

「下官心中知道，此事牽扯甚廣，不該隱瞞。」衛准閉了閉眼，「只是下官入朝，便再未留退路，搭上此身此命也可……唯此一件，難解私心。」

雲琅看他神色，蹙了下眉，「此人不是大人下屬，叫大人派去，暗中潛在襄王身側的？」

衛准微愕，「將軍以為……」

衛准錯愕半晌，迎上雲琅視線，恍然明悟過來，按著額頭苦笑，「下官關心則亂……審了這麼多人，竟先不打自招了。」

他先入為主，以為雲琅能看到這一步，又親自來問，定然是已知道了那黑衣護衛的身分，只等著自己承認。

卻不想雲琅竟當真只是為保穩妥，來問清敵友的。

衛准先亂了陣腳，願賭服輸，輕嘆道：「既已不打自招……下官只能如實以告。還請雲將軍看在朝局晦暗、黨爭不斷，高抬貴手。」

雲琅無非心血來潮，來探一探開封尹是不是早就知道襄王之事，埋了這一招暗棋。此時眼看他不打自招招出來一串，竟不知該不該聽，「不然你去找小王爺說？」

衛准：「……」

雲琅看他神色，就知只怕有一段理不清的孽緣，「若是太跌宕悵然，便不必說了。」

雲琅看多了話本，向來喜歡青梅竹馬白頭偕老，最狠不下心聽這些個誤會錯過、造化弄人，「大人只報個名字，來日見了，彼此留手……」

「此事雲將軍知道的好。」衛准靜坐半晌，苦笑一聲，「下官……也的確想與人說一說。」

雲琅心道完了，看開頭只怕就要虐心虐肺，一時坐也不是走也不是。

他隨手倒了杯茶，給開封尹塞過去。

衛准道：「雲將軍可知，參知政事與樞密院素來不和，甚至冰炭不能同器，是何緣故？」

雲琅微怔，「知道，與這個還有關？」

衛准握住茶杯，點了點頭。

雲琅不止知道，當初虔國公來，因為參知政事與樞密使互相攻訐，一同被罰了府內禁閉，還曾聊起過此事。

政事堂與樞密院黨爭，牽連了參知政事最得意的一個學生。叫樞密使夥同大理寺栽贓彈劾，獲罪發配出京，還沒到地方，便病亡在了半路上。

雲琅對此事有印象，「聽虔國公說，參知政事還想招他做女婿，都已要相看了……」

衛准道：「叫他回絕了。」

雲琅一怔，皺了皺眉。

「他對參知政事說，只想設法激濁揚清，整肅朝綱，尚安定不下來，沒有成家的念頭。」

衛准慢慢道：「參知政事叫他駁了面子，因此生了些氣，有段時日故意晾著他……便叫人鑽了空子。」

雲琅問：「襄王不曾試圖降服於他？」

衛准搖了搖頭，「他是世家子弟，性情剛烈不識變通，又並非試霜堂出身，不好鉗制。」

雲琅摸索了下茶盞，抿了一口，沒說話。

「樞密使夥同大理寺，栽贓他私收賄賂、涉及黨政。」衛准道：「那時先帝病重，已不能理事。當今皇上監朝，判流放三千里，並一道密詔，令押送時暗中處決。」

雲琅心念微動，「既然還有命在，是叫誰插手給救了？」

衛准道：「下官不知。」

雲琅：「……」

「他被人扔在開封府外。」衛准道：「下官設法替他延醫用藥，休養妥當，便將他送出了京城。再見時，他竟已易容潛在襄王身邊，成了襄王護衛。」

雲琅聽了半晌，乾巴巴喝了口茶，「你同他……都沒說幾句話？」

「雲將軍入玉英閣那日，琰王遣親兵來找下官，叫下官適時出面。」

衛准道：「他來見我，也是那日，對我說了襄王有不臣之心，叫我莫要摻和進來。」

雲琅看著分明摻和得積極的開封尹，順著話頭，盡力揣測：「於是大人以天地君親師……大義凜然，當即斥責了他？」

「……」衛准看著雲琅，「下官昏了過去，險些沒能趕上與琰王約的時辰。」

雲琅此前有關少年摯友、世事磋磨的揣摩盡數淡了，按按額角，勉強捧場，「哦。」

雲琅理了理思緒，看著開封尹，「大人不知是誰救了他、不知他這些年做了什麼、不知他為何會到襄王手下？」

衛准沉默良久，「……是。」

雲琅：「見他第一面便昏了過去，這之後，也再不曾有公務外的半點交集。」

衛准：「……」

雲琅：「大人方才擺出一副時運無常、棒打鴛鴦的架式，是忽然發現自己對他心有所屬嗎？」

衛准面上一陣青一陣白，咬了牙沉聲：「雲將軍！下官敬他為人罷了，何曾……」

雲琅白等了半天，嘆了一聲，索然坐回去，「他叫什麼？」

衛准叫他堵了個結實，頹默半晌，低聲道：「商恪。」

雲琅將名字記牢，點了點頭，起身拱了拱手，「不叨擾大人，打攪了。」

「雲將軍！」衛准皺緊眉，一把扯住他，「如此急著走，要做什麼？」

「衛大人當久了開封尹，當誰都秉公執法、鐵面無私，聽了個逃犯就要去舉報？」

雲琅失笑，「我自己還逃著，難兄難弟罷了，難為人家做什麼？」

衛准覺出自己失態，低聲賠了句禮，鬆開手。

雲琅摸了摸袖子裡那柄扇子，「放心，我急著走，無非從大人這個故事裡想通一件事。」

衛准微怔，「什麼事？」

「不該賭氣，時不我待。」雲琅道：「我要去找蕭小王爺，關上門親親熱熱交個心。」

衛准：「……」

雲琅忽然想起來，「大人還沒找到同榻之人？」

衛准：「……」

雲琅好心道：「快些找，時不我待。」

衛准不擅調侃，面上紅了紅，忍了氣拂袖拱手，「不送。」

雲琅欺負過了人，將受蕭小王爺欺負的氣盡數出了，神清氣爽一拱手，翻出窗子，輕輕巧巧掠上了房檐。

陳橋軍營邊，車馬熙攘。

蕭朔叫殿前司照例巡邏，換了尋常布衣，坐在書鋪不遠的茶攤上，靜看著人來人往。

積雪踏得微微一響，身旁忽然多了個人。

蕭朔抬眸，看著多出來的人大剌剌過來，將他手中茶水撈走，順勢坐在了椅子上。

「看我幹什麼？」雲琅記著自己易了容，迎上蕭朔視線，仍頗不自在，「你若提那扇子，我撂挑子就走。」

蕭朔輕嘆，看了看分明不行的雲少將軍，將茶杯自他手中拿回來，「冷，上樓去。」

雲琅叫蕭小王爺將了一軍，雖是來和解的，也仍不服氣，「你叫我上便上……」

他話頭頓了頓，眼睜睜叫蕭朔抬手在頸後輕輕一按，登時面紅耳赤。

「主簿派人送信，說你離府出走。」蕭朔道：「我嚇了一跳，心中極後悔，偏脫不開身，才在這裡吹一吹冷風。」

雲琅向來好捋順毛，不自覺蹭了下蕭朔暖熱掌心，喜滋滋道：「真的？」

蕭朔看他神色，眸底溫融，垂在身側的左手動了動，將剛寫完的一份《討雲少將軍不行檄文》不著痕跡斂進袖底，「是。」

雲琅欣然起身，一路上了茶樓。

陳橋長年駐紮禁軍，雖是大營，但因本朝軍制鬆散，長年疏於征戰，軍中從商的比比皆是。此處離陳橋最近，靠近京郊，本該地廣人稀。卻因這些軍爺日日養著，頗為繁榮，甚至已隱約有集市成型。

雲琅進了茶樓包廂，看著下頭熙熙攘攘一派繁華景象，只覺鬧心不已，「這是軍營？」

「來日掌了禁軍，由你整肅。」蕭朔不叫茶博士打攪，帶了茶水進來，合嚴包廂門，憑窗落坐，「先皇后留下的那方織錦，我已大略看過，標注了幾處我們難以查到的所在。」

蕭朔沾了茶水，在桌上簡略畫了一方地圖，將幾個緊要處標出來，「戰事若起，可有說法？」

「成犄角之勢，彼此支援。」雲琅看了一眼，已了然於胸，拿過布巾將水色一把抹了，「一旦勢成，退可牽制兵力，進可兩相夾擊……你不必管了，這個交給我。」

蕭朔點了下頭，「無論宮中情形如何，你也不必顧慮，先將城中穩住。」

雲琅打慣了大仗，多艱險的形勢也見過。如今京中時事壓著，雙方明爭暗鬥施展不開，戰力本就受限，要率兵平了這一場叛亂，並不算難。

蕭朔垂眸，潑了那一杯茶，拿過只新杯子，緩緩說道：「要收回禁軍轄制，有我設法，不必以戰局相挾。」

「放心。」雲琅笑笑，「定然護好百姓民生。」

蕭朔靜坐一刻，倒了杯茶，擱在雲琅面前。

兩人心念向來相通，他猜得到雲琅的心思，要放棄先機，在戰局危急時再出面，逼皇上拿出禁軍虎符。可如此一來，卻無疑又要添上一層危險。

蕭朔不擔心雲琅護不好汴梁百姓，只怕雲少將軍再兵行險著。

「皇上身在局中，處處浮雲遮眼。」蕭朔道：「襄王一派本就隱於暗中……你我不曾著意隱藏，他只怕已猜出你就是玉英閣中的護衛。」

雲琅倒不意外，「要的就是叫他們猜出來。你放心，襄王降服我之心不死，不然當初也不會派人來攔我……」

雲琅話頭一頓，忽然想起件事，蹙了蹙眉。

蕭朔看他，「怎麼了？」

「連大哥說過，你我在大理寺獄中時，有個黑衣護衛雖然看著像是襄王手下，卻暗中放了我一馬。」雲琅沉吟，「我忽然想起，當初大理寺對我動刑……也有個黑衣人。」

他那時已絕了生志，只一心求死，奪了匕首要送入心口，卻被對方硬奪了。

那時若下狠手，以虎狼之藥斷他經脈，也能留下雲琅一命。無非從此變成個手無縛雞之力的廢人，反倒更易降服驅使。

大理寺卿叫來醫官，八成便是為了這個。偏偏那黑衣人說他命在旦夕、一碰便會斷氣，才將大理寺卿硬生生嚇了回去

「聽開封尹說，他就是參知政事當年那個最得意的學生，叫商恪。」雲琅道：「我若沒猜錯，他如今隱姓埋名蟄伏在襄王身邊，大抵也有自己的打算……只可惜交情太淺，不能走他的路子。」

蕭朔蹙了下眉，「商恪？」

「是，叫大理寺判了流放三千里那個。」雲琅好奇，「這人的親眷師承，莫非你也背了？」

「不曾背過。」蕭朔道：「他是我放出來的。」

雲琅端了茶水要喝，聞言一陣錯愕，抬頭看著蕭朔。

……他在外頭跑的這些年，蕭小王爺還真是一點也沒閒著。

撈了禁軍困在大理寺的親兵，救了朔方軍叫大理寺關押的將領，還暗地裡放了大理寺流放三千里的罪臣。

雲琅心情有些複雜，「小王爺，你這麼忙，大理寺卿知道嗎？」

「知道如何，不知又如何？」蕭朔不以為意，「皇上有旨，凡彈劾我的，一律打回扣押，不必呈遞文德殿。這幾年的奏本，御史臺彈劾我的，一律叫大理寺駁回，大理寺彈劾的，都叫御史臺拖走燒火了。」

「……」雲琅心服口服，同他拱了拱手，「好端端的，你如何會想起來插手此事，救了參知政事的學生？」

蕭朔靜坐了片刻，淡聲道：「閒來無事罷了。」

雲琅心有疑慮，「大理寺流放那麼多人，怎麼就閒著了這一個？」

蕭朔蹙眉，看他一眼，「不提此事，你……」

「小王爺。」雲琅心生警惕，裝模作樣醋了，「你若不說，今日難得善了。」

兩人從小就沒容下旁人，長大了雖陰差陽錯分別一段，再見面卻還一樣相知相惜。

圓滿歸圓滿，多少無趣了些。

雲琅難得來了機會，一本正經，繞過來同蕭朔擠著坐了，「快招，此人與你是何關係？何時認識的？你同他吃過幾頓飯、喝過幾杯茶？」

蕭朔被雲琅迫得無法，低聲道：「我不認得他，只是……那日出城，恰好見他獲罪流放。」

蕭朔道：「開封尹步步相送，送出了幾十里路，與他飲了一碗酒。」

雲琅就知道這兩人準定有事，來了興致，「之後呢？」

「沒有了。」蕭朔想了想道：「他與開封尹道別，上了路，開封尹望著他走遠，在原處立了一整夜。」

雲琅聽得唏噓，嘆一口氣，喝了盞茶。

蕭朔靜了片刻，又道：「那之後，開封尹不知為何屢次衝撞朝堂，被責舉止不端，由集賢閣申斥，停了開封府事。」

蕭朔道：「我夜裡自宮中出來，無意撞見他站在井邊，神神叨叨，大略是要跳下去。」

雲琅啞然，聽得又心酸又好笑，「怎麼就……」

「我聽人議論，才知是宮中下了密詔，要暗中處死商恪。」蕭朔道：「他怕淹不死，趕不及，還在腳上綁了石頭。」

「我同他說，子不語怪力亂神，忘川河、幽冥路，都是子虛烏有。」蕭朔道：「他原本失魂落魄渾渾噩噩，聽見這一句，忽然瘋了，爬起來要同我拚命。」

雲琅想不出開封尹歇斯底里與人拚命的架式，坐了一陣，扯扯嘴角，「你……何必說這個？他那時正難過，聽了難免……」

蕭朔寒聲：「我就不難過？」

雲琅微怔。

「那時我中了罌粟毒，解毒與否，與先帝起了爭執。」蕭朔道：「先帝在病榻上，硬坐起來罵我，指望子虛烏有的縹緲願想，懦夫罷了。」

蕭朔低聲：「我原本聽不進去，看見開封尹那般狼狽，忽然想通了……憑什麼？」

蕭朔咬緊牙關，「我沒能留住你，憑什麼就不能去把你找回來？尋死覓活算什麼本事？我尋死覓活了，你就能活得好些？就能睡個安穩覺，能舒舒坦坦的吃口飯？」

雲琅靜了靜，覆上蕭朔手背，低聲道：「我不問了，此事……」

「故而。」蕭朔咬牙，「我便將開封尹打了，又將他推到了井下。」

雲琅：「……啊？」

宮中傳聞，琰王專愛往井裡扔人，如今看來竟不是信口開河。

雲琅一時有些愧對開封尹，「之後呢……又如何了？」

「自然是撈上來。」蕭朔蹙緊眉，「他嗆了幾口水，醒過來，我對他說，這就算是死了一次，該去做什麼，自去做什麼。」

雲琅：「他便開竅了？」

「他便昏過去了。」蕭朔道：「我看著心煩，叫人將他抬回去，何時醒的，我不知道。」

雲琅：「……」

蕭朔那幾年胸中鬱結太盛，滔天戾意壓不住，卻又被迫死死斂著。

經此一事，心中忽然決堤了個口子。

「世事既然磋磨你我。」蕭朔牽扯往事，眸底冷意又起，「我便去磋磨世事。」

「世事要逼人死，我便搶下來。」蕭朔凜聲：「世事要教人認命，我便將命數也一把攬了，攬成一團亂麻，盡數扯回來。哪怕這裡有一條線，繫著的路能與你通上……」

雲琅胸口一陣疼，抬手將他攬了，低聲道：「這條便通了。」雲琅貼了貼他的額頭，慢慢攥著蕭朔的袖子，攏在掌心，輕聲道：「你救的人，拽回了我一條命。」

蕭朔胸中一震，收緊手臂。

雲琅笑了笑，在蕭小王爺背後胡亂撫了幾下，「既立了功……功過相抵，扇子的事不找你算帳了。」雲琅呼了口氣，鬆開蕭朔叫自己揉成一團的袖子，跳下來要開窗透透氣，忽然看見蕭朔袖子裡掉出一張紙，「什麼東西？」

雲琅彎腰去撿，慢了蕭朔一步，隱約看見個「檄」字，「檄文？討誰的？」

蕭朔：「……」

「皇上？早了點。」雲琅道：「襄王……用不著咱們吧？皇上手下一群翰林院院士摩拳擦掌等著呢。」

雲琅細想了一圈，實在沒想出來，「討伐誰，用得著你親自動筆？」

蕭朔靜坐良久，將紙摺了，收進袖口，「雲琅。」

雲琅好奇，「何事？」

蕭朔：「信我。」

「不信你信誰。」雲琅失笑，「你說什麼我不信了？」

雲琅不知他藏什麼，戳了戳，「究竟討伐誰的？神神祕祕……」

蕭朔闔了下眼，定定心神。

「討伐。」蕭朔攥緊那張紙，「這……世事命數。」

雲琅：「啊？」

「噫吁嚱。」蕭朔將《討雲將軍的確不行檄文》藏了，將手背在背後，鎮定背誦：「什麼玩意，一團亂麻。」

蕭小王爺書念得好，在學宮時，文章策論向來最得太傅賞識。

唯臨場現編一項，遠遜少將軍雲琅。

雲琅被他攔著，眼看蕭朔拚盡全力胡編亂造，心情複雜，「什麼玩意？」

蕭朔硬著頭皮道：「隨筆……罷了。」

雲琅更莫名了，「你在這裡盯著書鋪，盯著盯著忽覺世事無常，義憤難當，越想越氣，於是隨筆寫了篇檄文嗎？」

蕭朔耳後微熱，橫了橫心，「……是。」

雲琅不知蕭小王爺如今已這樣能屈能伸，詫然看他半晌，抬手摸了摸蕭朔額頭。

多說多錯，蕭朔向窗外看了一眼，見殿前司已來接管，就勢起身，「來人了，走吧！」

他心神不定，不及提防，已叫雲琅尋了破綻，一把攀住了空著的右臂。

雲琅一手擒著蕭朔，射出顆飛蝗石擊落門栓，將門閂嚴，將人結結實實摺在了窗前暖榻上。

蕭朔倉促在雲琅腰背處護了下，擋住桌角，看著身手愈發俐落的雲少將軍，一陣頭疼，「雲琅！你……」

雲琅就為了看一眼那封檄文，果決俐落摸了便走，鬆開了蕭朔，遠遠立在屋角打開。

蕭朔：「……」

雲琅舉著檄文，反反覆覆看了三遍，「好、好、好。」

蕭朔聽語氣，大抵能聽出只怕十分不好。他先調侃了雲琅，自知理虧，撐了下手臂由榻上坐起來，閉了眼睛，聽憑雲少將軍處置。

雲琅咬牙切齒半晌，擼了袖子，氣勢洶洶過去。

蕭朔闔目靜等，過了一陣不見反應，睜開眼睛。

雲琅立在他眼前，攥著扇子，照著蕭小王爺的掌心瞄了瞄，惡狠狠打了十個手板。

將那張檄文團回成團，當當正正擱在琰王殿下腦袋頂上，一把拉開窗子，掠出去沒了人影。

不知為何，都指揮使再帶人巡街時，總有些心神不寧。

「殿下？」都虞候靠得近了些，警惕著四周，低聲道：「可是又發覺了什麼機關暗火？」

蕭朔靜了靜心，「不曾。」

都虞候一怔，「那……是發覺了戎狄崽子的暗樁？」

蕭朔蹙眉，「不曾。」

都虞候愈發茫然，與身後幾個校尉面面相覷，細看了看這幾日愈發威嚴整肅的殿前司隊伍，一時竟想不通煩從何來。

蕭朔兀自煩悶了一陣，攥了下仍火燙的掌心，定了定神，「你們可成家了？」

蕭朔平時沉默嚴厲，罕少與眾人閒談。都虞候愣了半晌，才意識到都指揮使在問什麼，不由笑道：「都已這般年紀，不成家哪還像樣。」

「殿下如何問起這個？」都虞候看著他，有些好奇，不禁問道：「莫非殿下煩惱，竟還與家中之事有關嗎？」

殿前司大都知道，有位不知名的白衣公子與琰王殿下格外交好，只是不能提，提了便要去幫開封尹拍驚堂木。

都虞候盡力避開這幾個字，謹慎道：「可是那一日，策馬來尋殿下的……」

蕭朔低聲道：「是。」

都虞候鬆了口氣，「殿下與他吵架了？」

蕭朔倒寧願雲琅同自己吵架，聞言用力按了下眉心，又將各處房頂掃視過一圈。

雲琅慣了高來高去，從前便不肯好好走路，如今身子稍養回了些，更不耐煩坐馬車軟轎。今日氣跑了，再想找人，不止要將汴梁各街道坊市篩一遍，只怕還要向上再細查一圈。

自兩人少年起，蕭朔便擇日搜一遍汴梁城，此時想起雲琅甚至還可能易了容，愈發頭痛，「是我舉止無端，狎犯了他……惹了他惱火。」

都虞候跟隨蕭朔這些日，無論如何想不到琰王竟也能調戲旁人，聽得駭然，瞪圓了眼睛。

蕭朔心煩意亂，「他便跑了。」

都虞候盡力想著琰王殿下的凜然氣勢，一時有些擔憂那位白衣公子的安危，脫口問道：「用……腿跑的嗎？」

蕭朔：「……」

「自然是用腿跑的。」都虞候當即改口：「殿下為人仁愛，待人和善，定不會為難他。」

「錯在我。」蕭朔不知他在說些什麼東西，出言打斷，低聲道：「我只是不知……該如何認錯賠禮，哄他消氣。」

都虞候隱約聽出來了端倪，與身後幾個校尉低聲討論一番，大略有了主意，「那公子可住在王爺府上嗎？」

「今日之前還在。」蕭朔蹙眉，「過了今日，不可預料。」

都虞候不曾想到他們王爺竟嚴謹至此，頓了頓，點了下頭，「那便……也算。」

自古至理，床頭吵架床尾和。大半個殿前司都道王爺那白衣公子瀟灑疏曠，想來定然胸襟豁達，不會計較一星半點的不快。

「既然住在王爺府上，與王爺便是一個家門裡的人，關起門來好好說便是了。」都虞候看著蕭朔神色，寬他心道：「若是王爺理虧，也不妨買些東西，回去小意周全些，賠個不是。」

「這些都已用過多次，只怕難有效用。」

蕭朔眉峰緊鎖，「你們平日裡哄房內人，都是如何做的？」

都虞候平日都是頂著酒罈子跪算盤，到要緊處，拿大頂翻跟頭也是有的。此時看看王爺凜然不可侵的架式，不很敢說，乾嚥了下，「大抵……」

話未說盡，聽得一陣喧嘩。

看過去時，幾個半大稚子追著亂跑嬉鬧，眼看沖散了人群。

其中一個跑得太快，沒看清路，腳下一滑，竟一頭向河堤下栽了下去。

此時天寒地凍，汴水雖未凍實，卻也盡是細碎冰碴，寒意刺骨逼人。若跌進去，縱然運氣好保住了一條命，只怕也要寒氣入骨，狠狠生上場病。

殿前司離得太遠，出手已來不及，都虞候心頭一緊，「留神……」

眾人頭頂，不知哪處屋簷掠下一道人影，撈著那孩子，朝蕭朔劈手扔了過來。

兔起鶻落，電光石火。諸人還來不及反應，蕭朔已將人穩穩接住，扔在都虞候懷中。

雲琅撈了人，腳下便已失了著力處。他輕功再好，也總歸不能平白生出翅膀飛起來，橫了橫心打算去汴水裡游一通，剛屏氣閉眼，忽然聽見風聲。

蕭朔摘了腰側刀鞘，脫手擲出去，正拋在他腳下。

雲琅還跟他賭著氣，磨了磨牙，心道蕭小王爺好歹還有些長進，踏了那刀鞘一借力，身形捲到對岸，穩穩落地。

一場變故，瞬息落定。

孩子嚇破了膽，在都虞候懷裡哭得上氣不接下氣。汴水兩岸的遊人百姓卻已長鬆了一口氣，再忍不住，紛紛喝起彩來。

蕭朔知道雲琅內力情形，眉峰未散，沉了沉神色，快步走到河邊。

雲琅耗力過甚，眼前冒了幾圈星星，堪堪站穩。

他無意在人前顯露賣弄，此時已見有人興沖沖圍過來，也不多留，當即朝蕭朔一拱手，轉身掠上房檐，朝城西去了。

蕭朔握緊了身側無鞘佩刀，蹙眉追出兩步，叫汴水一攔，看著雲琅身形沒在了錯落房檐之間。

事出突然，河邊紛亂半晌，總算散了圍觀的層層人群。

殿前司將餘下的行人疏散，將孩子交給了聞訊匆匆趕來的大人，訓了盯嚴看準不可亂跑。

幾個校尉理順了路上秩序，回來碰頭時，仍不可置信，「可看見了？好俊的功夫……」

眾人白圍在岸邊半晌，沒一個看清救人的人，各自散去悄悄議論，有說是遊俠，也有說是隱士高人。難得有靠譜的，猜測是不是哪家府上藏著的隱衛，立時被一群人圍著嘲諷，莫非沒能看見方才那般瀟灑的風姿氣度。

人群議論紛紛，都虞候眉頭反而越擰越緊，不知想了什麼，忽然道：「殿下……」

蕭朔不知雲琅是不是去了醫館，心中不寧，沉聲道：「何事？」

都虞候看他神色，欲言又止，又回頭望了一眼。

旁人不知道，可這樣的身手，都虞候卻曾經有幸得見過一次。

離現在已有些年頭，先帝時的一年春祭，寶津樓下金明池前，禁軍祭春演武，折柳摘纓。

往年這種事都順遂，侍衛司轄制暗衛，總有幾個身手超絕的，能在這等祭典上一顯身手，以彰禁軍戰力，揚禁軍軍威，震懾四方宵小。

偏偏那一年，京中戎狄暗探活動愈頻，端王殿下決心一窩剷除去根，將大半心力都放在了京中防務上。

侍衛司騎兵都指揮使代執祭典事，不知為何，派出來的人竟頻頻失手，不僅未能射中紅纓，連柳葉也沒能摘下來一片。

演武出了何等意外，一應都由禁軍統領承擔。偏偏端王去剿除戎狄探子老巢了，竟不在百官之列。他們這一群人站在禁軍殿前司列中，乾著急卻無法，恨不得去折了那柳條紅纓。

正焦灼時，伴駕的雲小侯爺懶洋洋站起來，將外袍脫了拋在隨侍手中，下了寶津樓。

「小侯爺不披掛，不試弓，馬未就鞍。」都虞候記得清楚，埋著頭往前走，低聲道：「三箭連環，箭箭破開前一支白羽箭尾，正中靶心，射穿了紅纓，又撥馬去折御道旁新柳。」

「尋常只用折插在地上綁住的柳枝便可，小侯爺卻直奔新柳。那柳條叫風一吹，莫說在馬上，站穩了也握不住。」

都虞候攥了攥拳，捏著掌心冷汗，「我們俱都捏了一把汗，眼看著小侯爺按住馬頸，身形不知怎麼便騰了起來，照最高那一條柳枝伸手一捏……又不差分毫，穩穩落回了馬上。」

都虞候道：「小侯爺手裡，摘了最高的一葉新柳嫩芽。」

蕭朔靜聽著他說完，淡聲道：「故而？」

都虞候一愣，「故而……」

話到嘴邊，都虞候張了張嘴，竟沒能問得出來。

有人將墜入河底的刀鞘撈了上來，送回了殿前司。

蕭朔入刀還鞘，神色反倒比此前更平靜，沿著街道向前巡視。

都虞候咬了咬牙，細想著方才所見的奇俊功夫，念頭愈發分明，再忍不住，「末將知道，小侯爺縱然無恙，要身分明朗、光明正大，終歸只是奢望。末將不求殿下明話，只想……」

蕭朔心念微動，一道念頭忽然閃過腦海，停下腳步。

都虞候怔了怔，「殿下？」

蕭朔道：「你說的不錯。」

蕭朔與雲琅如今也都已身在局中，竟從未想過這一層。此時叫都虞候無心點破，才忽然察覺，若當真能狠下心冒些險，只怕未必不能趁機再進一步。

只是……不能叫雲琅知道。

雲琅生了他的氣，方才偏偏事出突然，倉促出手亂了內息，朝城西走，多半是找梁太醫去了。雲少將軍好強得很，每到內力空耗，需臥床調息時，素來連他也不願給看，今夜多半會在醫館歇下。

這一樁意外出得不早不晚，時機恰到好處。若能運作妥當，雖要冒些險，收穫卻無疑極值得。

都虞候不明就裡，看著王爺默然不語，只當蕭朔默認了，再壓不住欣喜，容色都跟著亮起來，「當真是……」

都虞候深知此事不能聲張，立時將話咬碎了嚥回去，只扶了蕭朔馬轡，「當真是？」

蕭朔看他不摻半點假的狂喜神色，心底終歸替雲琅一暖，闔了下眼，微微點頭。

都虞候喜不自勝，團團轉了兩個圈，眼眶紅了紅，「好好好……」

蕭朔靜了一陣，又出聲道：「此事……」

都虞候忙道：「定然嚥在肚子裡，絕不同人提起半個字。」

蕭朔搖了搖頭，摩挲了下刀柄，慢慢道：「我原本恨他，將他當作仇人，恨不得食肉寢皮。接來府中，也是為了親手折磨復仇。」

蕭朔道：「只是……後來又聽了些事，才知竟誤會了他。」

都虞候不知他為何當眾說起這個，神色變了變，低聲提醒，「殿下……」

人群裡有幾道影子，自方才小兒落水時便追上來，此時仍不遠不近跟著。

蕭朔餘光掃過那幾道人影，像是不曾察覺，繼續道：「我有心待他好些。」

「殿下。」都虞候焦灼道：「此事如何能……」

蕭朔駐足，看著那幾個侍衛司暗衛匆匆掉頭回去報信，將佩刀解下來，遞給都虞候，「若我今夜進了宮未出來，明日便不動，靜觀其變。」

都虞候接了佩刀，隱約有所察覺，皺緊了眉欲言又止。

此處已到了那一架鼇山，花燈被掛上了大半，仍有工匠上下忙碌。

四周行人熱鬧熙攘，殿前司整肅立在燈下，無人再能靠近。

蕭朔垂眸，「殿前司內，有多少人有家小？」

都虞候胸口一燙，啞聲道：「不必問家小！若為少將軍與殿下，殿前司上下，生死等閒！只是殿下安危……」

「我答應了他，便不會拿你們的生死作等閒。」蕭朔道：「活下來的，命都金貴。」

都虞候咬了咬牙，將澀意吞回去，站定了等他吩咐。

「明晚大抵要有一場廝殺。」蕭朔道：「禁軍多年未曾有過實戰，戰力疲弱，這幾日雖經整頓，卻仍凶險異常。」

「有家小、家中獨子的，心中畏戰的，不做強求。」蕭朔道：「今夜明日，將可靠能戰的盡數整理出來，明日雲少將軍要用。」

都虞候終於從他口中聽見這幾個字，眼底滾熱，強自壓了氣息，皺緊眉低聲道：「王爺……為何此時說這個？」

都虞候聽他話音，竟隱隱有交代吩咐的意思，心中終歸不安，「方才王爺在街上，人多耳雜，偏偏有意提起……」

「我想起件事，有意試一試，若成了，於後來有好處。」蕭朔道：「其中有些風險，不必叫他知道，待我回來再哄他。」

「……」都虞候這才想起來，訥訥：「您說同您吵架、負氣走了的，也是小侯爺？」

「是。」蕭朔蹙眉，「怎麼了？」

「您惹了小侯爺生氣。」都虞候乾嚥了下，「現在要趁著小侯爺負氣出走，去做一件很凶險的事，還不准我們告訴小侯爺。」

蕭朔：「……」

「殿下。」都虞候太清楚雲琅的脾氣，攥了攥拳，壯著膽子，「若是來日，小侯爺真叫您徹底氣跑了，殿前司又要到處爬房頂，往房頂上放好酒好菜……」

「方才還說生死等閒。」蕭朔叫他戳中心底隱憂，一陣心煩意亂，沉聲道：「這些事莫非也做不得？」

都虞候絕望閉眼，「做得。」

「到時再說。」機不可失，蕭朔用力按了按眉心，不再多想，「此事容不得任性，他若明事理，便不該……太過生我的氣。」

都虞候心說您若有膽子，這句話便不該加上個「太過」。

軍威凜然，都虞候敢想不敢言，將話默默嚥了，「是。」

「你們家中，若同榻之人不肯同你說話、處處與你為難，將房頂捅了個窟窿。」蕭朔默然一陣，終歸耐不住，「應當如何哄？」

都虞候小心翼翼，「您說的……這是小侯爺不太過生氣的情形嗎？」

「自然。」蕭朔心底煩躁，低聲催促：「快說。」

都虞候不大敢問小侯爺氣瘋了的情形，橫了橫心，深埋著頭，訥訥：「床頭……床頭吵架，床尾和……」

「這話說過了。」蕭朔沉聲：「看似有用，實則廢話罷了。」

「不盡然。」都虞候脹紅了臉，磕磕巴巴道：「那要分……如、如何從床頭到床尾的……」

蕭朔：「……」

都虞候心知已冒犯出了死罪，閉緊了嘴，一頭磕在地上。

蕭朔靜立一陣，用力按按額角，「罷了。」

雲琅畢竟不行，與其輕信這些亂七八糟的主意，終歸不如好好將人領回家，關窗鎖門，對他仔細解釋清楚。

少將軍喜歡煙花，明晚那一場終歸攪了，此事過去，趕在上元佳節補上。

前人有詩，星轉鬥，駕回龍，紫禁煙花一萬重。

蕭朔握了握袖中那一枚煙花，將念頭暫且壓下，毫不意外地迎上快馬疾馳過來提人的金吾衛，一併入了巍巍禁宮。

【第九章】

琰王殿下，你將雲氏餘孽自法場劫回府中，究竟是為的什麼？

文德殿內，皇上正召見近臣，忽然接了侍衛司暗衛密奏。

皇上聽過密奏，勃然變色，令金吾衛右將軍領口諭，急召琰王入了宮。

「殿下可知道……今日是為了什麼事？」常紀快馬來提人，引著蕭朔過了宮門，低聲道：「看皇上臉色，只怕是暗衛說了什麼話。」

常紀心中不安，悄聲提醒：「殿下進宮，吉凶難料，須得小心打算。」

這幾日蕭朔進宮問安，進退有度，再不曾有過頂撞悖逆，君臣間已緩和了不少。

皇上叫侍衛司攛掇，那日小朝會時為難了蕭朔，有心找補，對蕭朔也不復嚴厲。昨日還對翰林院提及，殿前司恪盡職守，理當擬旨褒賞。

偏偏今日一反常態，急召蕭朔入宮，甚至還調了侍衛司暗兵，只怕不會是為了犒賞琰王「克己奉公、連日辛勞」。

蕭朔將腰牌遞給巡宮禁軍，神色平靜，「多謝常將軍。」

「殿下！」身在宮中，常紀不敢發作，焦灼低聲：「末將並非危言聳聽，今日凶險，還請殿下多加提防。」

「我知今日凶險。」蕭朔道：「敢問常將軍，這兩日凶險的，可是只有本王一個？」

常紀叫他問住，臉色微變。

金吾衛守在宮中，日日伴駕，如何不知道明日會有何等大事。

襄王謀逆，宮中早預先知曉，暗中已做足了準備。玉英閣各方摻和，誰也沒能搶到半分先手，要定勝負，就在除夕一夜。

若宮中勝了，襄王便是實打實的謀逆。當年那些不可見人的陰暗過往，累累血債，都能在明晚汴梁城的一場大火裡盡數燒淨。

自此皇位穩固，後患盡除，再無一人能夠動搖。

茲事體大，常紀不知該不該說，又生怕說多了牽累蕭朔，咬了牙關欲言又止。

蕭朔靜看他一陣，頷首，「有勞。」

常紀一半心虛一半焦灼，急追上去，「殿下……」

話音未盡，已到了殿前。

蕭朔朝他一拱手，斂了衣襬，隨出來迎候的內侍入了文德殿。

常紀眼睜睜看他進了殿門，正無措時，餘光忽然一頓，視線落回蕭朔剛站立的地方。

原本空蕩的玉階上，竟憑空多了枚不起眼的袖箭。

❖

蕭朔由內侍引著，入文德殿內，聽見身後殿門一聲輕響。

殿內冷清，皇上靠在暖榻上，神色晦暗不明。

太師龐甘坐在殿角，耷拉著眼皮，似在假寐。高繼勳久違地重新得了宣召，揚眉吐氣，披掛了守在御前。

侍衛司守在殿門口，沉重殿門實實闔著，密不透風。

蕭朔像是不曾察覺殿中氣氛，略過高繼勳的得意神色，照舊見禮，「參見皇上。」

皇上視線落在他身上，眼底冷了一瞬，仍沉默坐著。

蕭朔沒聽見免禮，垂眸不動，依舊跪在御駕前。

「朕聽聞。」皇上看了他一陣，坐起身，慢慢道：「你今日在街上，帶人救了個險些落水的稚子，可有此事？」

「臣奉命巡守汴梁。」蕭朔道：「震懾宵小，扶助百姓，本在殿前司職分之內。」

高繼勳聽他應對，冷笑一聲，「職分之內？明明……」

「高將軍。」皇上寒聲：「朕叫你插話了？」

高繼勳一愣，神色變了兩變，想要說話，終歸怯懦著閉上了嘴。

皇上目光冷厲，看向榻前跪著的蕭朔，靜了一刻才又道：「你說的不錯，扶助百姓，的確在殿前司職分之內……只是朕聽聞，助你一同救人的，卻彷彿並非是殿前司內的人。」

蕭朔聞言，漠然抬頭，掃了高繼勳一眼。

他神色平靜，眼底銳芒一拂，在深沉寒潭裡撩起點水殺意。

高繼勳也正盯著蕭朔，臉上半是得意半是陰狠，與他視線一撞，竟平白打了個顫，神色不由變了變。

「臣救了人，不過一刻。」蕭朔收回視線，平靜道：「幾盞茶喝不了的工夫，竟已上達天聽，臣不勝惶恐。」

高繼勳聽他明裡暗裡相刺，再忍不住，咬牙上前一步。

皇上嚴厲掃過一眼，攔住高繼勳，視線轉回蕭朔，「是朕叫侍衛司派的暗衛。近日京中頗不安寧，本意是怕你遭人偷襲陷害，暗中護你周全。」皇上審視著他，「只是陰差陽錯，發覺了些蹊蹺。侍衛司不敢擅處，來報給了朕知曉。」

蕭朔伏地的手輕攥了下，仍按規矩跪好，紋絲不動。

皇上看著他的動作，神色更冷，語氣反倒平和下來：「今日那義士，雖無官職，卻仗義出手護朕百姓子民，朕心甚慰。有心叫你引來，加官封賞。」

皇上緩聲道：「如今朝中，正是人才凋敝之時，百廢待興……你是一品親王，有保舉之責，手下既有此等良才，為何不將他引薦來殿前？」

「此人身分特殊。」蕭朔道：「臣不敢引薦。」

皇上眼底透出些利色，「如何特殊？」

蕭朔再度閉上嘴，跪伏在地上。

各方沉默，文德殿內靜得幾乎凝滯，只有煙氣嫋嫋，繚繞散盡。

高繼勳幾乎要被這份沉寂逼得耐不住，要再開口，想起皇上的兩次嚴厲斥責，終歸咬緊牙關，強嚥回去。

「琰王殿下。」氣氛幾乎窒到極處，太師龐甘忽然緩聲開口：「你要知道，皇上問你此事，是想替你探一探那個人的虛實。」

他不說話，殿內幾乎已沒了這個人。此時忽然出聲，格外突兀，幾乎叫高繼勳打了個激靈。

龐甘垂著眼皮，半眼不看高繼勳，仍對著蕭朔道：「若當真是志士良才，加官封賞，又有何妨？可若是什麼身分不明的叛賊逆黨，靠幾句花言巧語，設法蠱惑了你……」

蕭朔蹙緊眉，「他並非叛賊逆黨。」

「既非叛逆。」龐甘道：「有何不能說的呢？」

蕭朔像是叫他逼得無路可選，肩背繃了下，攥了攥拳，沉聲道：「此人無非府中一個護衛罷了，他生性淡泊，不願為官，只想逍遙度日。」

「又是護衛？」龐甘有些好奇，笑了笑，「琰王殿下的護衛還真多。」

龐甘看著他，「不知今日這位身手了得的護衛……與當日大理寺內，神勇異常、闖了玉英閣的那一個，又是什麼關係？」

蕭朔似是叫他問住了，咬了咬牙，沉默不語。

「琰王府有私兵?端王留了暗衛？」龐甘慢慢說著，眼底卻分明銳利，「還是——他們原本就是一人？」

「是又如何？」蕭朔沉聲：「本王便用不得一個趁手的人了？」

龐甘笑道：「自然用得。只是老臣不解……一個身手了得的護衛罷了，有什麼不能叫來給皇上見一見的呢？」

蕭朔攥了拳，頓了一刻，咬牙道：「他在玉英閣內受了重傷，今日倉促之下，出手救人，牽涉傷勢不能走動。」

皇上原本還冷然聽著，此時再忍不住，厲聲：「蕭朔！」

蕭朔倏而停住話頭，跪伏回去。

「大理寺玉英閣之事，你當真以為一句護衛、一句巧合，就能將朕糊弄過去？」

皇上寒聲：「朕已再三縱容你，你卻如此不知好歹，莫非是逼朕審你不成！」

近來朝中重臣屢屢出事，一個與戎狄的和談章程，竟便引得文臣武將一片混戰，彼此攻訐不停。集賢閣一改往日韜晦，三番兩次干政，大理寺狼子野心方露，玉英閣一場火燒得撲朔迷離，襄王又步步緊逼。

正宮善妒，嬪妃無所出，後宮就只兩個嫡出的成年皇子。蔡補之親自出山考較過，一個比一個愚笨不堪，幾句策論便詰得支支吾吾，竟無一個可堪用的。

樁樁件件，竟都彷彿正隱約脫離掌控。

如今侍衛司暗衛來報，竟又說再度見到了那個本該死得差不多的雲氏餘孽。

高繼勳立在一旁，專心體察聖意，見勢忙補上一句：「帶人過來！」

幾個暗衛自侍衛司中走出，跪伏於地。

皇上臉色鐵青，「你等今日所見，盡數報給琰王，叫琰王親自聽上一聽！」

「我等奉命暗中護持琰王。」為首的暗衛磕了個頭，「見幾個稚童追逐，其中一人跌落河堤，叫一白衣人救了，轉手拋給了琰王，又藉琰王所拋刀鞘脫身。舉手投足，極為默契。」

暗衛道：「我等不知其人身分，又因近來京中不寧，擔憂琰王安危，近前守護。碰巧聽見琰王對屬下說起……」

暗衛有所遲疑，側頭看了蕭朔一眼，停住話頭。

「不必忌諱，只管說！」高繼勳立了這一樁大功，躊躇滿志，「給皇上做事，莫非還能遮遮掩掩、暗懷心思不成？」

暗衛忙道不敢，如實轉告，「琰王說，『我原本恨他，將他當作仇人，接來府中是為折磨復仇。只是後來聽了些事，才知竟誤會了他，故而有心待他好些。』」

暗衛道：「此時緊要，不敢妄自揣測，只敢如實轉報。」

「話已說到這個份上，不必遮遮掩掩了。」太師龐甘開口，蒼老的眼底忽然透出分明鋒利寒意，「琰王殿下，你昔日將雲氏餘孽自法場劫回府中，究竟是為的什麼？」

蕭朔肩背僵硬，垂著視線慢慢道：「太師聽見了，是為折磨復仇。」

「好一個折磨復仇。」龐甘嗤笑，「他在法場上時，老夫親見，傷病累累，已是風中殘燭。怎麼叫殿下這一折磨，竟還能闖玉英閣、當街救人了？」

「依太師所說，他當年逃離京城時，就已傷病累累、風中殘燭。」蕭朔沉聲：「怎麼侍衛司捉了這麼多年，還叫他『神勇異常、上天入地』地跑了？」

高繼勳禍從天降，被蕭朔一字不差地念出了當年的請罪奏摺，一時愕然，氣急敗壞，「是審你不是審我！你莫要胡亂攀咬。」

「是我胡亂攀咬，還是高大人信口栽贓？」蕭朔冷聲道：「昔日玉英閣內，我並非不曾賣大人的人情！如今這般窮追猛打、不死不休，莫非是打算斬草除根，再借皇上之手除了本王嗎？」

內侍慌亂，噤聲縮在一旁不敢動彈，眼睜睜看著殿中一時竟吵得愈發激烈。

皇上眼底原本已蓄起冷然殺意，看著太師龐甘與高繼勳夾攻蕭朔，全無章法地吵成一團，卻慢慢皺緊了眉。

「皇上！」高繼勳急道：「琰王暗藏逆犯，顯然蓄意謀逆，狼子野心已然昭彰，不可放過！」

蕭朔神色冷嘲，在駕前軒挺跪著，忽然輕笑出聲。

高繼勳愈發惱怒，「你笑什麼？」

「笑本王愚魯。」蕭朔道：「狼子野心昭彰，今日進宮凶多吉少，也不知埋伏一支精兵、不知披掛佩刀，就這麼空著兩手，來給高大人拿刀劈著解悶。」

高繼勳從不知他這般能言善辯，一時愕然，盯著蕭朔，幾乎從他身上看見另一個恨不得置之死地的影子。

宮中與襄王遙遙對峙，侍衛司本該首當其衝，偏偏前幾日皇上不知聽了些什麼風言風語，竟冷落了侍衛司，將金吾衛盡數調入了內閣。

高繼勳這幾日都披掛齊整，是為搶奪功勞，一旦宮內有變，便能立時趕在金吾衛前出手，重贏聖心。

他知皇上向來多疑，卻不想蕭朔竟在這裡等著他，此時有口難辯，咬緊牙關，「禁軍御前行走，拱衛宮城，本就有披掛佩刀之權！你莫要血口噴人！」

「高大人忠心耿耿，自然可以佩刀。」蕭朔平靜道：「這殿外，自然也可以埋伏強弓勁弩，將本王射成篩子。」

「胡言亂語！」高繼勳激怒攻心，幾乎一刀劈了他，生生忍住了，「皇上就在殿內！箭矢無眼，本將軍豈會調強弩營。」

皇上再坐不下去，厲聲斥責：「都給朕住口，成何體統！」

高繼勳咬牙，「皇上！」

皇上眼底一片晦暗，看著殿外侍衛司精銳的森森刀兵，再看高繼勳身上的齊整披掛，心底竟隱隱生出一絲寒意。

參知政事的確說過，侍衛司如今情形，與大理寺實在太過相似，叫人不得不生疑。

玉英閣內情形究竟如何，到現在仍各執一詞，一片亂象。

可如今看來，那日進了玉英閣的竟是雲琅……如今卻仍沒有半點異狀，極不合情理。

皇上皺緊眉，視線牢牢落在蕭朔身上。

這些年，蕭朔幾乎是在他日日監視下長到如今，心性如何，他不該料錯。

若是當真知道了當年實情，清楚了罪魁禍首，便不該壓得住滔天恨意，還在駕前這般徒勞鬥氣一般爭吵申辯。

若是真與雲琅拿到了那封血誓盟書，便不該至今仍能隱忍得滴水不漏，能咬碎血仇生生嚥下，不在激憤之下兵挾禁宮。

如今蕭朔越與這兩個人吵，反倒越像是仍蒙在鼓中，並不知情。

「朕問你。」皇上心中寒了寒，面上不露聲色，沉聲道：「你聽說了什麼，才知誤會了……雲家的遺孤？」

蕭朔蹙眉，「陛下不知道？」

「荒唐。」皇上沉聲：「你不說，朕如何知道？」

皇上此時對侍衛司心中生疑，那一份狂怒反倒隱隱退去些許，再聯繫始末，更覺處處不對，「不得虛言，與朕說實話，是何人與你說的，說了什麼？」

蕭朔掃了一眼高繼勳，靜了片刻，才又慢慢道：「臣昔日叫仇恨蒙蔽，一心要將雲琅食肉寢皮……卻受皇上教誨，知他有苦衷。」

蕭朔垂眸，「皇上那時還對臣說，當年之事，有太多不得已，太多人被裹挾牽連，叫臣不要太過記恨於他。」

皇上被他翻起舊帳，一時僵住，臉色愈加晦暗了幾分，沉聲道：「朕只是不想你叫仇恨蒙蔽了心志，故而盡力勸你幾句，你又何曾聽得進去。」

「臣回府靜思，聽進大半。」蕭朔道：「想去見見雲琅，與他了結昔日恩怨，才發覺臣這些天折磨的竟只是個與他有七八分相似的替身，他早已趁機逃了。」

皇上倏而抬起視線，「你說什麼？」

「臣自知，叫死囚脫逃，乃是重罪。」蕭朔道：「故而四處搜捕，終於查到他蹤跡，一路尋找，竟窺見了襄王與大理寺卿密謀。」

蕭朔垂眸，「那時臣便力求，摒退眾人，單獨稟告皇上。」

蕭朔淡聲道：「偏偏……叫高大人攪了。」

高繼勳神色忽變，「你……」

高繼勳只為逼死蕭朔，萬萬想不到這一場局竟從這一步便已布下，臉色愈發蒼白下來，撲通跪下，「皇上！臣冤枉！臣那時不知他是要說這個……」

「住口！」皇上厲聲叱了一句，神色冷沉，看著蕭朔，「你接著說。」

「臣雖不清楚皇上謀劃，卻也知道，有些事不能拿來朝堂之上公然議論。」蕭朔道：「故而那時連襄王名諱尚不敢明告，又如何敢說這些？故而自此開始……便有避諱隱瞞。」

「照你所說。」皇上擰緊眉，「你撞破襄王陰謀，是為追蹤雲琅……雲琅自去的玉英閣，不是受你派遣？」

「臣追上玉英閣，再度見了雲琅。」蕭朔道：「他對臣說了實話，當年是襄王主使，鎮遠侯合謀，暗中陷害我父王。他試圖阻攔，卻已攔之不及。」

皇上靜聽著，眉峰鎖得死緊，眼底殺意卻一分分淡下來，緩聲質問：「他說……當年之事，是襄王主使的？」

蕭朔垂眸，「是。」

「胡言亂語！」高繼勳已徹底亂了陣腳，高聲慌亂道：「他怎麼會說是受襄王主使！當初明明……」

蕭朔好奇道：「明明是什麼？」

高繼勳幾乎便要脫口而出，一旁喝茶的老太師龐甘忽然像是叫茶水嗆了一下，一迭聲咳嗽起來。高繼勳打了個激靈，冷汗飆透後背，死死閉上嘴。

「他說得有理有據，臣信了大半。」蕭朔看了高繼勳一陣，收回視線，垂眸道：「後來在閣中，高大人要對臣下殺手，他又捨命相救……我二人跌入密道，撿回條命。」

「這之後，臣屢次入宮請安，想找皇上說明此事，卻都有侍衛司環伺在側，尋不到合適時機。」蕭朔道：「只是臣不明白，今日臣與屬下閒聊時，分明也說了這些……為何到高大人的暗衛口中，就只剩下了這般寥寥幾句？」

高繼勳眼睜睜看他胡扯，一時氣急，哆嗦著抬手指著蕭朔，說不出話。

皇上神色愈沉，再坐不住，霍然起身便要叱責。

尚未開口，殿外忽然響起一陣騷亂。

人聲嘈雜，常紀自殿外一頭撞進來，「陛下！」

「急什麼？」皇上怒意攻心，寒聲道：「有話說話，成何體統！」

「侍衛司調來強弩營，末將不知情由，不敢放行！」常紀重重叩首，「請皇上旨意。」

「胡編亂造，血口噴人！」高繼勳臉色慘白，「你也與他勾結！雲琅！都是雲琅！你們都是他的人……」

常紀跪伏在地上，額頭貼著冰涼地面，手中攥緊了那一枚掉在白玉階上的袖箭。

皇上再壓不住滔天怒意，冷冷掃了高繼勳一眼，眼底只剩厲色，「給朕拿了！」

高繼勳心神大起大落，此時百口莫辯，竟失了神志一般，瘋癲大笑起來，「都是雲琅的人！都是、都是……」

他看著蕭朔，眼底幾乎顯出分明怨毒，拔刀便狠狠劈下去。

常紀目光一緊，撲過去要攔，差了一步，「王爺！當心……」

話音未落，窗外一道勁風擊破窗櫺，竟是強弩營與金吾衛衝突，不知哪個失了手，射進來了一道流矢。

好巧不巧，高繼勳竟剛好撲到窗前，叫那支箭當胸穿透。他一心要將蕭朔當場劈殺，踉了幾步腳下一軟，跌在血泊裡抽搐幾下，再沒了動靜。

殿中一時混亂，內侍驚呼著四處躲藏，再沒了半點章法。

皇上看著眼前刺目血色，臉上也失了血色，勉強鎮定著沉聲道：「亂什麼！調集金吾衛，令侍衛司交兵。」

常紀忙應了聲，磕了個頭，匆匆出去平定事態了。

蕭朔仍靜跪著，視線落在那一支白羽箭上。

「流矢無眼。」皇上心神不寧，掃了一眼殿中情形，低聲道：「是他自取其咎，天理不容，收拾了吧。」

蕭朔垂眸，「是。」

「今日……委屈了你。」皇上道：「先平定眼下情形，朕有話……要與你說。」

蕭朔道：「是。」

殿外殿內亂作一團，內侍匆匆扶了老太師與皇上進內殿暫避，蕭朔撐了下地面，起身走到窗前，向外看了看。

都虞候說，小侯爺不披掛，不試弓，三箭連環，箭箭破開前一支白羽箭尾。

蕭朔撿起砸開窗門的那一枚飛蝗石，斂進袖內，輕嘆了一口氣。

常紀撿了他那一枚袖箭，猜出蕭朔用意，緊急去假傳軍令調來了強弩營，徹底封死了高繼勳的退路。

此時興沖沖進來，常紀見蕭朔嘆氣，不由一愣，「殿下還有心事？」

「沒有。」蕭朔道：「常將軍。」

常紀神色茫然，應了一聲。

蕭朔靜了片刻，攥了攥那一顆飛蝗石，「府上……」

「殿下有用得到的，只管說。」此時亂成一團，常紀不受侍衛司監視，鬆了口氣，遠比此前爽朗，「末將定然知無不言。」

蕭朔道：「認識補房頂的嗎？」

常紀：「……啊？」

強弩營箭在弦上，混亂之下，屢屢有流矢驚弓。

文德殿內殿，皇上由內侍扶著落坐，聽著殿外一片喧嘩混亂，神色格外陰沉。

一刻前，侍衛司暗衛稟報，琰王當街與人過從甚密，又幾乎親口承認了那人的身分。

皇上這些天本就已有疑慮，聽過稟報，心中幾乎已認定了蕭朔私匿逃犯，勾結雲家餘孽，更多半已知曉了過往之事。

倘若蕭朔已清楚當年真相，偏偏趕在與襄王一黨生死博弈，難保不會叛向襄王，與朝廷倒戈相向。召蕭朔入宮，本就是為了將其設法軟禁。

若再無挽回餘地，縱然多少要留些後患，也要當即誅殺。

可此時情形，竟又如昔日大理寺玉英閣一般，硬生生撲朔迷離起來。

「是否可能……琰王其實已知當年真相？」太師龐甘叫內侍扶著坐下，躬了身，遲疑低聲道：「或是從一開始，琰王將雲家餘孽搶回府中，便是使了個障眼法。其實並非要將人帶回去折磨淩辱，而是暗中相救。」

皇上皺緊了眉，「不會。」

「朕看著他長大，若他有這般城府，又豈會放心將雲琅交到他手裡。」皇上闔了眼，用力按著眉心，「這些年來，朕屢屢試探他，那般恨意戾氣是裝不出來的。」

「話雖如此。」龐甘小心道：「琰王這一番話，撇得也未免太過乾淨。」

太師府早同琰王水火不容，單是這些年的刺客暗殺，便已不知凡幾。

蕭朔若有一日得了勢，絕不會輕易翻過作罷。

龐甘不能坐視蕭朔這般蠱惑聖心，垂著眼皮，低聲勸道：「畢竟養虎為患，知人知面不知心，誰知他究竟藏了什麼打算？依臣說，皇上當年就該狠下心，斬草除根。」

「是朕狠不下心嗎？」皇上沉聲道：「當時的情形，朕莫非還能有別的辦法？」昔日能扳倒端王府，大半都是借了襄王暗力，博弈之後，各方力竭神疲，已都無力再追擊半步。毀了一個端王府，還能咬死了不認，盡數栽在襄王一派上。若是連蕭朔也不留，縱然先帝病得再重，再顧念社稷穩定，只怕也不會再忍他。

「還有雲家那個餘孽，死死護著他，竟還敢威脅朕……」

皇上壓了壓煩躁，斂去眼底寒意，重重按著額角，「罷了，過往之事，還提它做什麼？莫非現在後悔，還能回去將人殺乾淨了不成？」

皇上定定心神，眉頭緊皺，「只是那個雲琅……」

他的確不曾想到，雲琅竟會誆騙蕭朔，說昔日血案都是襄王一脈暗中謀劃。

倘若蕭朔並不知過往真相，或許尚可驅使……

「陛下不可！」龐甘急道：「琰王便也罷了，莫非皇上連雲琅也信得過？」

龐甘隱約看出皇上動搖，再坐不住，「那雲氏小賊何等奸猾，又盡知當年真相，多留一日，便多一日的禍患！當初老臣便說，縱然是賞琰王人情，當初也不該將其交給琰王府，如今竟叫他尋了空脫逃，豈非放虎歸山。」

「句句當年，事事當初！」

皇上終於叫他徹底耗盡耐性，厲聲呵斥：「當年你太師府信誓旦旦，只說派的刺客盡皆精銳，定然能將琰王府一把火燒盡，可人才進了人家府裡，信號煙火就上了天！」

皇上寒聲道：「雲琅在刑場上叫琰王府劫走，你與高繼勳哪個敢攔了？眼睜睜看著琰王府將人搶回去，如今又在此處聒噪！」

龐甘面如土色，顫巍巍噤了聲，再不敢多話。

皇上心煩意亂，用力一拂袖，「如今侍衛司是忠是奸，竟也辨不清了！朕原本還指望著高繼勳，念他好歹也算是個能打仗的，如今竟連他也是襄王一派……朕身邊究竟還有幾人靠得住？」

龐甘對此事本就心有疑慮，只是高繼勳死得太快，不及辯駁便徹底沒了對證，說再多也已沒了用處。

他剛惹了雷霆之怒，此時更不敢多話，只低聲道：「陛下息怒，保重龍體。」

皇上已懶得多話，掃他一眼，聽得殿外喧嘩漸歇，便抬手推開殿門。不叫內侍相扶，徑自出了內殿。

常紀已將亂局平定，此時正帶了金吾衛清理外殿破窗而入的流矢。見到皇上出來，嚇了一跳，忙叩首，「陛下，外殿尚未理順。」

「無妨。」皇上蹙了眉，掃過梁柱上零零散散扎著的羽箭，「琰王呢？」

「事出突然，侍衛司一片慌亂，琰王殿下去穩定殿外情形了。」常紀道：「末將審過，強弩營並不知情，只是聽令來文德殿捉拿逆犯罷了。」

常紀按照蕭朔吩咐，垂首稟道：「這些流矢都是不明情形時兩相衝突，不慎驚了弓，傷了些人，倒並非有意為之。只是驚擾了陛下聖體，罪該萬死。」

皇上在內殿平白惹了一肚子的氣，此時見常紀恭順，說的又是他心中最擔憂的一樁事，聽得臉色緩和了不少，「甚好，精幹俐落，比只會說嘴的強上百倍。」

常紀忙叩首，口稱不敢，又道：「高大人竟叫流矢斃命，未免太過湊巧，可要詳查？」

「詳查什麼？」皇上神色疲累，慢慢按著額角，坐在暖榻上，「朕自己都是證人，親眼看見了當時情形。莫非還能有人神通廣大到在窗外聽聲辨位，又預先猜中他會撲過來，隔著窗戶一箭射殺了他？」

皇上想起此事便覺心煩，不願多說，重重嘆了口氣，「罷了，所幸此事出在今晚……諸事未定，尚且來得及補救。」

這些年侍衛司一家做大，雖說暗兵營直受皇上調遣，可強弓勁弩、駿馬良兵，卻盡皆配給了侍衛司。

倘若高繼勳當真有異心，蟄伏至明日，與襄王裡應外合，一舉攻陷宮城也不算難。到時候的情形，無疑遠要比蕭朔帶著一個小小的殿前司謀逆嚴峻得多。

「當此非常之時，寧可錯殺不可放過。縱然他不死，朕也不敢再用。」皇上按著眉心，「況且……縱然不論這個，一支流矢都躲不開的將軍，朕要他有什麼用？」

常紀句句按著蕭朔的吩咐說，原本還心有不安，此時眼見皇上涼薄至此，竟不知是何滋味，只叩首低聲道：「是。」

「此事再議。」皇上道：「屍身斂了，明日過後收葬吧！」

常紀低聲道：「遵命。」

皇上仍頭疼得厲害，閉了眼，叫內侍慢慢揉著額角，「今日情形一律封鎖，半句不可外傳，密詔參知政事、樞密使、開封尹……」

皇上睜開眼睛，「開封尹這幾日，是否也與琰王府交從甚密？」

常紀怔了怔，「臣倒不曾察覺……就只是前陣子開封尹多去了琰王府幾趟。不也是皇上吩咐，叫開封尹施恩安撫，免得琰王心生怨懟嗎？」常紀有些遲疑，低聲道：「再說了，以衛大人那個脾氣，自商侍郎歿後，只怕也難和誰交從密些。」

「此事朕記得。」皇上蹙眉，「罷了……叫上吧，一併看看。」

老龐甘雖然煩人，話卻未必說的都錯，蕭朔此番的確撇得太過乾淨了。

但凡蕭朔有一處解釋不通，他便能順勢提審雲琅，使些手段，總能逼問出真正情形。

可偏偏蕭朔處處都能自圓其說，尋不出半點破綻，叫宮中連個發作的機會也沒有。

「臣不懂。」常紀道：「雷霆雨露皆是天恩，皇上有話，叫琰王來問便是了，何必一定要尋出破綻？」

皇上掃他一眼，「如今侍衛司都指揮使空懸，明日便要與襄王一黨刀兵相見，朕將他惹惱了，你來領兵？」

常紀嚇了一跳，忙用力搖頭，「臣只會護衛陛下，不會領兵。」

「那還問什麼。」皇上神色陰沉，一陣心煩，「朕何嘗想指望他？無人可用罷了。」

當年那些能征善戰的將領，一半死保端王，死的死貶的貶，流放的流放，都早已離中樞朝堂遠得不能再遠。

剩下的一半，都被雲琅有一個算一個，在雙方勢力拉鋸的那一年裡連塞帶拽地藏進了朔方軍。

北疆遙遠，樞密院鞭長莫及，尚且來不及規整，如今更半分指望不上。

皇上壓了壓心思，不再做無用念頭，說完口諭：「密詔參知政事、樞密使、開封尹入宮，派暖轎去接，不可驚動四鄰。侍衛司強弩營不知情由，非常時刻，暫不做處置，回營候命。」

常紀叩首，依言記了，正要出去傳信，又聽皇上在身後道：「對了。」

常紀忙回身跪下。

「當年……琰王與雲琅交情如何。」皇上若有所思，「你可知道？」

常紀還要替琰王找修房頂的匠人，有些心虛，垂首伏在地上，「末將不大清楚。」

皇上也是忽然生出的這般念頭。

他接侍衛司密奏時，那暗衛曾說兩人「默契非常」，又說近來琰王常與一個白衣人同進同出，聽傳聞說，還曾在酒樓雅室內待了足足兩個時辰。

傳言雖有失真誇大處，卻並非空穴來風。倘若此人便是雲琅，諸多蹊蹺便盡數有了驗證。

皇上起身踱了兩步，沉吟道：「朕尚是皇子時，伴駕先帝身側，曾聽端王說笑間提過……他那兒子想討雲琅作世子妃，叫先帝笑罵一頓，岔過去了。」

「朕當時只覺荒唐至極，並未放在心上。」皇上道：「今日回頭看，他對雲琅只怕當真有些情分，只是叫家仇血恨蓋過去了，自己也不曾察覺。」

常紀心底一懸，留神看著皇上神色，「陛下如何……會這般作想？」

「若非如此，他追到玉英閣，聽雲琅說了些當年的所謂真相，又叫雲琅救了一次，竟就這般疑也不疑死心塌地信了？」

皇上眼裡帶了淡淡冷嘲，「朕還當他多在乎血仇……腦子一熱，原來也能這般輕信拋捨。」

「皇上是說，琰王殿下本就對雲……」常紀頓了下，遲疑道：「對雲氏遺孤……早已傾心，只是叫血仇逼了回去。故而終於聽了個解釋，不論真假，便一股腦信了他並非仇人？」

常紀有些猶豫，「可這便怪了，琰王不知道也罷了，那雲氏遺孤又不是第一天知道這些，為何拖到現在才肯解釋？」

「朕曾發誓。」皇上淡聲道：「他若能死守當年事不提，他守一日，朕便留蕭朔一日性命。」

此事皇上遠比旁人更清楚，再想起當年事，更覺處處皆能印證，「怪不得雲家那餘孽死死護著蕭朔，寧可親手燒了豁罪明詔，也要換朕不對琰王府動手。」

常紀從不知此事，心神微震，愕然抬頭。

「他若拿了那封詔書，朕還真不知該如何下手對付他。」皇上冷嘲：「若非高繼勳廢物，再三失手，朕早能要了他的命，永絕後患。」

常紀心下寒涼，埋頭低聲道：「雲……雲琅帶兵，素來義薄雲天，末將也是聽說過的。」常紀懸著心，生怕哪句說的不對洩露實情，字字謹慎，「琰王殿下性情冷戾刻薄，不似重情之人，臣實在看不出。」

「你不知他當年性情，若非家變，並非這般不堪造就。」皇上擺擺手，忽然想起件事，「那日小朝會，琰王回楊顯佑時，是否說了同榻之人？」

常紀脊梁骨一顫，隱隱焦灼，硬撐著，「臣不記得了。」

皇上對這些金吾衛本就期許不高，不耐地皺了皺眉，並未斥責，只沉聲教訓了一句，「日後多用些心，讓你做護衛，你就只知做護衛了？」

常紀忙恭聲道：「是。」

「玉英閣內，他與雲琅見面。」皇上一邊思索一邊慢慢道：「不過三日，小朝會上，竟就已成了同榻之人……太快了些。」

常紀攥了攥拳，「大、大抵生死之際，性命攸關，最易叫人勘破情劫，再不受世俗束縛。」

皇上聽得莫名，皺緊了眉，「什麼亂七八糟的？」

常紀口拙，最不會指黑道白、硬作分說。他心中愈發焦灼，只盼著琰王殿下快些回來應對，訥訥低了頭。

皇上叫他攪了念頭，按按額角，「朕是說，既然這幾日便已同榻，想來在那大理寺憲章獄內，他便已忍不住下了手。」

常紀：「……啊？」

皇上慢慢敲著桌面，「朕還聽聞，他這幾日……在找什麼春宮圖？」

常紀張口結舌，想起竟然當真在找春宮圖的琰王殿下，一時竟不知該從何說起。

「朕還道他向來孤戾難馴，這幾日如何這般恭順，往日那些脾氣竟也散了大半。」

皇上輕嘲，「原來也是個色令智昏的……並非不能拿捏。」

常紀心情複雜，「是。」

皇上心中煩躁，無非今日未能尋到破綻，不知該從何處下手、如何拿捏蕭朔。此時終於揣摩出蕭朔軟肋，心頭微鬆，「今日琰王受驚，又臨危不亂，忠介耿直，本該撫慰賞賜。」

皇上道：「他既喜歡這個，便叫宮中留神，在賞賜裡悄悄摻上一箱。」

常紀遲疑，「陛下……」

「記住，朕是施恩，不是折辱於他。」皇上清楚宮中對琰王向來陽奉陰違，只是此時不得不倚仗蕭朔，更不願平白與其交惡，「不必聲張，叫他知道朕關懷體察便是了，不可叫人嚼口舌。」

常紀不敢多說，匆匆磕了個頭，下去吩咐了。

⁂

侍衛司今日險些謀逆，又無人主持中饋，自上至下驚亂不已，一直亂到了天色黑透。

蕭朔並未急著回宮，帶人安撫下各營，諸事穩妥回宮覆命，已過了三更。

月上中天，文德殿內仍燈火通明。

常紀守在門口，見他過來，忙上前一步，「殿下，皇上在見群臣。特意說了殿下今日辛勞，不必覆命，在偏殿歇下便是了。」

蕭朔今日兵行險著，便猜得到皇上不會放自己出宮，點了點頭，「有勞。」

常紀忙道不敢，引著蕭朔朝偏殿過去，邊走邊問：「皇上說今日委屈了殿下，賞賜了些東西……送去偏殿嗎？」

蕭朔淡淡道：「不必。」

「皇上好意。」常紀低聲：「殿下辭了，反倒顯得生疏冷淡。」

蕭朔本就極膩歪留宿宮中，更不想見什麼賞賜，沉聲道：「抬去府裡，代我謝陛下恩。」

常紀愣了下，看看左右無人，悄聲道：「小侯爺……在府裡嗎？」

蕭朔不知他為何忽然問起這個，蹙了蹙眉，「在又如何？」

「小侯爺若在。」常紀攥了攥拳，想了想內廷監翻箱倒櫃、精心準備的那一箱子宮廷祕傳春宮圖，「只怕不合適……」

「我與他彼此託付，沒什麼不合適的。」

蕭朔不耐道：「他知我心，叫他替我一把火燒了就是。」

常紀：「……」

蕭朔看他欲言又止，「不妥？」

常紀噤了下，「不……」

「不妥便不妥。」蕭朔道：「他今日生了我的氣……總歸也要毀些東西，若能不掀房頂、不拆睡榻，將這些送去給他發洩一番也好。」

蕭朔撚了撚袖中那一顆飛蝗石，壓了壓念頭，道：「他若懶得動手，你便替他一樣樣燒了，叫他解一解氣。」

「……」常紀盡力，「殿下聽一聽賞賜……」

蕭朔今日周旋，已耗盡耐性，此時再不想聽半句有關宮中的話，進了偏殿重重合上門。

常紀追了半步，被殿門拍在臉上。

偏殿清靜，夜色寧寂。

蕭朔進了殿內，要了一次熱水，便再不見動靜。

常紀進退兩難，立在門口僵了一陣，橫了橫心，吩咐內侍由琰王靜歇不可打攪。

帶了金吾衛，扛著林林總總的賞賜，去不知為何據說正惱火的雲小侯爺面前燒春宮圖去了。

琰王府。

老主簿閉眼攔在書房門口，顫巍巍抱著少將軍的腿，愁得白髮橫生。

雲琅扶了門，看著眼前的金吾衛，「琰王殿下吩咐，叫把這些東西給我？」

金吾衛硬著頭皮，「是。」

「給我，讓我燒了？」雲琅深吸口氣，「我若不燒，你們便替我燒？」

金吾衛無從辯駁，「是。」

雲琅用力按了按額頭，「一樣一樣燒，不能落下！」

金吾衛懾於雲琅身上殺氣，攥著手裡的火摺子，戰戰兢兢打了個哆嗦。

老主簿眼疾手快，一把將雲琅牢牢拖住，「小侯爺！息怒！定然有什麼誤會！王爺絕不會做這等事。」

「他還什麼做不出來！」雲琅咬牙，「就一句話，值得他耿耿於懷到現在！拿個扇子說我不行，寫篇檄文說我不行，如今乾脆叫人來我面前燒春宮圖了！」

若非雲琅目力了得，一眼察覺不對，叫人立時將火撲滅，此時只怕早已燒得乾乾淨淨。縱然下手果決，其中一卷也已燒了大半，飄了滿院子的灰燼火星。

「小王爺什麼意思？」雲琅氣得丹田疼，「還特意叫人給我送來！」

「看到這箱春宮圖了嗎？」雲琅：「燒了也不給你，反正你不行！」

老主簿眼前一黑，「定然不是！」

這些東西本該是常紀親自來送，偏偏常紀走到門口，叫趕過來的虔國公扣下了問宮中情形。只好叫部下先將東西送進來，到現在還沒能脫身。

老主簿愁得滿腔苦水，盡力攔著雲琅，「國公爺問完了沒有？快請常將軍進來。」

玄鐵衛噤了聲，躡手躡腳去打手勢催，跑了一半，忽然聽見身後風響。

常紀堪堪應付了虔國公，緊趕慢趕衝進院子，「小侯爺呢？」

老主簿抱了個空，對著院子裡隨風招搖的紙灰，神思恍惚，立在書房門口。

老主簿抬頭，望了望書房房頂上的窟窿。

❖

宮內，文德殿燈火未歇。

朝臣不擺車駕，深夜奉密詔入宮。不是事關社稷的大事，便是聽了要掉腦袋的機密。

內侍上了熱茶暖爐，半句話不敢多說，快步出了內殿，埋頭候在廊下。

「今夜伺候，務必盡心。」今夜要緊，內供奉官年事已高，本不必親自伺候，仍特意來挨個教訓，「閉緊了耳朵眼睛，不該聽的不聽，不該知道的便不知道。」

眾人不敢頂撞，戰戰兢兢立著，紛紛點頭。

「洪公公。」一個內侍再忍不住，壯著膽子道：「不該知道的，咱們自然不敢多問。可這幾日究竟要出什麼事？到處亂成一團，今日竟還有人朝文德殿裡射箭，宮中幾時竟也有了賊人……」

洪公公垂著視線，聞言掃他一眼，「宮中有何不同，如何就不會有賊人了？」

內侍一愣，囁嚅了下，沒能出聲。

「入宮太晚，眼皮子也淺成這樣。」洪公公嘆了一聲，「當年賊人禍亂宮中，已殺到了寢宮，就在福寧殿前大肆屠戮……也就在眼前。才過幾年，竟已沒人知道了。」

幾個內侍聞言皆愕然，面面相覷，臉色愈白了一層。

其中一個攥了攥拳，悄聲道：「那當年……」

「禁軍還未趕到，先皇后率內侍宮人死戰，又知賊人要放火，早備了水等著。」洪公公慢吞吞道：「凡當時動手的，活著接賞，死了受封，無非豁出性命拚殺罷了。」

「先帝抱劍，先皇后守宮。」洪公公道：「搏命而已，有什麼可怕的？」

他所說實在太過慘烈，宮中內侍宦官的大都只日日侍奉，最多只見過杖斃一兩個犯了錯的太監宮女，如何還知竟有這般場面，一時竟都懾得噤若寒蟬。有人已抖得站不住，顫巍巍道：「侍衛司呢？皇上不是說，只要侍衛司在，定能保宮中不失嗎？」

「還說侍衛司，今日射箭的不是侍衛司？險些驚了御駕的不是侍衛司？」立時有另一人忍不住，出言反駁：「那高大人何等神氣！不是天天自吹遠勝端王，如今怎麼樣？還不是叫流矢一刮就沒了命！」

「正是，今日不過虛驚一場，侍衛司都亂成了什麼樣子？」又有人附和道：「若是來日……」

洪公公靜聽著，不輕不重咳了一聲。

一群人察覺失態，立時噤聲，牢牢閉嚴了嘴。

「皇上吩咐，自有皇上的用意。」洪公公重新垂下視線，「你我侍奉宮中，無非該做什麼便做什麼，不可妄議。」

「自然不敢妄議。」其中一人咬了咬牙，低聲詢問：「只是侍衛司這般靠不住，縱然禁軍八萬，又如何安心？」

「對了。」另一人忽然想起，「公公，當年那場宮變，最後是靠誰平定的？可否叫他出山……」他興沖沖說到一半，看著洪公公神色，愣了愣，忽然醒悟，怔忡著停住話頭。

幾個內侍入宮再晚，當年那場驚動朝野的風波，也絕無可能沒聽說過。

如今朝堂混亂，禁軍統領位置空懸，當年禁軍虎符卻仍有歸處。

還能親率禁軍馳援救駕、力挽狂瀾的人，如今都死的死、走的走，早已不在朝中了。

「也……未必。」一人定了定神，低聲道：「我去接開封尹衛大人時，走在路上便聽人說，琰王爺極有端王遺風。」

「正是！」另一人興沖沖道：「我也聽見了。好多人議論，說原來琰王殿下全然不似傳言那般，這幾日帶著殿前司進退有度威風凜凜，連盜賊潑漢都不敢出來了。」

那人有些赧然，咳了咳，壓低聲音道：「也不知流言究竟怎麼出來的。我當初都險些信了，還以為琰王專吃小孩，殺人如麻。」

內侍在宮中，日日聽著琰王凶惡傳言。今日出宮奉命接朝臣，才知不過些許日子過去，琰王在民間風評竟已扭轉大半。

往常汴梁每到年節，素來有狂歡風俗，熱鬧雖熱鬧，卻也每每有人趁亂生事，叫尋常店家百姓苦不堪言。

這些人都是撒潑慣了的潑皮無賴，趁機胡混廝鬧，事後卻又拿醉後失態搪塞過去。開封尹秉公執法，也拿這些鑽律法空子的混混束手無策，只能叱責罰銀了事。

偏偏今年有了殿前司雷厲風行，鐵面無情震懾之下，雖然逼瘋了一個開封尹，街頭坊間卻清淨了不止一層。

百姓親身感懷，便已對琰王頗有改觀。加上平日裡侍衛司巡城時，常有欺壓百姓、亂砸攤位的，如今白日巡城轉交殿前司，再無這般亂象，各安其所，反倒井然有序了不少。

一群內侍說起琰王，再念及宮中情形，心中便安定了許多。低聲議論著，竟不由惦念起了昔日有端王執掌的禁軍與殿前司。

洪公公立了一陣，待金吾衛巡邏到近前，才又不輕不重咳了一聲。

幾個內侍垂手閉嘴，鼻觀口口觀心靜默立著，規規矩矩侍奉回了廊下。

洪公公同為首的金吾衛見過禮，出了文德殿，在宮中慢慢巡過一圈，提了一碗寧神靜心的上好湯藥，悄悄入了琰王歇下的偏殿。

❖

偏殿清淨，不見人聲。

侍奉的宦官得了吩咐，不敢輕易來打擾，偏殿內空盪安靜，只在桌上點了一支飄搖短燭。

蕭朔並未解下盔甲，和衣靠在榻前。

聽見殿門響動，他便已抬頭看過去，見是洪公公進來，又闔了眼。

洪公公一怔，放下藥快步過去，「殿下又頭疼了？」

「無事。」蕭朔道：「勞煩您了。」

洪公公不放心，還要再細問，近了蕭朔身前，心中才倏而一沉，「皇上竟還用了降真香？」

洪公公不安道：「宮中如何竟還有這東西？當年分明已棄用了，先皇后也叫將剩下的盡數焚毀掩埋。」

「不算什麼降真香。」蕭朔道：「只是在安息香混了些草烏與莨菪子，加曼陀羅，勉強湊出些效用罷了。」

洪公公皺緊了眉，又細看了看蕭朔臉色。

殿外傳言，高繼勳所以斃命，是失了神志，竟要劈殺蕭朔，反倒陰差陽錯受了窗外流矢，罪有應得。

洪公公原本還多少有所疑慮，想不通高繼勳好歹也統領侍衛司多年，如何一激再激便失了神志，此時終於想通，「殿下察覺了？縱然是仿製的香，也定然凶險得很，殿下竟能撐得過來。」

蕭朔蹙了蹙眉，睜開眼，撐了下榻坐起身。

他今日入文德殿時，見文德殿門窗緊閉，心中便已有了疑慮，察覺到離自己最近那一尊香爐有些異樣。

降真香本為海外夷人所供，號稱能辟邪氣，招仙鶴來儀。可宮中用之，卻漸發覺此物若不與它香混燒，便能叫人心神混沌，不覺失言，已可算入迷香之列。

先帝先後得內廷司報，知道此物若流傳宮中，日後定然叫人濫用，便盡數毀淨了。

他帶殿前司追蹤戎狄暗哨時，曾抄到過一份暗中流傳的香譜。雖不及降真香那般凶悍藥效，若調配得當，也能有惑亂人心，使人神思混沌，不覺暴露心底念頭的效用。再看殿中情形，心中便已有數大半。

想來這假降真香得來也並不易，他們這位皇上已到了這般關口，才終於沉不住氣，將這一手也用了出來。

「降真香本是用來助人冥想、天人交會的，效用極強。」洪公公皺著眉，「縱然是仿製的假貨，若要強行相抗，隱去心底念頭，只怕也極傷神。」

「我裝久了。」蕭朔平淡道：「不算什麼。」

洪公公心底一酸，將一扇窗戶輕輕推開，扶蕭朔靠在軟枕上。

蕭朔走這一步險棋，雖極凶險、稍有不慎即可致命，但所為的是什麼，其實稍一想便能看得出來。若經此一搏，叫雲琅能正大光明重現人前，日後不論再出了何事、謀朝之舉是成是敗，雲琅都不必再有性命之憂。

「老奴帶了藥來，殿下喝一些，躺下歇歇。」洪公公低聲道：「降真香效力凶猛，越是相抗，越損心神，並非熬過去便過去了。」

蕭朔此時並無胃口，闔了下眼，「不必。」

洪公公不急不緩，慢慢勸道：「殿下心志，老奴自然知道。可若再這般煎熬心神，殿下確保自己能撐得到明日嗎？」

蕭朔垂在身側的手無聲握了握，不著痕跡撚去冷汗，沉默一會低聲道：「不論如何，我也定然能撐過明日。」

「撐過之後呢？」洪公公道：「叫小侯爺知道了，傷的難道不是小侯爺的心？」

蕭朔蹙緊了眉，抬眸掃他一眼。

「小侯爺與殿下相知相惜，殿下心中分明知道。」洪公公道：「射殺高大人那一箭，若是老奴不曾猜錯，可是小侯爺出手了？」

蕭朔闔眼，「是。」

「果然。」洪公公見他願意說這個，稍稍放心，笑了笑道：「若是沒親眼見過的，只怕無人會信，竟還當真有人能有隔著一扇窗戶聽聲辨位的本事。」

「小侯爺不惜涉險入宮，放出這一箭，不正是為了殿下？」洪公公扶著蕭朔，緩聲道：「殿下入宮，可同小侯爺商量過了？」

蕭朔肩背微繃，靜了靜道：「不曾。」

「不曾商量過。」洪公公點了點頭，「可託人告訴小侯爺了？」

「……」蕭朔沉默一陣，「不曾。」

「竟也不曾託人告訴過小侯爺。」洪公公點頭，想了一陣，又笑了笑，「不過還好，好歹您總歸還不曾吩咐過，叫人一定瞞著小侯爺。」

蕭朔：「……」

洪公公看他神色，有些好奇，「殿下？」

「藥。」蕭朔蹙緊眉，用力抵著額角，「有勞您了。」

洪公公鬆了口氣，快步過去將藥端來。

看著蕭朔接過來一飲而盡，又拿過清水，叫他漱了漱口。

宮中上好的安神寧氣湯，藥材裡有不少養神安眠成份，靜臥一夜，多多少少能補足降真香消耗損毀的心神。

洪公公扶著蕭朔平躺，並不勸他解甲更衣，「殿下，好生睡一陣，老奴在外間守著。」

蕭朔向來不願在府外闔眼，只是此時心力的確都已耗到極處，蹙了蹙眉，沒有出聲。

「老奴守著，誰也不放進來。」洪公公道：「您安心睡一刻，一夢醒過來，今夜便過去了。」

蕭朔低聲道：「有勞您了。」

洪公公連道不敢，替他稍蓋上了薄被，放輕腳步悄悄出了門。

蕭朔躺在榻上，藥力逐漸散發，倦意一絲一縷襲上來，慢慢壓制住了腦中翻絞著的悶痛。

四周靜謐，窗外聽見隱約風聲，風燈搖晃，嘎吱作響。老內供奉寸步不離守在殿外，能聽得見金吾衛的巡邏聲，由遠及近，盤桓一陣，再慢慢遠入長廊。

蕭朔握了握掌心的那一枚飛蝗石，闔上眼，慢慢在心底念了幾遍雲琅的名字。

降真香並不難抵抗，他曾被綁在宮中，一次一次，死死向榻上撞，去苦熬那些罌粟汁在體內滋生出的惡魔，幾乎覺得自己已死過了不知多少次。

再活過來，已沒什麼能攝去他的心神。

皇上以為用假冒的降真香便能套出他心中念頭，卻反倒弄巧成拙，折了一個侍衛司的都指揮使。下一次，就該同襄王的肱股之臣清算了。

蕭朔靜躺著，一寸寸被倦意拖入黑沉，心底緊繃一瞬，終歸再無以為繼。

窗外風動，一道人影飄進來，落在地上。

蕭朔太過疲倦，仍睡得沉，不見半分察覺。

人影身上殺氣騰騰，看了他半晌，摩拳擦掌將衣襬撩了塞進腰帶，一步步過來。

屋內太黑，一時不慎，碰著了個喝空的藥碗。

人影反應何等敏捷，抬手撈住，屏息雙手摸索著放在榻前，沒驚動門外守著的老供奉。

才鬆口氣，卻已迎上了蕭朔警惕睜開的眼睛。

雲琅：「……」

這人多半是藥石無效的沒救了。

雲琅半夜穿著夜行衣，蒙了臉來找蕭小王爺算帳，在窗外蹲了半天，本以為蕭朔這會兒總該睡熟了，誰知竟還一碰就醒。

若是蕭小王爺敢張嘴喊人，他還得提前設法堵上。

雲琅盤算得周全，磨刀霍霍，俐落擼了袖子，準備撲上去給琰王殿下點厲害看看。

才一動，蕭朔躺在榻上，視線落在他身上，卻忽然微微笑了。

雲琅腳下險些踩空，堪堪站穩。

月色清淡，蕭朔臉色也並不好，眉宇間盡是疲倦。

這一笑卻分明溫朗柔和，暖融融的像是諸事已定、諸險已平的某個閒臥雪夜。

或是尚未家變、未經血案，還不及叫滔天的仇恨鋪面壓下來的許久之前。

久到蕭小王爺還是個日日刻苦、夜夜用功的小皇孫，書讀得太狠了，支撐不住睡去，又被來胡鬧的雲琅擾醒。

不止不生氣，還伸手拉他，將藏了的點心遞給他吃。

某個最尋常的、最不起眼的，誰都以為還會有無數個一模一樣的以後的晚上。

雲琅愣愣站著，叫他這個笑一刀扎在胸口，堪堪站了幾息才回神。

丟人。

雲琅是專程來同蕭小王爺打架的，自覺此番丟大發了人，咬牙切齒要準備動手，蕭朔卻已撐著手臂坐起來。

蕭朔笑意未斂，啞然輕聲：「這是做了什麼好夢了。」

雲琅蹙了蹙眉，看著大抵是尚未醒透的蕭小王爺，莫名其妙一心軟，沒捨得出聲叫醒他，「什麼夢？」

「我念著你睡著，竟就夢見了你。」蕭朔笑了笑，「過來。」

雲琅腳下一頓。

蕭朔望著他，輕拍了下榻邊空處。

雲琅的腿有自己的念頭，沒管還賭著氣的上半身，不由自主過去哐噹坐下。

蕭朔伸手，將雲琅抱住，解了他蒙面的黑布。

合著涼潤月色，吻上了雲少將軍的眉心。

降真香雖只是仿製的假貨，卻也仍效用極強，專誆人身陷混沌，不自知地暴露出心中念頭。越是抵抗，越損心神。

蕭朔靠在榻前，力道和動作卻都極穩定，細細拭淨了掌心冷汗，撫上雲琅微涼的後頸，點水一樣靜靜吻他。

雲琅坐了一陣，輕嘆口氣，伸手去解蕭朔的鎧甲。

蕭朔微頓，去攔雲琅的手，「做什麼？」

「睡你的，管我幹什麼。」雲琅暗罵自己不爭氣，居然蕭小王爺夢裡親一口都扛不住，手上盡力輕緩，小心替他解了冰冷鎧甲，「趕緊親，少廢話。」

蕭朔叫他訓得怔了下，靜了片刻，又笑了笑。

兩人自幼相識，實在太熟。雲琅這般看似洶洶虛張聲勢的架式，他受了不知多少，比誰都更知道雲少將軍有多嘴硬心軟。

夢裡身是客，不知這又是哪一段，可哄好的辦法卻是一樣的。

蕭朔抬手，護住雲琅脊背，自上至下慢慢撫了幾次。

他細細吻著雲琅，掌心隱約回了暖，柔緩力道透過薄薄的夜行衣，半護半哄地落在雲少將軍背上。雲琅肩背凜然不可侵地繃了不到三息，就在蕭朔掌心一點點軟下來，不情不願地抿了嘴，把蕭小王爺身上鎧甲整個扒了，隨手拋在榻邊。

「不氣了。」蕭朔溫聲道：「今夜陪你下棋，明日陪你跑馬。」

雲琅心說明日這馬怕是要跑到皇帝臉上。

話到嘴邊，叫蕭朔貼身衣物冷冰冰一碰，到底沒能出聲。

蕭朔擁著他，連氣息都穩定安靜，要是不看早叫冷汗浸透的衣物，幾乎看不出半點異樣。

雲琅不著痕跡，握在蕭朔腕間的手轉過半圈，按了按蕭朔的腕脈。

小藥童受了一個藥杵的賄賂，不再防賊一樣防著雲琅，也常抱來師父的醫書給他看。叫梁太醫舉著針追了這些天，雲琅對照醫書，試得多了，也已漸能摸出些門道。

弦伏而滑，是悸脈，悸而氣亂，結滯於中。

雲琅輕嘆了口氣，從蕭小王爺懷裡把自己拎出來拼成人形，握著蕭朔攬在自己背後的手臂，挪開放在一旁。

蕭朔微怔，將手慢慢收回來。

雲琅未雨綢繆，起身推開條門縫，同守門的洪公公打了個招呼。

老供奉盡心盡力守著門，叫殿裡忽然多出來的人嚇了一跳，險些錯呼出聲，看清人才堪堪壓下錯愕，「您怎麼……」

雲琅倚著門縫，比劃了個噤聲的手勢，回頭示意了下殿內。

洪公公立時領會，將話嚥回去，屏息點了點頭。

雲琅放下心，閂嚴了門轉回來，將窗子也一併掩了。

好歹也是在宮中，縱然抬出來的賞賜混了箱說不清道不明的東西，也總不能太明目張膽。

雲琅思慮得周全，在窗前擺了三顆示警的飛蝗石，繞回榻前正要開口，忽然怔了下。

蕭朔從方才開始，便像是再沒動過。

不問也不叫他，束了手，垂眸靜坐著，無聲無息似在出神。

雲琅皺了皺眉，扶住蕭朔肩膀，輕晃了晃，「小王爺？」

蕭朔坐了一陣，抬頭看他。

「怎麼了？」雲琅知道蕭朔受燻香影響不曾醒透，盡力放緩了聲音：「躺下，你身上太涼，我替你暖一暖。」

蕭朔恍若未聞，將視線慢慢挪開，闔了眼。

雲琅蹙緊眉，又試著叫了兩聲，蕭朔卻仍不見反應。

他閉上眼睛的力道緩而靜默，像是從夢裡醒來了，又一點點沉進濃得化不開的寂暗裡。

雲琅心底一沉，握住蕭朔的手腕，將他慢慢平放在榻上。

是他疏忽了……此時不同平日，方才從蕭小王爺懷裡出來，該交代一聲。

蕭朔肯放他走，雲琅自然知道。琰王殿下攢了這些年的恨意不甘，攢了一屋子的鐵鐐鎖銬，老主簿整日提心吊膽瞞著，生怕叫小侯爺看見，誤會成了王爺的房事癖好。

雲琅其實早去那屋子裡轉過一圈，卻也早知道，無論什麼時候，只要他走，蕭朔仍會放了他。

哪怕雲琅是去了什麼追不上找不著的地方，哪怕放了雲琅，轉頭便去同他共死，找那不知是真是假的黃泉路再追一程。

哪怕是剛做了場求而不得的美夢。

「小王爺。」雲琅胸口生疼，咬了咬牙，貼在蕭朔耳畔，「誰讓你放手了？」

蕭朔靜躺著，呼吸不可察地亂了下。

雲琅俯身看著他，頭也不抬彈出顆飛蝗石，滅了燭火，一手扯了床前厚重繁複的布帳紗幔。

【第十章】

今日一戰，我只聽喊殺聲便恨不能與你並肩

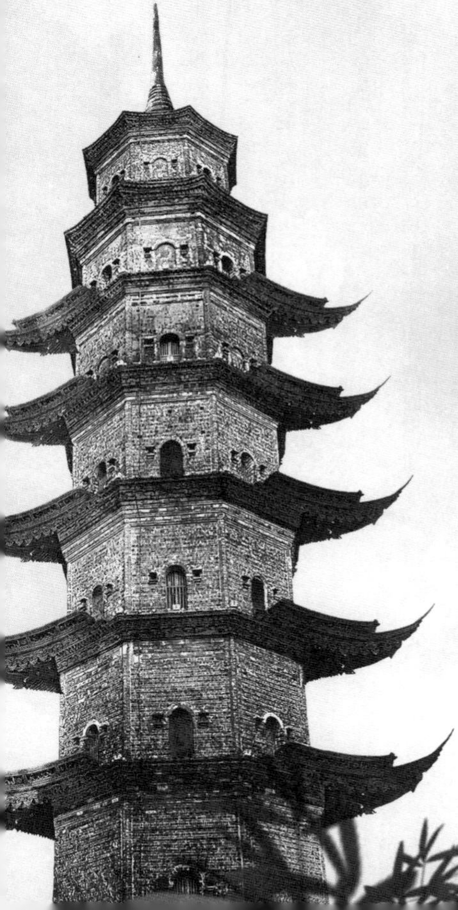

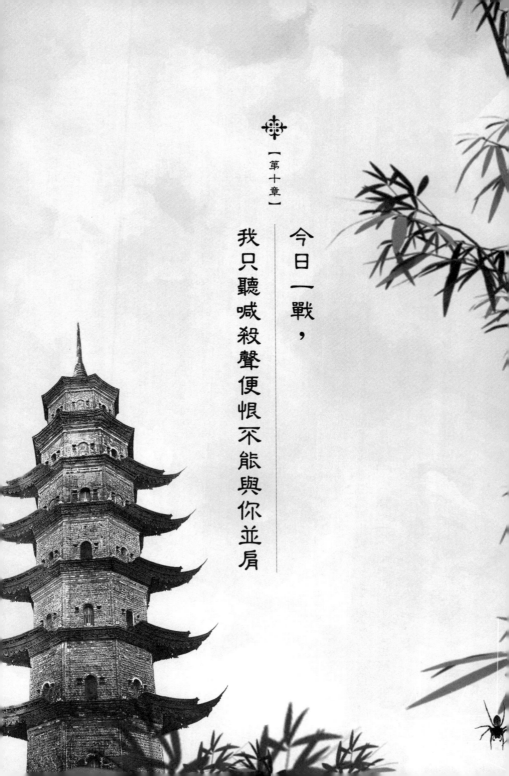

黑暗如水一樣浸下來，雲琅單手扼住蕭朔肩膀，橫臂攔在他頸間，俯身道：「醒過來。」

蕭朔胸肩微微一顫，像是極弱地掙了掙，卻終歸無以為繼，又靜得一動不動。

方才稍回的暖意也淡了，他身上一點點冷下來，冷得像是能浸入夜色。

雲琅抬手，按在蕭朔微冷的胸口。

小王爺拿的香譜並無錯處，只是有心無意，落了一味蘇合香。

蘇合香，攝人心神，困於夢魘。

蕭朔躺得安靜，原本悸滯的心脈，此時竟已漸弱下來。

雲琅掌心覆在他胸口，察覺到微弱的輕撞，空著的手在蕭朔袖間摸索幾次，翻出一支帶了血的袖箭，拋在一旁。

次次用這種辦法醒過來，不虧蕭小王爺動輒頭疼。

雲琅壓著火，在蕭朔唇上碰了碰，咬了一口，「睜眼。」

蕭朔不見回應，任他廝磨。

雲琅摸出顆玉露丹，含著哺進蕭朔口中，一手墊在他頸後，免得嗆岔了路。

玉露丹護持心脈，入口極苦，過了一刻，慢慢化開一片清香。

「蕭朔。」雲琅解了他衣襟，嗓子壓得極低，清冷凜冽一點點滲出來，「我不會走，一次也不會再走。小王爺若有膽色，就當真將我綁了。」雲琅寒聲道：「捆一世，鎖一世，下了黃泉路，砸了孟婆湯的攤子，你我攜手去投胎，生生世世，歸於一處。」

蕭朔胸膛隱約起伏，手臂動了下，眉峰慢慢蹙起。

他仍不足氣力，卻已開始盡力掙脫那片叫人留戀至極的寧靜黑暗，被雲琅握在掌心的手動了動，似在摸索。

「蕭朔。」雲琅轉了下手，同他十指相扣，「你信我，便睜眼。」

蕭朔胸腔一震，應聲睜開眼睛。

他身上像是叫冰水浸洗過一遍，冷得不帶溫度，眼底明明滅滅光芒仍眩，怔忡看著雲琅。

雲琅高懸著的心終於落定，力道一卸，結結實實砸在了蕭小王爺的身上。

蕭朔初醒，一口氣被他砸淨了大半，眼前又黑了一瞬，「雲……」

「閉嘴。」雲琅餘悸尚在，沒好氣沉聲：「睡你的覺。」

「……一刻前。」蕭朔抬手，攬住身上失了人形的少將軍，「我自覺正在睡覺，有人三番五次，叫我睜眼。」

雲琅一時愕然，他還沒見過這般不識好歹的，撐起半身，瞪圓了眼睛，「你這人……」

蕭朔握住他手臂，抵著額頭，閉上眼睛。

雲琅就受不了這個，氣勢平白一軟，僵了半晌，慢吞吞跟蕭小王爺蹭了蹭額頭，「行了，收收驚。」此時不宜算前幾次的總帳，雲琅暗地裡記了帳，暫且拋在一旁，順手扒開蕭小王爺胳膊，整個人咬牙切齒地自投羅網，貼上了蕭朔胸肩，「早晚同你打一架。」

蕭朔身上太涼，他知雲琅素來畏寒，挪了挪，抬起手，「任打任殺，少將軍請便。」

「你衡量一下。」雲琅道：「現在把我推開，你這一個月都別想在榻上再看見我。」

蕭朔靜了一刻，垂了視線，沉吟著沒再動。

雲琅愕然，「你還真在衡量？」

「倒並非衡量。」蕭朔看了他一眼慢慢道：「只是子時已過，今日便是除夕，這一個月還剩下十個時辰……」

雲琅一腳踹開蕭小王爺，坐起來便要翻窗子走人。

蕭朔眼疾手快，將雲琅拉住，「少將軍。」

「少將軍心冷如鐵。」雲琅叫他拖著，往窗前原地踏步，「這十個時辰，還請蕭小王爺好生享受，在下告……」

蕭朔靜了靜，握著他的手稍一用力，低聲道：「冷。」

雲琅身形一滯。

蕭朔察覺到掌心力道，仍慣性地想鬆手，卻又不知從哪裡冒出一股念頭，反倒攥得更緊。

雲琅沒來得及告辭，叫他攥麻了的手微微動了動，抿了嘴，最後叫蕭小王爺一點點拖回懷裡，慢慢抱實。

端王端王妃英靈在上，蕭小王爺知道冷了。

雲琅坐了半晌，氣得樂了一聲，手腳並用把人抱緊，貼得密不透風。

蕭朔向來慣了替他暖身子，蹙了蹙眉，才要開口，嘴也叫雲少將軍眼疾口快，咚的一聲封了個嚴實。

夜深風寒，月清露重。

雲琅夜行衣裡頭藏著棉袍，小王爺親自吩咐人做的，內裡綴著上好的細絨，此時身上仍暖暖和和。加之這些天補得好，身上也不再單薄得骨質分明。

揣在懷裡，格外好抱。蕭朔叫雲少將軍毫無章法地掛在身上亂親，輕嘆一聲，單手將人攬了，空下來的手攏在雲琅腦後。

雲琅：「啊？」

未及反應，蕭朔已將他放平在榻上。

「做什麼？」雲琅心頭一懸，「我還得騎馬打仗，不能疼腰、不能疼腿、不能疼……」

「我的少將軍。」蕭朔望著他，「不是這麼親的。」

雲琅愣愣躺著，從心口到心神皆受了琰王致命一擊，一時丟盔卸甲，再說不出話。

蕭朔不再攔著雲琅替自己取暖，分開雲琅唇齒，慢慢細緻吻下來。

他方才含服了玉露丹，藥材清香下，能透骨的苦味還未散盡。

雲琅色令智昏，叫他親得神思恍惚，尚忍不住低聲抱怨：「好苦。」

「入口最苦。」蕭朔道：「你那時未能嚐得出來？」

雲琅一愣，「我……」

他那時急著給蕭朔餵藥，餵淺了怕蕭朔不肯吃，餵深了又怕將人嗆著，哪有工夫關心這些。

雲琅叫他提醒，才察覺分外提神醒腦的濃烈苦味，一時捶胸悔之不及。

蕭朔看著他，眼底融融一暖，自袖子裡摸了顆糖，剝開糖紙。

雲琅想不通，「你帶著這東西見的皇上？」

「還帶著你的小泥人。」蕭朔將糖餵給他，看著雲琅一點點吃了，眉宇鬆緩，「不然如何能撐下來。」

雲琅含著糖，耳根一熱，將蕭朔用力抱了，照後背用力呼嚕了幾趟，「你是不是盤算著……」

雲琅話音一頓，沒往下說，將糖咬了一半，給蕭朔分過去。

昨日救那個險些墜河的孩子，事出意外，並不在預料之內。

雲琅走得快，出手時又已易容，縱然身法多少有跡可循，只要蕭朔有意，再怎麼也能設法糊弄。他內息空耗，不願叫蕭朔擔憂分神，便不曾急著回府，去了梁太醫的醫館調息。

梁太醫手裡安神的藥多，索性趁虛而入，下了些藥將他直接放倒了，叫親兵背去了靜室好睡。

雲琅睡到月升，心頭忽然沒來由一緊，內息險些走岔，冷汗涔涔猛醒過來。

王府不曾派人來找，也不見連勝與殿前司人影。

刀疤守在門口，欲言又止，戰戰兢兢。

雲琅就知事情定然不對，揣摩著諸般端倪，應和著夢境連誆帶逼，從刀疤口中硬問出了實情。

「士別半日。」雲琅沒好氣道：「小王爺不止學會了胡說八道，竟連心血來潮、兵行險著也一併給學會了。」

「時機難得，稍縱即逝。」蕭朔知道雲少將軍實則半分也沒消氣，只是壓著不便發作，握住雲琅手指，試探道：「所幸有驚無險。」

他忽覺不對，蹙緊了眉，伸手去摸燈燭火石。

「沒什麼好看，弓弦勒的。」雲琅將手背在背後，伸手把人扯回來，低聲道：「上過藥了，有驚無險。」

蕭朔看著他動作，靜了片刻，低聲道：「抱歉。」

雲琅醒來得知消息，要潛進宮內探清情形、設法混入強弩營，還要再凝聚心神，射出索命的那一箭。雲少將軍向來神勇，能於陣前挽弓直取敵方帥旗，今日竟能叫弓弦割傷了手，不知心神已亂到了何種地步。

「知罪了。」蕭朔輕聲：「今後定不再犯。」

雲琅逮著哪是哪，照著戴罪的蕭參軍肩膀上咬了一口，卻不說話，枕著蕭朔手臂仰了頭。

蕭朔撐起身，迎上雲琅的視線。

「你的罪多了。」雲琅還心疼那一箱子春宮圖，壓了壓脾氣，不在這時候同他算帳，「等事了了，一樁一樁罰你。」

蕭朔緩聲道：「知罪，認罰。」

他說得格外認真，像是逐字逐句都出自心底。平日裡戾意盛不下的冷冽寒眸，此時竟溫寧得彷彿靜水流深，藉著月色，穩穩映著雲琅的影子。

雲琅叫他裝在眼底，心口一澀，喉嚨哽了下，「你……」

雲琅咬了咬牙，側過頭。

蕭朔是來做什麼的，洪公公看不透，都虞候和連勝看不透，就連皇上預設立場、百般揣摩，只怕也想不明白。

宮變凶險，禍福難料。蕭朔慣了走一步看三步，縱然有九成九的把握，也要為了那一分，將後路替他鋪設妥當。

只要能叫皇上相信雲琅能替他守住當年事，便有可能叫皇上動搖，此時壓上蕭朔的立場，皇上無人可用，為安撫蕭朔，多半會選赦了雲琅死罪。

若今日能將雲琅身上的死罪推了……不論用什麼辦法，縱然明日不幸，蕭小王爺死在這宮變之中，雲琅也再不需王府庇佑。

蕭朔不攔雲琅同死同穴，卻要為了這一分可能，寧肯兵行險著，也要讓雲琅能以少將軍之名去北疆。

蕭朔要保證，縱然琰王今日身死，他的少將軍日後也能光明正大、堂堂正正地領他的兵、奪他的城。

「少將軍……好軍威。」蕭朔抬手，在雲琅眼尾輕輕一碰，淡笑道：「訓人竟也能將自己訓成這般架式。」

雲琅用力閉上眼睛，將眼底熱意逼回去，惡狠狠威脅，「再說一句。」

蕭朔及時住了口，靜了片刻，又輕聲道：「只是慣了思慮，將事做得周全些，你不必多想。」

雲少將軍不爭氣，又想起來時見蕭朔那一笑，徹底沒了半分軍威，緊閉著眼睛轉了個身。

「知錯了。」蕭朔輕撫他頸後，「如何能哄少將軍消氣？」

「去找你六大爺，叫他赦了我。」雲琅悶聲：「打一仗給你看軍威。」

蕭朔微啞，正要開口，殿外傳來極輕的兩下敲門聲。

「殿下。」隔了一息，洪公公的聲音自門外響起，「文德殿方才派人傳旨，說宗正寺來報，尋著了一封過往宗室玉牒。」

「天章閣老與虔國公親自辨認，上用玉璽，是先帝筆跡。」洪公公輕聲道：「玉牒上所載……是前雲麾將軍雲琅。」

雲琅：「……」

蕭朔靜坐著，掌心仍覆著他脖頸，看不清神色。

雲琅方才澎湃的心神漸漸熄了，心情有些複雜，撐坐起來。

兩人忙活半宿，為的無非就是這個，自然猜得到皇上會妥協設法赦他死罪。

死罪並不難免，雲琅只是受親族牽連，若非當年親手燒了豁罪明詔，為換琰王府安寧將性命親手交進了六皇子手中，這罪分明早就該一筆勾銷。

如今皇上既不得已退讓這一步，找個今年高興、大赦天下的藉口，罪便也免乾淨了。

誰也沒想起來……居然還有這個辦法。

雲琅還記著先帝那句「皇后養子」，一時心裡也頗沒底，訥訥：「小王爺。」

蕭朔坐得紋絲不動。

雲琅有點心虛，乾咳一聲，扯扯他袖子，「小皇孫。」

蕭朔坐得一片巍然。

雲琅鼓足勇氣，「大侄……」

蕭朔：「雲琅。」

雲琅當即牢牢閉嘴。

蕭朔深吸口氣，將一把火燒了祖廟的念頭壓下去，按按眉心，起身下榻開門，去接了那一封玉牒。他也早已忘了此事，更想不到蔡太傅竟當真去找了，此時只覺分外頭痛，蹙緊眉打開看了一眼，卻忽然微怔。

雲琅輩分飄忽不定，頗為緊張，「寫的什麼？」

蕭朔看他一眼，將玉牒合上。

雲琅：「啊？」

蕭小王爺沒有心。雲琅火急火燎，自榻上跳下來，「給我看一眼！怎麼回事，莫非將我寫成端王養孫了？你怎麼還往高舉你這人……」

洪公公及時關了門，看著兩人鬧在一處爭搶那份玉牒，再壓不住笑意，欣然向後退了退。

雲琅蹦著高，眼看便要搶到那一封玉牒，神色忽然微變，鬆開手回過身。

洪公公一愣，「小侯爺，可是出了什麼事？」

蕭朔走到窗邊，將窗戶推開。

宮中仍寧靜，天邊卻一片通明，隱約可見耀眼爆竹焰色。

蕭朔與雲琅對視一眼，神色微沉，「是鼇山的爆竹聲。」

「大抵是我們這位皇上到底沉不住氣，打草驚蛇了……無妨，來得及。」雲琅道：「我本想著今日在宮裡陪你一天，外頭安排好了，隨時能用。」

雲琅入宮前便已整頓好了殿前司，兩家親兵也並在一處，隨時待命。開封尹早備好了滅火活水、衙役各方守牢，虔國公的私兵也守在了京郊，隨時馳援。

本想有備無患，陰差陽錯，竟碰在了一處。

侍衛司異動，朝臣深夜入宮，終歸還是驚動了虎視眈眈的襄王，竟將宮變提前了整整一日。

此時正好盡數用上。

「不耽擱了，回頭同你說。」雲琅摸過蒙面巾，「你那盔甲穿好，流矢無眼，千萬當心。」

「小侯爺！」洪公公隱約聽明白了情形，心頭一懸，連忙阻止：「您不可不披甲，宮中有盔甲，老奴帶您去。」

「不必。」雲琅一笑，「我剛從製衣局過來，一不小心，看見了套上好的雲錦短打，配的薄鐵淬火明光甲。」

雲琅已有了主意，緊了緊腕間袖箭機栝，「蕭朔。」

蕭朔點了點頭，緩聲道：「凡事謹慎，多加小心。」

「話還給你，多加小心。」雲琅笑道：「有件事我沒對你說過……我在御史臺獄，曾做過個夢。夢見我穿著那一身雲錦戰袍，去北疆打了一場仗，萬箭穿心，死在了北疆。」

蕭朔眼底光芒一悸，抬頭望他。

「我就剩了一個煙花，本想等到死而無憾的時候，給自己聽個響。」雲琅道：「放的時候，才發現自己居然有憾，還憾大發了……我惦記一個人，竟連他一眼都沒看見。」

雲琅：「若他在，我說一句疼，他定來哄我。」

「戰事在即。」蕭朔啞聲道：「不說這些。」

「就得說這些，老主簿說了，要說什麼等打完仗回來就把我扛回你府裡當小王妃之類的話，這就叫插旗。」雲琅飛快含混道：「你聽我說，蕭朔。」

蕭朔叫他握住手，輕攥了下，抬起視線。

「我攀扯你，在刑場胡言亂語，是忽然想通了。」雲琅道：「我若死在你府上，就能有個歸處，半夜還能在你床底下睡覺。」

蕭朔靜了靜，抬頭道：「戰事在即……」

「我知道。」雲琅扯扯嘴角，低聲飛快道：「我今夜調息，又做了那個夢，夢裡有諸多不同。我想過是什麼兆頭，也想同你研究研究，後來見你醒來朝我笑，忽然想透了……蕭朔。」

窗外漆黑，夜色下蟄伏的凶險還尚未顯露，天邊明暗吞吐，雜著爆竹的鳴聲。

雲琅單手一撐，坐在窗沿上。

雲琅看著蕭朔，眼底已是一片刀光劍影的明銳鋒芒，卻又分明映著他的影子，「過來，這次輪到你。」

蕭朔靜看他良久，走過去。

雲琅握住他手臂用力一扯，伸手將蕭朔牢牢抱住，迎著夜風，肆無忌憚地吻他。

蕭朔胸口滾燙熱血轟鳴，氣息一滯，閉上眼睛。

雲少將軍輕薄了琰王殿下，笑意明淨，深深看了蕭朔一眼，再不廢話，擰身扎進了茫茫夜色。

❖

臘月廿九，大儺驅逐疫癘之鬼，焚天香於戶外。

消災祈福，除舊布新

鼉山轟鳴點亮的一刻，文德殿內也跟著一時靜寂。朝臣面面相覷，神色都隱約微變。

皇上臉色難看得要命，一言不發，起身走到窗前。

「不是說……襄王除夕夜謀逆，以鼇山為號嗎？」樞密使臉色蒼白，惶然看著殿中，不敢置信地問道：「如何現在鼇山便亮了？開封尹呢？可是有人失手，不慎點燃了鼇山？開封尹為何奉詔不至？莫非也成了襄……」

「大人慎言。」參知政事垂首道：「誰是襄王的人，不妨問問你的侍衛司都指揮使。」

樞密使氣急敗壞，起身便要怒斥，叫皇上冷然掃了一眼，打了個顫，堪堪將話硬嚥了回去。

高繼勳死得不能更透，不論真相，都已徹底再無對證，可皇上卻絕不是疑罪從無的脾性。此時閉嘴，還可說是文武黨爭對立，若再說下去，只怕連自身也難保。

樞密使咬緊牙關，將這個暗虧狠狠嚥了，低聲道：「只是如今情形……」

「開封尹有稟奏，下官已向陛下轉告過。」御史中丞道：「今夜查京中異動，開封府首當其衝，情形未明，不敢輕離。」

「如今看來，異動非虛。」旁側政事堂官員道：「只怕高賊自斃，逆黨已有所警醒，提前了下手的日子。情形緊迫，侍衛司可有人代都指揮使調兵？」

樞密使叫他戳中心底不安，跟著一滯，「此事……」

「如今大敵在前，正該精誠合力。」參知政事道：「大人若有得力幹將領兵，我政事堂不論黨爭之事，盡棄前嫌，皆聽樞密院安排。」

參知政事一番話說得尋不出半點錯處，樞密使再不能拿黨爭填塞，掌心隱約冒汗，「此事、此事……容本官謹慎思量。」

高繼勳這些年苦心鑽營，就只為了一家獨大，不知往樞密院送了多少禮金拜帖。

北疆有朔方軍死扛，京中禁軍長年無戰事，高繼勳雖不堪大用，卻也終歸有些本事，樞密使便也順水推舟，默許了他掃除異己的不少勾當。

偏偏高繼勳一死，遍尋樞密院，竟再尋不出能代都指揮使事的。

「有……有幾個，能帶兵，只是不曾打過仗。」樞密使高懸著顆心，搜腸刮肚，磕磕絆絆盡力道：「若是、若是精誠合力，同仇敵愾……」

參知政事皺了眉，「襄王謀逆，生死存亡之際，大人在這裡講同仇敵愾？」

樞密使叫他質問得說不出話，臉上沒了血色，戰戰兢兢閉緊了嘴。

「陛下。」參知政事冷冷掃了樞密使一眼，回身道：「樞密院無將，大戰一觸即發，臣僭越，保舉兩人。」

皇上目光晦暗，聽著殿中亂糟糟吵成一團，聞言皺了皺眉，「兩人？」

「兩人。」參知政事慢慢道：「殿前司都指揮使蕭朔、前雲麾將軍雲琅。」

「不可！」樞密使脫口道：「琰王暴戾難馴，雲氏叛逆，一介罪臣……」

「今日叫政事堂入宮，為的不就是雲麾將軍的玉牒。」參知政事道：「皇上金口玉言，已赦了雲琅之罪，只差政事堂發明詔用印。」

參知政事神色微冷，「莫非如今連聖上說的話也不管事了，大人一定要看政事堂在這裡寫一封詔書才行？」

樞密使今日理虧，處處是錯，咬牙嘶聲道：「臣不敢！只是這兩人之心實在難測！若叫他們掌了兵，來日只怕禍福難料。」

「若不叫他們掌兵，大人可調得出半個能戰的將領！」參知政事厲聲：「堂堂樞密院，替聖上執掌兵事，只知議和、歲貢、割地，勾心鬥角，自毀長城！」

樞密使抖得站不住，臉色慘白，「成何體統，這般在陛下面前咆哮，你……」

「夠了！」皇上沉聲呵斥：「你二人要吵到什麼時候，逆黨發兵打進來嗎？」

參知政事面沉似水，一言不發跪在地上。

皇上用力按了按眉心，深吸口氣，慢慢呼出來。

高繼勳死得突然，蕭朔接掌侍衛司，原本也是此時唯一一條出路。

只是按照原本預計，赦了雲琅以安撫蕭朔，明早再勉勵一番，調動妥當從容安排，一日的時間恰好足夠。襄王一黨偏偏在今夜點亮鼇山，勢成騎虎，待兵戈一起，再無退路。

「京城情勢與北疆不同，雲琅已多年沒帶過兵，未必能勝，不便執掌兵事。」皇上壓了壓念頭，「宣琰王……來文德殿吧。」

樞密使急道：「陛下。」

皇上冷淡掃他一眼，「你想親自領兵？」

樞密使打了個寒顫，緊閉上嘴，一頭重重磕在地上。

領命傳旨的金吾衛磕了個頭，繞過殿中紛亂群臣，匆匆跑著出了文德殿門。

一刻後，琰王披掛入殿，奉了侍衛司銅牌令。

「非常之時，朕信不過旁人。」皇上穿過群臣，親手將蕭朔扶起，「禁軍各處皆已調配妥當，只缺人居中調動，你可有把握？」

「臣不知兵。」蕭朔道：「拚命而已。」

皇上頓了下，神色不變，緩聲道：「朕用人不疑，既用了你，便是信你能替朕剿除逆黨。」

這些天來，宮中與襄王勢力彼此滲透摸索，禁軍早已做好了迎擊準備。若非今日之變，本該十拿九穩。

皇上親眼見過侍衛司刀槍林立、威風凜凜，對其戰力一向頗放心，「朕將侍衛司給你，也不是叫你拚命，按部就班迎敵罷了。我軍強悍，叛逆未必便有一戰之力。」

蕭朔垂眸，斂了眼底諷刺，「是。」

皇上心思定了大半，點了點頭，又道：「週邊禁軍已有安排調配，朕已審閱過，十分妥當。想來足可拒敵……」

話音未盡，又一聲震耳轟鳴。

方才那一聲在城中，離得尚遠，此時這一響震得地皮像是都跟著顫了一顫，竟彷彿近在咫尺。有人心驚膽戰，再坐不住，起身道：「怎麼回事？什麼聲音？」

有實在沉不住氣的，幾步過去，推開窗子。

窗外夜沉如水，仍靜得彷彿一片風平浪靜，夜風流動，卻飄來隱約炙烤的火藥氣息。

皇上倏而轉身，牢牢盯著窗外，神色驟沉。

「承平樓下的暗道。」蕭朔道：「臣啟稟後，陛下令何人處置的？」

皇上臉色沉得懾人，幾步走到窗前。

承平樓下用來行刺的暗道，當初蕭朔發覺後便稟給朝中知曉了。又曾幾次提起，說宮中只怕不止這一處隱患，尚需細加排查。

此事說大不大，說小不小，卻不能叫外人插手，按理而言，本該就交由蕭朔來做。

偏偏皇后與太師府再三力保，搶下了這個差事，叫皇長子蕭泓、皇次子蕭汜來辦，只說定然處置妥當。

蔡補之對他說這兩個皇子才智平庸，皇上聽時，還對這個曾與雲琅交從甚厚的太傅生過疑慮。

此時看來……竟還是蔡補之說得輕了。

皇上壓著幾乎衝頂的惱怒，用力闔了眼，寒聲道：「不堪造就。」

「陛下。」參知政事道：「如今並非追究的時候，情勢緊要。」

「朕知道。」皇上死死壓著怒意，看向蕭朔，「此事朕……會給你個說法。」

「臣不要說法。」蕭朔起身，「臣去守門。」

皇上眼底倏而一縮，「你說什麼？」

「宿衛宮變後，宮中不再設大批禁軍，沒了裡應外合的機會。」蕭朔道：「上朝時，大都過宣德門、端禮門，再入文德門方到文德殿。可要來文德殿最便利的，其實並不是這幾座門。」

眾人面面相覷，對視一眼，臉色都不由變了變。

「情勢有變，臣請兵符。」蕭朔道：「右承天門若破，要毀文德殿，只要一把火。」

他語氣冷淡漠然，與平日無異，說出的話卻已在殿中掀開一片焦躁惶恐。

「你……你如何知道，他們會從右承天門殺進來？」樞密使顫巍巍道：「那裡不是正門，外有護城塹溝，城高牆深，區區叛軍如何進得來……」

「大人。」蕭朔看了殿上眾臣慢慢道：「真正的叛軍，是不會裹挾幾個禁軍嘩變，在寢宮前鬧一場了事的。」

他此言對著樞密使，皇上的臉色卻忽然狠狠一白，沉聲道：「夠了，不必說了！」

蕭朔回身，垂頭拱手。

皇上深深盯他半晌，終歸將侍衛司的腰牌兵符取出來，遞給金吾衛，交在了蕭朔手中。

汴梁城中，火光四起。

開封尹未著官服，親自帶人撲火滅煙，身上已處處煙灰餘燼，「不可聚在一處，四處照應！敲淨街梆……」

話到一半，一條梁柱燒得毀去大半，當頭劈砸下來。

護衛撲救已來不及，喊劈了嗓子，要捨身撲過去，忽然聽見身後清亮馬嘶。

馬上將領白袍銀甲，掠過殘垣，一槍挑飛了仍烈烈燒著的梁柱，扯著開封尹衣領，拋進護衛群中。開封尹被人七手八腳匆忙攙扶，倉促站穩，「雲將軍！」

「有勞。」雲琅勒馬，「叛軍在何處？」

開封尹定了定神，「四方都有，朝城西匯攏。方才聽見傳令，要破右承天門。」

雲琅：「百姓如何？」

「依將軍所言，這幾夜淨街宵禁。」開封尹道：「大都在家中，只是有民居燒毀，開封府正設法安置。」

雲琅心中大致有數，點了下頭，勒了勒手中馬韁。

開封尹是文人，不是戰將，能顧到這一步已是極限。如今在阻攔叛軍，與之激戰的，應當是周邊駐紮的禁軍。禁軍布置他看過一圈，當年端王遺留下來的布防圖，水潑不透，若戰力足夠，叛軍理當束手無策。

若戰力足夠。

雲琅隨手拋了搶來的長槍，解下鞍後繫著的勁弓，握在手裡，凝神將城中各方布置戰力盤過一遍。宮中忌憚蕭朔，卻又不得不用蕭朔，縱然交出侍衛司，也不會放蕭朔出城。

城中禁軍各自為戰，沒有將領主持，成了遊兵散勇。

「殿前司守在金水門！」開封尹忽然想起一事，上前一步急道：「是琰王留給將軍的部下，將軍若見了他們，便有兵了！」

「不急。」雲琅道：「金水門緊要，不可輕離。」

開封尹一怔，「可是……」

「衛大人斯文些，擦一擦臉。」雲琅朝他爽朗一笑，調轉馬頭，豪氣道：「我做將軍，幾時還沒有兵帶了？」

開封尹怔忡立著，不及開口，雲琅已揚鞭催馬，沒入了黑黢黢的夜色。

城中亂成一片，沿街門戶緊閉，越向西走，越見戰後狼藉。

血色刺目，混著硫磺火藥，在風裡熱熱刺著人的嗓子。

花燈碾爛了，毀去大半，破開精緻外膛，亮出一點細弱燭火。

侍衛司叫黑鐵騎兵絞著，一觸即潰，猶有勉力拚殺的，也已不比風中的殘燈好上多少。

「主將都沒有，不如逃命！」有人和著血絕望嘶聲：「打什麼？如何打得過……」

校尉垂著一臂，身上盡是淋漓血色，咬牙低吼：「奉軍令，叛逃者死！」

高大人吩咐，說是吃飽喝足明日交戰，誰也弄不清怎麼竟就變到了今日。

侍衛司安逸太久，這一批從營校到士兵幾乎都不曾正經打過仗。今夜不及防備，倉促應戰本就失了先機，叫襄王精銳一衝，幾乎立時潰不成軍。校尉一刀劈了個奪命奔逃的潰兵，厲聲呵斥，盡力拖著人起身，身邊竟已沒一個能再握得住刀的。

黑鐵騎兵在夜色裡，沉默著一步步壓進，毫無抵抗地收割人命。

校尉緊閉了眼，要站直等死，忽然聽見鋒利弦聲嗡鳴，胸口一震，睜開眼睛。

為首的黑鐵騎甚至不及防備，當胸一箭，一頭栽落馬下。

幾乎沒有留下任何反應的間隙，就在隊伍愕然震驚的一瞬，又有三箭連發。精悍的大宛馬上，三名黑鐵騎叫箭矢穿胸而過，跌在地上。

始終沉默的黑鐵騎騷動一瞬，停在原地。

僅剩的一名頭領勒緊馬韁，胸口起伏幾次，面具後的眼睛牢牢釘在眼前的騎手身上。

校尉回頭，瞬間瞪圓了眼睛，身形晃了晃。他幾乎有些不可置信，臉上湧起些血色，喉嚨滾熱，「少……少將軍！」

雲琅攥了弓身，看著他身上血色，靜了片刻，「可還能戰？」

「朔方軍忠捷營，前左前鋒嚴林。」校尉哽咽撲跪在馬下，「見過少將軍！」

雲琅低頭，「你認得我？」

校尉嘶聲：「能戰！」

「好。」雲琅張弓，緩緩搭箭，「共守。」

御史中丞將大理寺翻了三遍，將雲琅的弓翻了出來，送回了琰王府。

五十年的桑木芯，鐵檀木弰，千捶的熟牛筋。

雲琅弓成滿月，泛著寒芒的箭尖巍然不動，遙遙釘在黑鐵騎僅剩的頭領喉間。

退一步，彼此整頓轉圜，再見再戰。

進一步，索命。

頭領對峙良久，用力一揮手，挾手下疾馳退去，投進夜色。

校尉一晃，「少將軍……」

「回去養傷。」雲琅並不看他，收箭斂弓，「權杖給我，你的人還有能站穩的，我要帶走。」

「屬下能戰！」校尉愴聲：「這不是北疆，是汴梁！」

「還能回去哪兒？端王歿了，屬下撿了條命，逃回了汴梁，混著醉生夢死……如今已是汴梁了！」校尉嗓音嘶啞，幾乎瀝出血來，「少將軍，屬下的家就在這裡，屬下退不了了。」

夜深風寒，畏縮著的幾個人愣愣看著，聽著校尉絕望嘶吼，一時竟生出些赧然無措。

雲琅凝他良久，將手中勁弓遞過去。

校尉眼中一片赤紅，胸口激烈起伏，怔忡著抬頭。

「我的家也在這裡。」雲琅道：「起來，隨我拒敵。」

校尉狠狠抹去眼中水色，握了雲琅弓弰，攥緊腰刀，掙命起身。

雲琅收了弓，一言不發，策馬越過一地狼藉殘垣。

火光在他背後，捲著烈烈銀甲雪袍，似冰似火，凜冽灼灼。

灼盡了無數膽怯陰私的懦弱念頭。

校尉踉蹌著跟上，隔了幾息，又有人猛然站起身跟上去，握緊了手中的腰刀。

風勁雪寒。

夜風裡漫開血氣，捲著爆竹燃盡的碎皮，叫細碎雪粒打透了，栽進路旁泥濘。

往日繁盛的街景早已冷清，只餘開封府衙役忙碌穿梭，四處救火尋人。臨街勾欄砸毀大半，家家戶戶門窗緊閉，不見光亮不見人影。

汴梁城高牆深，遠在腹地不臨邊境，太久不曾見過戰火。

金水門外，襄王叛軍已盡數收到了訊息，人覆面、馬銜枚，由各處奔襲匯攏，聚在一處。

緊閉著的城門下，數不清的黑色鐵騎。

「滾木雷石！」都虞候守在城樓上，死死咬著牙，「盾牌在前，弓箭在後，聽令齊射！」

殿前司內，藏了不知多少叫蕭朔暗中護下的朔方軍舊部。這一仗沒人聽琰王殿下的，無論家小獨子，盡數豁命壓了上來。

人人死守，無一人肯退。

叛軍多是重甲騎兵，連馬身也披掛甲冑，尋常箭矢破不開五十斤的鐵甲，滾木雷石卻都極有限。一旦耗盡，若援兵再不至，縱然所有人都死在城上，也守不住這一道薄薄的城門。

箭雨的間隙裡，連勝登上城樓。

「連將軍！」都虞候見他上來，隱約欣喜，「城中情形如何？侍衛司……」

連勝搖了搖頭，沉默著伸手，接過了身旁兵士的長弓。

都虞候怔住。

「我查了十三處侍衛司布防點。」連勝道：「都一戰即潰，有的甚至連交戰的痕跡也沒有……路上見了些逃命的流兵。」

連勝看著城樓下強攻的黑鐵騎，「援軍只怕不會來了。未戰先怯，士氣已竭，沒人能聚攏起這些嚇破膽的殘兵，除非……」

都虞候低聲：「除非什麼？」

「除非……」連勝靜了片刻，苦笑，「若再晚兩三個月就好了。」

都虞候忽然明白了他的話，心底一沉，在廝殺聲裡沉默下來。

若再晚兩三個月，雲琅身上的傷病便能養好大半，再無後顧之憂。

再晚兩三個月，琰王殿下就能想出辦法，轉圜朝堂，徐徐圖之。

還他們一個攻無不克的少將軍。

夜色濃深更甚，風捲雪粒撲得人心頭冰涼

「既然援兵來不了……便不指望了。」都虞候道：「不論援兵來不來，我等都半步退不得。」

「此處與燕雲不同，破了金水門，就叫他們進了內城。」都虞候沉聲：「內城可有交戰？」

「有。」連勝道：「殿下正帶人死守右承天門，同他們激戰，我走得急看不清楚，不知少將軍在不在其中。」

兩人心中皆不由自主寒了寒，一時靜默下來。

內城守得最嚴，殿前司寧可錯殺不肯放過，篩子一樣過了六七次，叛軍絕不會出在外面。是侍衛司內部有人倒戈。

皇上最信任的侍衛司，這些年要錢給錢、要糧給糧，兵強馬壯威風凜凜的禁軍精銳，潰逃的潰逃，叛逆的叛逆，如今只怕已再靠不住半分。

「內城無險可守，一馬平川，我們若攔不住，他們就會直取右承天門。」連勝道：「若與內城叛軍合在一處，就再無人能攔了。」

都虞候緊咬著牙，將無邊寒涼合著熱血嚥下去，奪過身旁兵士手中長槊，轉身下城。

連勝將他一把扯住，沉聲道：「做什麼？」

「金水門不是朔州城，城牆不是照著防攻城建的，若不出城死戰，遲早要被攻破。」都虞候道：「你我的命都是撿的，當年若無殿下，都死透了……今日好歹還一條。」

「要出城拒敵，也該我去！」連勝厲聲：「你是殿前司都虞候！殿下不在，你是此處主將，豈可任意輕離！」

都虞候：「正參領。」

連勝被他叫出昔日朔方軍中軍職，胸口一緊，立在原地。

「你善守城，我擅強攻。」都虞候握緊長槊，「搏一次，就當這是朔方長城……就當這是當年。真想再回去一次。」都虞候低頭笑了笑，「端王爺還在，領著咱們攻無不克，少將軍奇兵突襲，沒有打不贏的仗。」

連勝說不出話，呼吸窒得胸肺生疼，叫風雪裹著，立在原地。

都虞候點了三百輕騎，下了城樓。

雙方力疲休戰的短暫間隙裡，金水門城門緩慢拉開。

黑鐵騎瞬間警醒，正要撲上，守在城樓的將軍斷然厲喝，沉重的滾木雷石鋪天蓋地砸下來。重甲機動最差，不能硬抗，聽令立即後撤。輕甲騎兵與步兵才一補上來，尚未立穩，便迎上了鋪天蓋地的箭雨。

連勝親持長弓，死守在城頭，箭勢狠得像是飽浸了心頭鮮血。箭雨之下，殿前司的輕甲兵悍不畏死地迎了上來。

「步兵三一圍重甲，不可戀戰！」都虞候高聲道：「輕騎兵隨我衝鋒！」

黑鐵騎一路不曾遇到這樣強橫的阻力，此時不由自主，陣營竟被硬生生豁開了個口子，一陣混亂。三百輕甲皆是朔方軍出身，斬慣了戎狄的狼崽子，人人手下狠厲異常，與黑鐵騎撲在一處。

攻城勢頭暫緩下來，連勝霍然回身，將眼底滾熱死死逼回去，「徵調城中壯勇，加固城門，沙袋填豁！城中火油盡數匯攏，引井水上城！」

無險可守，無屏障可依，無援軍可待。

還剩血肉。

叛軍遭遇的第一次激烈衝鋒，主將心驚一瞬，立時重新排布，將重甲騎兵硬頂上來。兩軍混戰在一處，城上便放不了滾木雷石。重甲兵的甲胄能護全身，只餘雙眼雙手，刀劈不開、槍刺不透，面對只著薄甲的對手，幾乎是單方面的屠殺。

殿前司的兵馬死命拚殺，卻畢竟軍備不足，勢單力薄，又只有區區三百人。

再激烈的戰局，也能靠碾壓的實力差距，將這一股頑抗的力量碾淨。

叛軍將領沉默注視著戰局，緩緩舉起手中長刀，向前斬落。

這是絞殺的手勢，都虞候握緊手中長槊，胸口激烈起伏，用力閉了閉眼。

這三百人，原本便是來送死的。

能攔住多少便攔住多少，能拚上性命殺一個，就少一個人去攻那搖搖欲墜的城。

都虞候手中長槊橫劈，正要下同歸於盡的死戰令，忽然狠狠一悸，盯住濃深夜空中斬出來的一線白光。

白磷火石，承雷令。

雲騎的承雷令。

都虞候眼中迸出難以置信的亮色。

叛軍將領心頭無端一寒，回頭看時，卻已叫一支足以穿金裂石的白羽箭生生穿透。

叛軍將領抬了抬手，滿眼錯愕不及褪去，斃命跌落馬下。

雲琅掛了弓，銀甲映雪一馬當先，帶了身後匯攏的近千侍衛司殘兵，持槍捲入敵陣，一槍挑了尚在驚恐愕然的副將參軍。

都虞候怔望著眼前驚變，一時竟不知是夢是真，喉嚨裡一片激盪血氣，「少將軍！」

雲琅抬眸，目光雪亮，落在他身上。

都虞候眼底狠狠一燙，用力揮了下手中長槊，「兩軍並一，入前鋒列陣，隨少將軍拒敵！」

叛軍再三折將，其餘能主事的又不及照應兼顧，一時亂成一團。

雲琅隨手撿來的長槍，極不趁手，一擊便折了槍尖，索性隨手拋了，勒馬朝城樓上抬頭一望。

連勝牢牢盯著城下情形，迎上雲琅眼中銳芒，撲回去取了殿前司的無鋒重劍。

將作監仿照古劍巨闕製了兩柄劍，看似無刃無鋒，其實都在蘸火藏拙之下，有倒鉤血槽，鋒利無匹。

這兩柄劍，在侍衛司的那一把，曾被拿在暗衛手中，留下了雲琅胸口的那一處沉傷。

雲琅接了城上拋落的寶劍，揚鞭催馬，直入敵陣。

重甲騎兵並非全無破綻，五十斤的重甲，百餘斤的人，加上馬的甲冑、人的兵器，一匹馬要載幾百斤的分量。

大宛馬是最好的戰馬，矯健勇猛，天性好戰通解人意，有汗血寶馬之稱，遠比夯笨的駑馬適合戰場。襄王當初也是為了這個，才煞費苦心，不惜花重金趁亂買去千匹大宛良馬，暗中打造了這支黑鐵騎兵。

可襄王終歸不是沙場戰將，也有一件事並不清楚。

人說好馬不駕轅，不僅是因為大宛馬拉車暴殄天物，更是因為大宛馬能疾奔千里，能馳風掣電，卻天生不善負重，耐力不足。

仗打到現在，這些裹得嚴嚴實實密不透風的重甲騎兵，縱然人尚有餘力，馬卻已支援不住了。

雲琅與都虞候照了個面，持劍橫攔，向下重重一斬。

都虞候陡然醒悟，高聲傳令：「輕甲步兵，三人一隊，斬馬鐮！」

殿前司眾人立即奉令。

雲琅摩下的侍衛司殘兵盡皆能戰，見同伴拿出鐮形彎刀，立時人人照做。

朔方軍長年與戎狄騎兵對峙，早總結出專對付騎兵的兵器。新月形的彎刀照著鐮刀鑄造，刃在內側，不斷人頭，只斷馬腿。

叛軍一陣騷動，隱有退卻之意，禁軍匯攏合圍，兩翼包攏，卻已將這一股鐵騎盡數封死在金水門前。

步兵滾在鮮血浸透的雪地裡，死咬著牙關，以彎刀專斬馬腿，有人跌落便立時三人撲上，掀開盔甲一擊斃命。

馬上騎兵慌亂，要以手中兵器擊殺這些不要命的禁軍，才舉起刀，眼前便叫一道雪亮劍芒劃開茫茫血色。

雲琅棄了馬，身法使到極處，劍光凜冽，只破鐵甲唯一護不住的空處。

劍映寒月，有死無傷。

局勢轉眼逆轉，離城門最近的一股黑鐵騎叫禁軍牢牢咬在門前，竟是連脫身撤退也已不能。稍遠些的叛軍原本要來救援，竟也叫眼前情形所懾，一時竟不敢輕易上前。

風雪愈烈，最後一個重甲騎兵跌落馬下，雪已大得叫人睜不開眼。

叛軍首領終於不敢再進，鳴金聲起，後隊作前，暫且緩緩退入城中街巷。

連勝下城開門，將浴血的禁軍隊伍迎入城內，又將城門死死閉上。

雲琅殿後，回了馬上，最後一個入城，叫他扶了下馬站定。

人人精疲力竭，身上大小傷痕無數，血跡斑斑，眼裡卻燃著幾乎狂熱的凜凜戰意。

雲琅慢慢掃過一圈，笑了笑，抱拳拱手。

將士熱切，震呼以應。

「今日。」雲琅開口，叫發洩一般的呼聲掩去大半，無奈笑了下，慢慢道：「今日一戰，叛軍挫了銳氣，受驚退去，不會再輕易強攻。」

「此後幾日，叛軍大抵會圍而不攻，切斷內城與外城供給，意圖將我軍拖垮。」雲琅扶了馬背，「休養生息，將城內糧食收到一處，按人頭供給。城內青壯……」

「少將軍。」連勝無奈，「末將還在這兒。」

雲琅看他一眼，微微笑了，「我忘了，連將軍守過的城，比我砍的旗都多。」

他語氣輕鬆，眾人一時再忍不住，一齊哄笑起來。

連勝叫他調侃，一時苦笑連連，假意訓了幾句眾人不可起哄，與都虞候一併將雲琅引入了殿前司內營。

雲琅叫兩人扶著，背後營帳厚重布簾垂落，步勢一沉，嗆出口血，身形跟著墜在了連勝臂間。

連勝在城上盯得仔細，見雲琅戰時不肯開口多說話，便知不好，這才在帳外貿然出言打斷。看見那一口血，心底跟著狠狠一沉，匆忙將雲琅攙住，「少將軍！」

「喊什麼。」雲琅垂眸，聲音低緩：「扶我坐下。」

都虞候不知雲琅具體情形，興奮之意尚未退去，此時叫眼前情形駭得腦中嗡一聲響，慌忙伸手，同連勝一道扶著雲琅坐在榻上。

雲琅胸口血氣湧動，咳了兩聲，慢慢支撐著盤膝，將失控的內力壓下去。

連勝在他脈間一探，驚得手腳冰涼，「少將軍，你用了多少碧水丹？」

雲琅無暇答他的話，闔了眼盡力調息。

今日一戰，哪怕稍墮了半分氣勢，也不能將叛軍驚走。若叫叛軍看出城內空虛實情，一舉攻城，他和蕭朔縱然再生出三頭六臂，也護不住城中的軍民百姓。

雲琅自知情形不容疏忽，在梁太醫處軟磨硬泡，要了一碗護持心肺的藥。此時心肺有藥護著，雖疼痛些，卻只是拚殺之故，並無大礙。只是力竭之下，內勁被藥性所激失控，急需理順。

「你們誰手穩些。」雲琅低聲道：「替我理一理內息，我體力不夠，壓制不住。」

連勝與都虞候對視一眼，急要上前，已有人掀開帳簾進來。

連勝心中焦灼，正要呵斥，忽然瞪大了眼睛，「殿……」

來人扳過雲琅身子，俐落卸了身上銀鎧，抬手抵在雲琅被汗水浸透的脊背上，護持住後心，將人穩穩托住。

雲琅微怔，正要睜眼，一隻手已遮在他眼前，「專心。」

雲琅察覺到這隻手也並不算暖，分神聽著身後氣息，蹙了蹙眉，低聲：「蕭朔。」

「專心些，你我都輕鬆。」蕭朔按住他幾處穴位，手上拿捏分寸，攔在雲琅眼前的手動了動，替雲琅拭去額間淋漓汗意。

雲琅只得閉了眼，借助蕭朔的力道，屏息凝神，將逸散的內勁條條理順。

隔了一刻，蕭朔神色微鬆，撤開手。

連勝與都虞候牢牢盯著情形，見狀一喜，上前要說話，被蕭朔以目光止住。

兩人反應都極快，忙閉緊了嘴，施了一禮，退出營帳忙碌去了。

帳內再無旁人，蕭朔抬手攔住雲琅脊背，緩聲道：「他們出去了，不必再忍。」

雲琅肩背一鬆，倉促扯過蕭朔的袖子，將喉嚨裡的血氣痛痛快快咳了個乾淨。

蕭朔：「……」

「不妨事。」雲琅抹了血痕，鬆了口氣，「陰差陽錯，內力太盛，反倒衝開了舊傷。」

他心脈與肺脈交會那一處劍創，傷了太久，又半點不曾好好調養過，梁太醫想盡辦法，也只能慢慢調理。

此番誤打誤撞衝開了積瘀，雖難免要咳些血，長遠來看，卻反倒更利於痊癒。

蕭朔凝神看他半晌，神色微鬆，斂了自己的袍袖，「我是說過一次，叫你不必放棄先機，不必以戰局相挾，可也沒讓你將先機搶到這個地步。」

「我那時應的，是你府上白衣護衛的打法。」雲琅啞然，「今日是雲麾將軍的打法，改不了了，小王爺罰吧！」

蕭朔靜望他良久，輕嘆一聲，朝雲琅走過來。

雲少將軍錚錚鐵骨，閉了眼睛領罰。

蕭朔單手攬過他，擁住雲琅的胸肩，在額間落了個吻。

鐵甲冰涼，牢牢抵著胸膛心口。雲琅怔了怔，睜開眼睛，正迎上蕭朔眼底靜水流深。

「今日一戰。」蕭朔道：「我只聽喊殺聲，已心潮澎湃，恨不能與你並肩。」

雲琅啞然，「你如何沒與我並肩，莫非你在宮裡沒帶兵殺敵？」

侍衛司內定有倒戈的，蕭小王爺竟能這般從容過來，想來已將內城叛軍一舉剿淨了。

雲琅替他解了束鎧絲絛，沒理會蕭朔些微的抗拒力道，將他衣服扒了，果然在左肩看見一處已被包紮妥當的箭傷。

「有鎧甲攔著。」蕭朔低聲：「只擦破了些皮，並無大礙。」

「胡扯。」雲琅叫他氣樂了，「你當我第一天打仗，分不清楚這箭是弓射的還是弩射的？」

蕭朔本就不擅胡扯，叫他一句話戳穿，靜了靜，沉默下來。

「弩有機栝，穿金裂石不算難事，鎧甲攔不住。」雲琅摸了摸他左肩處繃布，掌心覆上去，換著地方按了兩下，「疼嗎？」

蕭朔搖了搖頭。

「還好，沒傷著骨頭。」

雲琅留神查看著蕭朔神色，鬆了口氣，「下次留神些，宮中那般空盪，又不怕傷著無辜。你在內城慢慢磨個三五日，將叛軍磨乾淨也就是了，不必仗仗都往死裡打。」

蕭朔靜了一刻，握了雲琅手掌，點了下頭。

雲琅由他拉著不放，單手將蕭小王爺的鎧甲也俐落扒了，連血跡斑斑的戰袍一併拋在一旁，仔細查看了一遍。

只這一處傷，再沒別的。

雲琅稍放了些心，扯著蕭朔一併坐在榻上，長舒一口氣仰下去，閉了眼睛。

蕭朔側過頭，看著攤開手腳倒在榻上的雲琅。

雲少將軍眉眼明朗，自有皎皎鋒銳。激戰沾了些血色，幾乎像是一柄染血神兵，寒光凜冽，隱隱出鞘。

蕭朔知他疲累，握了握他的手，「雲琅。」

雲琅勉強睜開眼皮，「又攻城了？」

「……」蕭朔：「不曾。」

「那你叫我做什麼？」雲琅分辨了下，確認了自己拽的是蕭朔沒受傷那隻手，扯了扯，「躺下，睡覺。」

「洗一洗再睡。」蕭朔道：「都是血。」

雲琅心說蕭小王爺可太講究了，想了想臉上沾的血，鬆了手張牙舞爪嚇唬他一通，倒回去自顧自閉了眼。

蕭朔坐了一陣，起身要了些熱水，擰過布巾，替雲琅仔細拭了臉上血跡硝煙。

布巾溫熱舒適，雲琅不自覺貼了下，正埋進蕭朔掌心。

那雙手沒有平日的暖意，雲琅閉了眼睛，在蕭朔因為失血微涼的掌心裡埋了埋，「小王爺。」

蕭朔拾掇慣了雲琅，單手也仍有條不紊，將他扶在榻上，褪了戰袍戰靴，將雙手沾的血跡也仔細拭淨。

雲琅不想叫他費力，偏偏身上力氣已耗得涓滴不剩。

此時心神一鬆，竟連動一動手指也極艱難。

「我知你累了。」蕭朔握了握雲琅的手，將他冰涼的手指攏在掌心，「安心，有我。」

雲琅勉力扯了扯嘴角，攏了攏發眩的目光，朝他盡力笑了下。

城內叛軍盡數剿除，文武百官與皇上雖還在宮裡憋著，有金吾衛駐守，總歸出不了亂子。

整個汴梁城能戰的精銳都已被雲琅匯攏，帶進了金水門，合力拒敵，叛軍首戰便被狠狠挫了銳氣，一時也再難重整旗鼓。

「我也知你急著平定內亂，是為了來援我。」雲琅由他搬來挪去，靜了一刻，低聲道：「若我好全了，你也不會這般擔心，可我如今偏偏還帶著傷。」

雲琅：「你關心則亂……才會挨這一箭。」

蕭朔覆上他髮頂，揉了揉，「我只是少了戰場閱歷，不知防備，吃了暗虧。你這般胡思亂想，才是關心則亂。」

雲琅隱約覺得今日的蕭小王爺慈祥過了頭，莫名睜開眼睛，「你這什麼語氣？先帝上身了？」

「……」蕭朔就知不能同他好好說話，一陣氣結，順手撥亂了雲少將軍的額髮，扯過薄裘將人牢牢裹上，「噤聲。」

雲琅舒坦了，鬆了口氣，「我要睡覺。」

「再等一刻。」蕭朔拿過一併送來的薑湯，「喝了再睡。」

雲琅別過頭，「不喝。」

蕭朔扶住雲琅頸後，攬著雲琅，將人正過來。

雲琅只想睡覺，快被他煩死了，硬生生逼出力氣，扯著薄裘蒙住頭。

「不喝不喝不喝……」

「你今日頂風奔襲，冒雪激戰，已有寒氣侵體。」蕭朔吹了吹滾熱薑湯，「坐……」

雲少將軍把自己拿薄裘裹成了個小團，賭著氣骨碌碌滾到榻邊。

蕭朔眼看他滾錯了方向，伸手將人從榻下撈回來，「坐起來。」

雲琅：「……」

蕭朔見他抵死不配合，也不動怒，將雲琅裹著的薄裘剝開，單臂將人攬住，叫他靠在自己剛傷了的左肩上。

雲琅睜著眼睛，被蕭小王爺近在咫尺的傷處封印，一動也不敢動。

蕭朔拿過薑湯，含了一口，貼上雲琅幾乎已淡白的嘴唇，慢慢度過去。

雲琅：「唔？」

「這是你的帥帳，你的舊部隨時會進來。」蕭朔垂眸，威脅道：「你若不自己喝，我便一口一口這樣餵你。」

雲琅想不通，「他們不也是你的新部嗎？」

蕭朔耳根微熱，神色卻仍鎮定，「先帝給我留了封手書……教會我了些東西。」

雲琅還被方才小王爺那一口餵得意亂神迷，此時聽見他說這個，心裡更愁，「完了完了，我就說有先帝的事……」

蕭朔深吸口氣，闔了闔眼，「少將軍。」

雲琅愁雲慘澹，「少將軍夫人。」

蕭朔：「……」

「餵吧！」雲琅橫了心，決心激將，「有人進來，就說這是少將軍新扛回來的夫人，來省親的，兼餵薑湯。」

蕭朔靜了一刻，「好。」

「……」雲琅：「啊？」

蕭朔含了第二口薑湯，慢慢度給雲琅，又去含第三口。

唇齒廝磨，熱意從薑湯點染到唇畔耳後。雲琅面紅耳赤，堪堪守著一線清明，勉強避開，「慢著……將軍夫人你也肯做？」

蕭朔道：「有何不好？」

雲琅一時也說不出有何不好，張口結舌，看著半點不知自矜身分的琰王殿下。

「你我心意相通。」蕭朔道：「誰歸於誰，並無分別，總歸攜手百年，來世仍做眷侶。」

雲琅受不了蕭小王爺這般直白，心底怦然，紅著臉埋在薑湯裡咕嘟咕嘟吐泡泡。

蕭朔看不慣他拿吃的尋開心，嘆了一聲，將薑湯放在一旁，「罷了。」

雲琅愣愣道：「不喝了？」

「不願喝便不喝了。」蕭朔道：「躺下，我替你暖。」

雲琅心說完了完了將軍夫人如今要侍寢了，話到嘴邊，瞄見蕭朔沉靜眸色，胸口熱意一蕩，終歸沒能說得出。

他素來喜歡開玩笑，嘴上占些便宜，心裡從來不曾當真。

蕭朔自然清楚，卻從來都句句回得認真，沒有一句應付了事。

這些年，就在這般玩笑鬥嘴裡，也不知誆了蕭小王爺多少的真心話。

雲琅喉嚨輕動了下，由著蕭朔攬住肩背，仔細避開了蕭朔的傷處，讓他擁著躺在榻上。

拚殺一夜，此時夜色將盡晨光微明，風雪竟也暫歇下來，天開雲霽。

帳外井然有序，正安排防務，人人走動間經過帥帳，都會留意壓低聲音，不驚動了戰後歇息的少將軍與琰王殿下。

「小王爺。」雲琅閉了眼睛，埋進他肩頭衣物，「將軍夫人不好，不威風。」

蕭朔攬著他，聲音低柔輕緩，「想要什麼？」

「小王妃多厲害。」雲琅含混道：「回頭你自己給我弄一個，就王府正妃那個印，你記得嗎？上面還帶著同心結的……」

蕭朔微怔，慢慢撫上雲琅脊背，沒說話。

雲琅皺了皺眉，怕蕭朔又犯了敗興的毛病，事先堵他嘴，「你若要說不合規制……」

「不是。」蕭朔道：「我只當你不喜歡。」

雲琅茫然，「為什麼？」

蕭朔撫了撫雲琅額頂，將雲琅攬近，將身上熱意分過去，慢慢替他推揉背上穴位。

雲琅是上馬能戰的良將，待到改天換日，只憑身上這些戰功，也早該封侯拜將。他原本覺得先帝處置不妥，那一封玉牒，也並沒打算給雲琅再看。

但今日叫雲琅無意點破，才忽然想透。

誰歸於誰，雲琅都是只憑一人一馬就能重振士氣，單人獨騎便能力挽狂瀾的少將軍。

他的少將軍。

蕭朔攏著他，輕聲道：「母妃那枚印隨葬了，待此間事了，給你重做一個。」

雲琅此時已極睏倦，叫蕭朔身上暖意裹著，輕易便被拐走了念頭，打了個呵欠，含糊道：「要羊脂玉的。」

蕭朔點了點頭，「好。」

雲琅奇思妙想，「再刻個兔子。」

蕭朔：「……」

「還能刻別的嗎？」雲琅埋在他胸口，念念叨叨：「就刻個『不求同年同月同日生，只求同年同月同日都不死』……」

蕭朔實在聽不下去，停了推穴，低頭吻住了雲少將軍，將人護進懷間。

雲琅滿意了，舒舒服服讓小王爺親著，沒了動靜。

蕭朔眼看著雲琅沒心沒肺立地睡熟，按了按額頭，將袖中玉牒拿出來，稍一沉吟，還是重新仔細收好，避開傷處將人攬實。

按雲少將軍的打法，只怕不會拖得太久，至多三五日，就會設下誘餌引敵入甕，一戰定鼎勝局。接下來的幾日，想必都再閒不下來。

大戰間隙，好生休養精神，才能應對之後的局面。

既然雲琅睡得這般安穩……這封玉牒，便也不急著交給御筆用印、明媒正娶的琰王府正妃了。

（未完待續）

【特別收錄】——

作者獨家訪談第三彈，角色性格分析

Q10：請您來談談雲琅這個角色吧，您眼中覺得雲琅是個怎樣的人？有什麼吸引人的特點？有什麼缺點？

A10：雲琅是個看起來灑脫但心事很重的人，他表面上是個被寵壞了飛揚跋扈的少年將軍，但其實對一切都看在眼裡，也對一切都上心。

他是天生的戰神，也自覺背負這個責任，在他心裡有格外深重的家國情懷，為了這個他寧肯付出生命。

他的缺點是有一點「個人英雄主義」，他總想把所有事都擔在自己身上，總想在暗中保護蕭朔，但其實這並不是解決問題的辦法。

Q11：其實兩位主角都是個性頗複雜的人，那麼也請老師接著來談談對蕭朔的看法吧？

A11：蕭朔在少年時就突兀地承受了最刻骨的血海深仇，他長成什麼樣其實都可以理解，但他還是在無數謎團裡猜到了真相。

他和皇上虛與委蛇，暗中保護朔方軍和雲琅，他對雲琅的狠其實更像是對自己的恨，如

果再有一次機會，他當時就會跟著雲琅一起走。

Q12：請問您本身有沒有比較偏好的攻受組合？為什麼？

A12：「沒頭腦和不高興」，這個組合很有趣。一個負責皮和調節氣氛、一個負責冷靜做事，關鍵時刻又可以互相對調，有很多種變化模式。

Q13：好奇想請問一下，您覺得寫古代政爭奪位比較困難？還是戰爭場面比較困難？哪種劇情安排比較燒腦？

A13：還是爭權奪位比較困難，太燒腦啦。

（未完待續）

i小說 039

殿下讓我還他清譽3

國家圖書館出版品預行編目（CIP）資料

殿下讓我還他清譽 / 三千大夢敘平生著 ; . -- 初版.
-- 臺北市 : 愛呦文創有限公司, 2022.01
冊； 公分. --（i小說 ; 39）
ISBN 978-986-06917-3-3（第3冊 : 平裝）. --

857.7 110019793

愛呦文創

作　　者　三千大夢敘平生
封面繪圖　蓮花落
書衣繪圖　Zorya
責任編輯　高章敏
特約編輯　楊惠晴
文字校對　劉綺文
行銷企劃　羅婷婷

發 行 人　高章敏
出　　版　愛呦文創有限公司
地　　址　10691台北市忠孝東路四段59號10-2樓
電　　話　（886）2-25287229
郵電信箱　iyao.service@gmail.com
愛呦粉絲團　https://www.facebook.com/iyao.book

總 經 銷　聯合發行股份有限公司
電　　話　（886）2-29178022
地　　址　231新北市新店區寶橋路235巷6弄6號2樓

美術設計　Rooney Lee
內頁排版　陳佩君
印　　刷　沐春行銷創意有限公司
初版一刷　2022年1月
定　　價　360元
I S B N　978-986-06917-3-3

愛呦文創

愛呦文創